JN064341

魔女に呪われた私に、
王子殿下の夜伽は務まりません！

エドアルド・スーランディア・ノルツェ

スーランディア王国の第二王子。
騎士院総帥補佐でもある。
リリアとの婚約解消後、カティエを
新たな婚約者候補として城に招く。
冷酷で不愛想という噂だが、
リリアには婚約解消後も
優しく笑顔を向けてきて……

リリア・フローラスト

スーランディア王国
フォルダイン領の伯爵令嬢。
第二王子エドアルドと
婚約していたが、親友カティエを
庇って呪いを受けたため、
婚約を解消し、侍女として
王城に向かうことに。
お人好しで臆病な性格。

❦MAIN CHARACTER❦
主な登場人物

レオン・フローラスト

スーランディア王国
フォルダイン領の
領主であり伯爵。
リリアの父親であり、
家族と領民のことを常に
気にかけている。

セイラ・アザールス

スーランディア王国の
王宮に仕える侍女。
リリアの仕事仲間であり
互いにとって良き相談相手。

メイナ・マイオン

エドアルドの姉で、
結婚し王族ではなくなった
今も絶大な影響力を持つ、
王宮秘蔵の魔女。

フィーゼル・ロナ

スーランディア王国
ヴィリアーゼン領の領主で
あり侯爵。カティエの父親であり、
彼女のことを非常に
可愛がっている。

カティエ・ロナ

スーランディア王国
ヴィリアーゼン領の侯爵令嬢。
リリアの幼なじみで親友。
わがままで感情的だが、
愛嬌がありどこか憎めない性格。

リーゼリア

魔女の呪いで幼い姿に
なってしまったリリア。
身体の年齢に影響を受け、
この姿の時は感情が
表に出やすくなる。

王子殿下は侍女を愛でる

王宮のエントランスに並ぶ豪奢な装飾品の数々に、リリア・フローラストは一人圧倒されていた。

——これがスーランディア王宮……。

壮麗な王宮の佇まいに対する感動とあまりの緊張で、感嘆の声すら喉につかえてしまう。

「わあっ、すごいわねぇ！」

しかしリリアの隣で歓喜するカティエの目はきらきらと輝いている。リリアは、この状況で呑気にしていられるカティエが羨ましくて仕方がない。第二王子との婚姻が決まって王宮に嫁ぐことになったこともちろんだが、それよりも全く緊張していないらしいことが羨ましい。リリアは緊張と不安で、今にも卒倒しそうだというのに。

侯爵令嬢カティエ・ロナ。フローラスト伯爵家が領地管理を担うフォルダイン領のすぐ隣、ヴィリアーゼン領を治めるロナ侯爵家の末娘で、幼い頃からのリリアの友人。リリアが第二王子であるエドアルドとの婚約を辞退するきっかけとなった人。そしてリリアの代わりに、新たな花嫁に選ばれた人。何度も拒否したにもかかわらず、半ば強引にリリアを王宮まで同行させた張本人。

『私、王宮に知り合いなんていないのに、たった一人で嫁がなきゃいけないのよ？　そんなの寂しいじゃない。ずっとお友達だったのにリリアと離れ離れになるなんて……だからリリアにも、私と一緒に王宮に来て欲しいの！』

愛らしい表情が曇り、ダークバイオレットの瞳にうるうると涙が溜まっていく様子を見ると、確かにリリアも寂しさを覚えた。

しかしどんなに懇願されてもリリアには、カティエの要望が無謀な願いに思えた。

なぜならリリアは、第二王子であるエドアルドとの婚姻をこちらから断った身だ。一年も前から決まっていた名誉ある婚姻を辞退しておきながら、いまさら当の第二王子の目につくところへ易々と姿を晒すことは出来ない。

婚約辞退の経緯を知るカティエにもそう説明したが、

『大丈夫よ。私の侍女として王宮についてくれれば、エドアルド殿下は気付かないわ』

と食い下がった。

だが婚約を辞退したリリアが、新たな婚約者に選ばれたカティエの侍女に扮して王宮へ赴くなんて、どう考えても無理がある。

万が一エドアルドをはじめとする王宮の人々に知られてしまったら、リリア本人だけではなく父レオンや母ラニア、場合によってはフォルダイン領に住まう全領民に迷惑をかける可能性がある。

名誉ある婚姻から一転し不敬罪で処罰を受けるなど、想像しただけで胃に穴が開きそうなのに、まさかカティエの父、フィーゼル・ロナ侯爵から正式にカティエに同行することを求められるとは

思ってもいなかった。

　無論、すべての事情を知るレオンは相当の難色を示した。断っていい、政治に娘を巻き込みたくない、と優しい父は言ってくれた。だから最初は断ろうとしたが、貴族の社会は縦社会。侯爵位にあるフィーゼルの要請を、伯爵位にあるレオンが断れるはずもなく、フィーゼルの要請は日増しに強くなっていった。レオンの険しい表情を見たリリアは、これはもう腹を括るしかないことなのだと理解した。

「リーリャ、見て！　騎士の鎧が飾ってあるわ。これ全部、純銀よ！」

「カティエさま。むやみに触ってはいけませんよ」

　同行したフィーゼルが枢機院の執務室に赴くというので、リリアはカティエと共に王宮のエントランスで待機していた。しかしフィーゼルが離れた途端、カティエは子供のようにきゃあきゃあとはしゃぎ出す。

　王宮に嫁ぐ令嬢が豪華な装飾品を目にしたぐらいで浮かれないで欲しい。ため息が出そうになったが、今のリリアはカティエの侍女だ。友人としてなら許容されるものも、侍女としてなら少しばかり気を遣わなければいけない。

　それにロナ家の侍女としてカティエに仕えるならば、名前も偽らなければならない。仮に人前でリリアと呼んでしまっても誤魔化せるようにリーリャと名乗ることになったが、それでは偽ったことにならないと思う。反論の一つもしたくなったが、名付けたカティエが呼びやすいなら、もうそ

れでいいわ、と諦めの気持ちもあった。

「カティエ・ロナ侯爵令嬢。どうぞこちらへ」

こっそり頭を抱えているこの男性が、開いた正面の扉から一人の男性が現れた。

執事の装いに身を包んだこの男性が、ここから先を案内してくれるらしい。エントランスの置物やステンドグラスを眺めて無邪気にはしゃいでいたカティエが、ぱぁっと笑顔になった。

きょろきょろと落ち着きなく周囲を見渡すカティエとは対照的に、リリアの緊張はどんどん増していく。それを表に出さないよう努めながら、カティエの後に従う。

長い廊下を何度か曲がり、豪華な装飾品と調度品に見つめられる中で辿り着いた場所は、広い応接間だった。中に入るように促されたカティエに続き、リリアもそっと足を踏み入れる。

「こちらへどうぞ」

勧められたソファにカティエが腰を下ろす姿を見届けると、リリアもカティエの背後の壁に寄って控えた。

「お茶をご用意いたします。お好みはございますか?」

「何でも結構よ」

執事の男性とカティエの会話に意識を向けつつ、視線だけで室内を確認する。部屋の広さは相当なもので、フローラスト伯爵邸にこんなに広い応接間は存在しない。

だが王子であるエドアルドと謁見するには、やや手狭な気がする。

それに装飾品がほとんどない。エントランスには金や銀に輝く豪華な武具や宝物が多かったが、

8

この部屋には森や王宮を描いた絵画がいくつか飾られているだけ。それ以外には青銅の花瓶が置かれているが、肝心の花が生けられていない。まるで御用商人との商談の部屋、といった雰囲気だ。

（あまり歓迎されていない……？）

そんな印象を受けてしまうが、きっとリリアの思い過ごしだろう。今日は王宮に到着したばかりで、これはきっと正式な挨拶ではない。カティエを歓迎するための挨拶や食事の席には、花嫁に相応しい場所が用意されるはずだ。

それに当のカティエは、目の前に用意されたティーセットとお菓子に夢中で、この状況をあまり気にしていない。カティエが気付いていないなら、リリアも良しとするしかない。

「それではエドアルド殿下がいらっしゃるまで、こちらでお待ち下さい」

丁寧に頭を下げた執事が、踵を返して静かに部屋を出ていく。

その様子を見届けたカティエは、ずずっとお茶をすすりながら、

「ビスケットよりもケーキがよかったわね」

と呑気に呟いている。

だから、どうしてお茶を飲むときに音を立てるのだろう。侯爵家の令嬢でそれなりの教育を受けているのだから、相応の振る舞いをしてくれないと見ているリリアの方が反応に困ってしまう。

もちろんカティエはリリアに心を許しているから雑な振る舞いをするのであって、人前に出ればマナーを弁えた行動が出来る。けど、それなら今もちゃんとして欲しい。人目がなくなった瞬間に素に戻ると、いつか本性が出そうでリリアのほうが冷や汗をかいてしまう。

十五分ほど経過した頃、室内にノック音が響いた。

ほどなくして扉が開くと、入って来た人物を直視しないよう、リリアは自然な動作で頭を下げた。

「遅くなってすまない。久しぶりだな、カティエ嬢」

聞こえた言葉から、入室してきた人物がこの国の第二王子、エドアルドだと知る。

その声は大樹を思わせる落ちついた低いトーンだが、新緑を思わせる清々しさもある。

なるほど、彼が人心を掴む魅力に溢れていることは、発する声音からも感じられた。

「お久しゅうございます、エドアルド殿下」

「先々月の夜会以来だな。変わりはないか?」

「はい。殿下に格別のご配慮を賜っておりますので、ロナ家も領民も変わりありませんわ」

淡々と交わされる社交辞令では、カティエはちゃんと受け答え出来ている。ならば最初からそうして欲しい、と考えてしまうが口には出さない。

「今回は急な報せになって申し訳なかったな。フィーゼル卿にも悪いことをした」

エドアルドの何気ない言葉に、リリアの心臓がどきりと跳ねる。

王宮に混乱を招く原因を作ったのは、紛れもなくリリアとフローラスト伯爵家だ。

エドアルドに申し訳ないと思い、心の中で必死に謝罪する。

「とんでもございませんわ。殿下の花嫁にお選び頂けて、幸福の極みにございますもの」

「そうか……彼女は?」

10

カティエの喜びの感情をさらりと受け流したエドアルドの疑問符から、彼の関心がこちらに向いたことを知る。その瞬間カティエの纏う空気がピリッとした気配を感じたが、彼女が発した声の色はいつもと変わりがなかった。

「先立ってのご報告を怠り申し訳ございません。本来身の回りの世話は王宮の侍女におまかせすべきとは存じます。ですが、彼女はわたくしを幼少より知る者ですの。せめて婚約の発表を終えるまでの間だけでも、彼女を傍に置くことをお許し頂けませんか？」

「まぁ、構わないが……君、顔を上げて」

エドアルドに声を掛けられ、全身が凍り付く。顔を見せろ、と命じられてしまった。

どうしよう、と一瞬ためらう。

いや、冷静に対処すれば不都合など生じない。リリアはエドアルドには一度も会ったことがない。彼はリリアの顔を知らないのだから、対応を間違えなければ、大丈夫なはず。

「……っ」

けれど不用意に顔を上げてしまったことをすぐに後悔する。顔を上げて目の前にいる人物と目が合った瞬間、リリアはそのまま息が止まってしまうのではないかと思った。

スーランディア王国第二王子、エドアルド・スーランディア・ノルツェ殿下。

この人が結婚相手だったと知っていたら。自分が生涯を捧げて添い遂げる相手になると、最初から理解していたら。

その上であの日あの場所に舞い戻ってもリリアはやっぱり同じ行動をして、同じ運命を選んだと

たとえあの日あの場所で、この身体を魔女に呪われてしまったとしても。

やはりリリアの選択は正しかった。

だって、こんなに麗しい人の隣で毎日を過ごすなんて、きっと心臓が持たない。

思う。この婚約を辞退するという人生に、ちゃんと軌道修正したと思う。

友人のカティエは物心がついたときからリリアを振り回してばかりだった。両親と三人の兄に蝶よ花よと可愛がられ生きてきた彼女は天真爛漫──言い方を変えれば、わがままだった。

対するリリアは小さな頃から二人の弟の面倒をみていて、人の世話を焼いてばかりだった。

カティエとは、悪い意味で相性がよかったのだと思う。

どうしてもパンケーキが食べたい。どうしてもその上に木苺のジャムを乗せたい。そう言って森の中に足を踏み入れたのは、いつもならティータイムを楽しんでいるはずの時間だった。

「このぐらい摘んだら、もう充分だと思うけれど……」

「まだ必要よ。フローラスト家の朝食にも木苺のジャムが必要でしょ？　これじゃ足りないわ」

「うちはいいわよ……」

リリアが遠慮しても、カティエはどんどん森の奥へ進んでいく。

けれどこれ以上は無茶だ。帰りが遅くなるし、魔女の領域に踏み込んでしまう。

そう思ってカティエの腕を掴もうとした瞬間、彼女が感嘆の声をあげた。

「わぁ……！　リリア、見て！　木苺がいっぱいなっているわ！」

嬉しそうな声をあげるカティエの視線の先に目を向けると、そこには確かにたくさんの木苺が

なっていた。けれど。

「人の敷地だわ。柵があるもの」

少し古びてはいるが、木苺が実っている場所は木柵でぐるりと囲われている。ここが誰かに管理

されている何よりの証拠だ。いくらなんでも他人の敷地から木苺を摘むことは出来ない。

「大丈夫よ。だってここはフォルダイン領とヴィリアーゼン領の境の森なんだもの。リリアのお父

さまや私のお父さまの名前を出せば、木苺ぐらい誰だってわけてくれるわ」

「……」

本当に、そうだろうか。

確かにこの夕闇森は二つの領地の境にある。けれど奥へ奥へと進み、反対側まで行けば別の領地

に出ることも出来る。他の土地まで突き抜けるには三日三晩歩き通さなければいけないが、裏を返

せば森はそれほど深いということだ。

深い森には、必ずといっていいほど魔女が棲む。魔女がどの領地から森の中へ入り込むのかはわ

からないが、彼女たちはたった一人の例外を除き、深い森を好むものだ。

魔法が使えない人間が魔女に遭遇した場合、その末路は限られている。

殺されて食べられるか、殺されて畜生の餌にされるか、殺されて薬の材料になるか、呪われるか

の四択だ。――いいや、二択だ。どっちもだめ！

「やめよう、カティエ。引き返した方が……って、ちょっと!?」

リリアの制止も空しく、カティエはワンピースの裾を捲り上げると古い木柵に跨りそのまま中へ侵入してしまう。脚を上げた瞬間、穿いていたドロワーズのレースがちらりと見えた。なんというはしたない行動をするのだろうと頭を抱えたくなったが、咎める暇もなく彼女は木苺をむしりとって籠の中に入れ始めてしまった。

「カティエ、本当にだめだってば！」

「大丈夫よ。こんなにたくさんあるもの」

夢中になって木苺を摘むカティエは、気付いていなかったのだと思う。もちろんリリアも、気付かなかった。

ぶわりと強い風が吹いて、ザワザワ、ヒソヒソと木々や草花が揺れ始めた瞬間、リリアの背後で地を這うような低い声が聞こえた。

「何をしている……？」

最初は声だと思わなかった。獣の唸り声か、かまどが焔を噴き上げる音だと思った。ごお、と身体の芯を震わせるほどの重低音が響くと同時に、こちらを見たカティエが恐怖の悲鳴を上げた。

「きゃああっ……!?」

「お前たち、ここで何をしている？」

再び聞こえた音に恐る恐る振り返ると、背後で冷たい烈風が渦を巻いていた。

魔女、だ。

そう認識した瞬間に、身体を流れる血液が一瞬で氷漬けになる心地がした。

14

呼吸が乱れて、全身から血の気が引いていく。カタカタと歯の根が噛み合わなくなる。身体から力が抜けて、木苺を入れた籠が足元にボトリと落ちる。

リリアは、叫び声すら上げることが出来なかった。

「何を、して、いる！」

さらに低い声で問いかけられると、力が抜けてその場に尻もちをついてしまう。悲鳴をあげたカティエも木苺の入った籠を取り落とし、木柵の中で動けなくなっている。

「き、きいち、ご、を……」

震える声で答える。それがちゃんとした答えになっているとは思えなかった。

恐怖で見開いた目に、リリアを見下ろしている魔女の姿が映った。古びてぼろぼろになった黒い巨木の上に、プラムのような二つの赤い光が怪しく光っている。ように見える。

だがそれ以外には何も認識出来ない。人なのか、本当に巨木なのか、男性なのか女性なのか。

ちゃんとこちらが伝えたいことが、伝わっているのか。

けれど目の前にいるのが魔女であることは間違いない。

黒い影のような姿と赤い瞳。それが魔女の特徴だと以前カティエに聞いたことがある。

「ここは私の薬草園だ」

重低音で告げられるとその声が空間を振動させ、さらに恐怖感が増す。

薬草園？　毒草園の間違いではないのだろうか。

そう思ってしまったのは、リリアの視界の端に映っていたはずの木苺が、すでに木苺の形を成し

ていなかったから。

そう、あれは最初から木苺なんかじゃなかった。リリアとカティエにそう見えていただけで、本当は獲物をおびき寄せるための飾りだったのだ。

ごお、と風が鳴ると辺りが急速に暗くなり始める。空間が魔女に支配されていくのがわかる。生命のある虫や動物たちが散り散りに逃げていく声や音がする。

「この園では、若さと美貌を保つための薬草を厳重に管理している」

（若さと、美貌……？）

魔女が呟いた言葉にわずかな違和感を覚える。それは魔女なら魔法でどうにか出来るのではないのだろうか、と思ってしまう。

恐怖感は薄れていないが、リリアの思考は徐々に戻りつつあった。ただしそれは目の前の魔女をどうにかしようという考えではない。とにかくここからカティエと共に逃げ切って、無事に帰ろうという感情だ。

そう思えたのは、魔女がリリアにも理解出来る言語を扱っていたから。そもそも言葉が通じなかったら対処のしようもないが、言葉が通じるならまだ希望はある。

「あ、あな、たは……」

思考はそう働くが、身体は言うことをきかず、恐怖感からまともな言葉を話せない。カチカチと歯がぶつかるだけの口を動かして、なんとか謝罪と弁明をしたいと思うのに、震える唇では会話を成立させられる気がしない。

「お前たちは、若くて、美しいな」

プラムのような赤い光にじっと見下ろされ、恐怖でひゅっと喉が鳴る。言葉を失って、そのまま気も失ってしまうかもしれないと思う。けれど今意識を失えば、二度とこの世で目覚められないことぐらいは理解出来る。

必死に恐怖と戦っていると、ふと魔女の意識がカティエに向けられた。彼女は誰が見てもわかるほどに、魔女の薬草園への侵入者だった。

「貪欲な生き物だ。これだけ若くて美しいのに、まだそれ以上を求めるのか」

「ち、ちが……！」

ちがう。リリアもカティエも薬草を狙ったわけではない。若く美しくありたいと願ったわけでもない。ただ木苺を得ようとしただけ。ジャムを作ろうとしただけだ。

「私の薬草に手を出そうとは、腹立たしい！」

だが同じ言語を扱っていても、こちらが言葉を発せないため意思はまったく伝わらない。

魔女が怒声を放った瞬間、再び空気が波打ち、ぐわりぐわりと空間が歪んだ。周囲に地鳴りのような音が響き、辺りの風と空気が巨木のもとへ集積する。まるで時間と空間が吸い込まれているようだ。一点に集中したそれらが溶解すると、空間の一部が真っ黒に染め上がっていく。

「そんなに若く美しくありたいなら、その望み叶えてやる！」

咆哮。その瞬間、魔女が集めていた昏くて黒い球体が、カティエ目がけて飛翔した。

「だ、だめ……！」

あれが何なのか、リリアにはわからない。けれど魔女が発した言葉から、魔法の類（たぐい）であることは想像出来る。魔法を扱えないカティエがまともに受けて無事でいられる保証はない。

そう気付いた瞬間、リリアは無意識に立ち上がっていた。

魔女からカティエを庇（かば）えば、あの黒い球体の犠牲になるのは間違いなくリリアだ。けれどカティエが魔女に痛めつけられる様子を黙って見てはいられない。身体も勝手に動いていた。

リリアは結局、友達が大切だった。わがままで身勝手だけれど、自由奔放で天真爛漫なカティエが大事だった。代わりに自分が犠牲になるかもしれないとは、そのときは考えられなかった。

「リリア！」

カティエが叫ぶ声が聞こえた瞬間、このまま死んでしまうのだと思った。

占いに使う水晶玉ほどの球体がお腹に当たると、リリアの身体は突風にあおられたようにふわりと浮き上がる。しかし浮遊感は持続せず、すぐにどさりと崩れ落ちた。

「けほっ……うう……ふ、……」

直後に感じた表現しがたい圧迫感と不快感から、そのまま臓物を吐き出してしまう気がした。けれどそれは錯覚で、実際には大きく咳（せ）き込んで呻（うめ）くだけだった。

「リリアッ！　リリア、大丈夫！？」

カティエの甲高（かんだか）い声が聞こえる。首を縦に動かして『大丈夫』と示しつつ、うずくまっていた場所から地面に両手をついて起き上がる。荒い呼吸を繰り返しながら上体を起こすと、すぐ近くにカティエの心配そうな顔があった。

「カティエ……だい、じょうぶ……？」

「私は平気よ！　それよりリリアが……！」

焦ったカティエの声になんとか頷き返す。

大丈夫。衝撃は受けたが思ったよりも痛みはないし、身体もなんとか動かせる。それよりも魔女をどうにかしなければ。早くあれから逃れなければ、次は本当に殺されてしまう。そう思って黒い球体が飛んできた方向を確認する。

「あ、れ……？　魔女は……？」

整わない呼吸でカティエに訊ねると、リリアの困惑に気付いたカティエが、無言のまま首を横に振った。

魔女の姿が消えている。つい先ほどまで巨木のような黒い影とプラムのような二つの赤い瞳が佇んでいたその場所は、いつの間にか元に戻っている。鬱蒼と茂る草木も、何処かで小鳥が鳴く声も、植物が揺らす風の音も普段と変わらない。まるで今リリアとカティエの身に起きた悪夢が、本当にただの夢だったかのようにすべてが元の状態に戻っている。

自分たちの身に何が起きたのかわからず、きょろきょろと視線を動かして――息を飲んだ。

ただ一つ、先程と違うところがあった。

それは、魔女が薬草園だと言っていた木柵の中。カティエが摘んでいた木苺も、まだ摘んでいない木苺も、すべてが丁寧にすり潰され一面が真っ赤に染まっていた。まるで血溜まりのように。

これはきっと、魔女の警告だ。

ここにはもう近付くな。次にここに足を踏み入れればもっとひどい目に遭わせてやる。

潰れた木苺の赤い色が、何よりも色濃く憎悪の意思を表現しているようだった。その確かな警告に気付いた瞬間、ぶるりと身体が戦慄した。

そこからは、ただ必死に走って森を抜けることに全精力を費やした。木苺を摘んだ籠も、そのまま置いてきた。もはや木苺でジャムを作りましょう、などと呑気な気分にはなれなかった。

息が切れて胸と喉が割れそうなほど痛んでも、ただただ走り続けた。足がもつれて転びそうになり汗で視界がにじむ度に、今立ち止まったら確実に死ぬ、と自分を叱咤した。

必死に走り通してなんとか森を抜けると、すでに陽は落ちかけていた。

夜がくれば魔女の活動範囲が広がるかもしれない。そう思ったら、さらに走ることに何のためらいもなかった。

途中、カティエは『待って』『置いて行かないで』『少し休もう』と何度も弱音を吐いた。その度に『もう少しだから』と疲労困憊の彼女を励まし続けた。

カティエはリリアよりも体力がなく、すぐに限界を迎えてしまうので少しずつしか走れない。特に森を抜けた辺りから、安心したのか文句ばかり多くなる。そんな彼女をどうにか誘導しながらも、足だけは必死に動かし続けた。

そうしてなんとか辿り着いたフローラスト邸の前で、リリアは魔女に投げつけられた黒い球体の正体にようやく気が付いた。

隣で悲鳴をあげたカティエの声に驚いて、父と使用人数名が屋敷から飛び出してくる。しかしリ

リアの姿を認めた者は、全員その場で固まって動けなくなってしまった。

魔女に遭遇してから五日が経過して、リリアは自分が置かれている状況をようやく受け入れられるようになった。

数日前までは普通に座ることが出来ていた応接間のソファに腰をかけると、床から足が離れて届かなくなってしまう。ふらふらと足が動くことが行儀の悪い姿だとは認識していた。しかし下までつかないので、自分の意思とは関係なく揺れ動いてしまうのだ。

「レオン……カティエが迷惑をかけて、本当に申し訳ない」

「頭を上げて下さい、フィーゼル殿。悪いのは魔女であって、カティエ嬢ではございません」

今夜で五回目になる会話を聞きながら、リリアは自分の手のひらをじっと見つめた。手の大きさの割に指が短い。自分のものではない、まるで見ず知らずの少女のもののようだ。

そう。あの日リリアは、魔女に呪われた。

そんなに若く美しくありたいなら、その望みを叶えてやる。獣のように吠えた魔女の言葉の意味には、完全に陽が落ちて夜空に月が昇るまで気付けなかった。

社交界へのデビューも済ませたはずの、伯爵令嬢リリア・フローラスト。田舎の令嬢らしく外見こそ地味ではあったが、所作と言動には気を遣い、領民の手本になるべく丁寧な振る舞いを心がけてきたつもりだった。その時間と努力が逆行してしまったかのように、庭先のランタンに照らされるリリアの姿はあどけなく愛らしい。

肌の色も、髪の色も、目の色も何も変わらない。けれど土泥と植物の汁にまみれ、枝先や葉先で身体中に傷を作り、命からがら屋敷の前まで辿り着いたとき、リリアの身体は大きさだけが元の半分近くまで縮んでいた。

リリアは小さな子供に——幼女の姿に変貌していた。

「リリア嬢」

カティエの父であり、ヴィリアーゼン領主でもあるフィーゼル・ロナ侯爵に名前を呼ばれて、はっと顔をあげる。

「カティエのことを許してくれるか？」

「ええ、最初から怒ってなどおりません」

「では、これからもカティエと友人でいてくれるか？」

「もちろんです」

「そうか……よかった」

そしてこの会話も五回目だ。

答えを聞いてほっとしたように笑うフィーゼルにつられて、リリアも力なく笑う。

あの日以来、カティエには会っていない。カティエも魔女に急襲されたことが余程ショックだったようで、体調を崩し熱が下がらないという。

リリアもその日の夜は恐怖と不安でなかなか眠れず、明け方になってようやく眠りに落ちた。そして次に目が覚めたとき、リリアの身体は元の大人の姿に戻っていた。だから幼女の姿になっ

たのは、一晩だけの不思議な出来事だった。そう信じたかった。

しかし陽が落ちて月が昇ると、リリアの身体はまた幼い少女の姿に変わってしまった。

疑惑と不安が蓄積していたせいもあるだろう。再び縮んだ自分の身体を見たリリアは、母と侍女長の前で赤子のようにわんわんと泣いてしまった。ようやく自分の身に起きた呪いの正体を理解すると、涙とともに色んな感情が流れ落ちた。

この身体は、魔女に呪われた。

夜になると幼女の姿になってしまう。

朝がくると元の姿に戻ることが出来る。

太陽と月の影響を受けながら、時間の経過とともに強制的に本来の姿と幼女の姿が入れ替わってしまう。それが『若く美しくありたいなら望みを叶えてやる』と怒鳴られてこの身に受けた呪い。

身体が変化していく奇妙な感覚にはまだ慣れないが、五回目の縮小のときにはもはや諦めの境地に立っていた。

一時間かけてヴィリアーゼン領の屋敷に戻っていくフィーゼルの馬車を見送ると、宵闇から視線を外したレオンと目が合った。

「今夜はお父さまと一緒に寝ようか?」

「……恥ずかしいので、遠慮いたします」

リリアと同じく諦めの境地に辿りついたらしいレオンにそう言って誘われたが、リリアはぷいっと顔を背けた。

外見こそ四歳か五歳の子どもの姿だが、リリアの中身はれっきとした二十一歳のレディだ。領民と一緒に田畑を耕し、水路を作り、家畜の世話を手伝いつつも己の政務も怠らない父を尊敬しているが、一緒に寝るかどうかは別の話だ。

今はそれよりも大事な話がある。

リリアは暖炉の前の椅子に腰を降ろしたレオンと見つめ合って、この数日間避けてきた話題を口にした。

「お父さま。エドアルド殿下との婚姻の件ですが……」

リリアが口を開くと、レオンも低く唸った。椅子の肘掛けに腕を乗せ、頭を抱えたレオンの心中は察するに余りある。

リリアには婚約者がいた。それは他でもない、スーランディア王国第二王子のエドアルドだった。

エドアルドの隣に相応しい令嬢は他にもいるはずだが、王宮はなぜか田舎の伯爵令嬢であるリリアを花嫁に指名してきた。

リリアにはその理由がわからず、はじめは困惑した。だが名誉なことであるのは確かなので、王宮の要望を受け入れるつもりで準備を進めてきた。

婚約が正式に決まったのは一年前。そこから今日に至るまでの間、何度か王宮へ挨拶に赴く機会を設けた。だがその度に山道が崩落したり、雨も降っていないのに川が氾濫したりと不運が続き、結局エドアルドとの対面は叶っていなかった。

けれど、それでよかったのかもしれない。

「婚約は……辞退させて頂くしか、ないだろうな」

「はい」

重苦しいため息が漏れる音を聞くと、リリアも目を伏せて父の意見に同意する。

レオンの意見は至極真っ当だった。スーランディア王国の正統な血筋に『呪い』などという不吉な因子が混じることなど、決してあってはならない。

それどころか、王国各地の管理を担っている貴族の中に呪いを受けた者がいることを知られてはいけない。不吉だ、不浄だ、と誹謗を受ければ、父に与えられた伯爵位が剥奪されるかもしれない。

領民の安寧な生活が脅かされる可能性だってある。ならば何としても、隠し通さなければいけない。

当然、この先リリアが誰かと添い遂げる可能性もゼロになった。名誉ある婚姻から一転して、月陰に生きる薄幸の令嬢になってしまった。

けれどそれで父と領民を守れるなら構わない。この秘密を共有出来る働き者の領民で、今後一生子供が作れなくてもいい、という人がリリアを好いてくれるのならば、むしろ幸運なぐらいだ。

――そう思っていたのに。

目の前で優しい笑顔を作ってリリアの視線と心を奪ったのは、国中の民に愛される統治者のひとり、第二王子である正統な王家の血を引く者にしか発現しないといわれる、プラチナホワイトの美しい髪。この国では正統な王家の血を引く者にしか発現しないといわれる、プラチナホワイトの美しい髪。

極上のサファイアのような濃い青色の濡れた瞳。絵画や彫刻のように完璧に整った美しい顔立ちと

引き締まった身体。

その完全で完璧な存在があまりに優しい視線で微笑むものだから、リリアは腰から力が抜けてそのままその場に完璧に崩れ落ちそうになってしまった。しかしすぐ後ろが壁であったことが幸いし、どうにか足に力を入れて持ち堪える。

言われた通りに顔を上げたが、発言は許されていない。

すべての感情を皮膚の下に押し隠したリリアは、気味が悪いぐらいに無表情だったのだと思う。

視線を外したエドアルドの肩が少し震えていて、どうやら笑われているらしいことに気が付いた。

「カティエ嬢」

至近距離で顔を見られて恥ずかしくなったリリアの耳に、エドアルドの声が届いた。踵を返してカティエに向き直ったエドアルドは何かを言おうと口を開いたが、そこにカティエの声が割り込んだ。

「エドアルド殿下」

恐れていた事態が起きた。

これがエドアルドの妃となった婚姻後ならば許されるかもしれない。けれど今のカティエはまだ彼の婚約者にすぎない。ただの婚約者の身分で王族の発言を遮断するなど無礼にもほどがある。それだけでもリリアは青ざめそうになったのに。

「私は殿下に嫁ぐために参ったのです。嬢、は止めて頂けませんか?」

にっこりと笑顔を浮かべて主張しているが、カティエの要求はそれほど重要度が高いようには思

えなかった。そんなことのためにエドアルド殿下の言葉を遮（さえぎ）るなんて！　と悲鳴をあげそうになっ

たが、彼が気にした様子はなかった。

「では、カティエ」

あっさりとカティエの要求を飲んだエドアルドは、今度こそ自分の話をするために口を開いた。

「当初通達していた時期より、披露（ひろう）の日取りを遅らせることになった」

「まあ、どうしてですの？」

カティエの驚く声が響く。この決定はリリアにも意外だった。

スーランディア王国の王族は、王位の継承にかかわらず、二十五歳までに結婚する場合が多い。

第一王子であり王太子であるセリアルドは二十一歳のときに結婚しており、しかもすでに四人の御

子がいる。だがエドアルドは現在二十六歳。平原に雪が降り積もる頃には二十七歳になるというの

に、エドアルドは結婚していなかった。

それがようやく形になるのならば、一日でも早く花嫁のお披露（ひろめ）目を終え、一日でも早く婚姻の儀

式を済ませたい。スーランディア王宮もエドアルド本人も、それを望んでいると思っていた。

「……準備は怠（おこた）るべきではないからな」

ぼそりと呟いた後、一瞬の間を置いてエドアルドがカティエに向き直る。

「君のドレスの準備も必要だろう？」

そう言ってカティエに微笑むエドアルドの横顔は、表現しがたい程に美しく、睫毛（まつげ）の一本一本ま

でが洗練された美術品のようだった。けれどリリアには、その笑顔が作り物のように思える。

どうしてだろう。何か違和感を覚えてしまう。

「というのが理由の半分で、もう半分は政務の都合だ。すまないな」

肩を竦めてみせたエドアルドの様子に、リリアの不思議な錯覚は消え、少しだけ心が和む。

実りと収税の季節であるこの時期は、確かに忙しい。完璧に政務をこなしていると噂のエドアルドでも、生活が絡む事案まで完全掌握するのは難しいようだ。

冗談めかしたエドアルドに、つい笑みが零れそうになった。もちろん失礼なことだと十分に理解しているので、表面的には無表情でやり過ごす。だがカティエにはエドアルドの発言を冗談だと捉えることが出来なかったらしい。不満そうに口を尖らせながら、

「……かしこまりました」

と呟く態度に、リリアのほうがはらはらしてしまう。

王子の花嫁となるならば、公的な事情や政務の都合を慮るべきだ。それを不満に感じ、さらに表情に出すなど、エドアルドの仕事に理解を示さないと思われても仕方がない。

カティエは本当にこの調子で、エドアルドと上手くやっていけるのだろうか。

「それまでは王宮内で好きに過ごしてもらって構わない」

エドアルドはよほど懐が深いのか、それともカティエを好いているがゆえに彼女に甘いのか、特に気に留めた様子もなく、そのままくるりと踵を返した。

「悪いが、今日はこれで失礼する。案内の者を寄越すから少しここで待っていてくれ」

今のエドアルドは本当に忙しいらしい。結局一度もソファに腰を下ろすことがないまま『では』

と短い言葉を残して応接間を出て行ってしまった。

扉が閉まると、リリアはふう、とため息をつく。

「エドアルド殿下は、本当に素敵な方ね」

声をかけると、カティエが『えぇ、そうね』と呟く。

「でもお披露目よりも政務を優先するのはどうかと思うわ」

憮然として唇を尖らせる。

だが王族としての政務に加え、騎士院の総帥補佐も務めるエドアルドが忙しいのは当たり前だ。やはりカティエの本心は不満でいっぱいのようだ。

季節や通例に則って行われる祭事ならばともかく、平素とは異なる儀式や夜会の時期が変わってしまうのは仕方がない。

「まぁ、私のためにドレスを新調してくれるのは嬉しいけれど」

カティエが突然、ころりと態度を変える。エドアルドに言われた言葉を思い出したらしい。急ににこにことと笑顔を浮かべて冷めかけたお茶を口に運ぶ彼女の声は、妙に弾んでいた。

「リリアのために用意されたドレスだと、私にはウエストがゆるすぎるもの」

「……」

余計な一言を付け足され、今度はリリアのほうが不満を抱いてしまう。

確かにそうだろうけれど。腰が細いカティエなら、リリアのために用意されたドレスだと細かいサイズが合わないのは間違っていないけれど。そんなにはっきりと言わなくてもいいのに。

（でも……いいなぁ）

素直に羨ましいと思う。急に決まった婚姻とはいえ、カティエはエドアルドにちゃんと愛されている。こうして仕事を中断してまで会いに来てくれる。花嫁衣装も新しいものを用意してくれる。

元々、社交界や祭典などの場で顔見知り同士の二人だから、愛を育むのも早いのかもしれない。

生涯誰とも結婚出来ないリリアにとっては、それだけで夢のような話だ。

「わぁ、素敵なお部屋～！」

案内された広い部屋は、バルコニーへ続く大きな窓が印象的だった。落ち着いたテラコッタカラーの絨毯には、金と赤の絹糸で四季の花の刺繍が施されている。そこに天蓋付きのベッドと豪華な応接セット。猫足のドレッサーに、同じく猫足のクロゼット。身支度に使用する大きな鏡。

さすがスーランディア宮殿。客間にしてはかなり立派な部屋だ。

王侯貴族へのお披露目と国民への婚約発表が済むまで、ここがカティエの過ごす部屋となる。

リリアには十分立派な部屋に思えたが、カティエは不満そうだった。

「滞在するのは王殿じゃなくて、宮殿の客間なのね。つまらないわ」

カティエはため息をつくが、それは当たり前だ。

スーランディア王宮は大きく『宮殿』と『王殿』に分けられていて、王族とその妃が生活する王殿は、王宮の中でもさらに奥の領域にある。エドアルドの言う『王宮内で好きに過ごしてもらって構わない』とエはまだ入ることが出来ない。王殿には客人の身分では入れないので、当然、カティ

は、あくまで広間やダンスホール、庭園や図書塔がある宮殿の話だ。

しかし食べられない草花を愛でない草花を愛でないカティエは、庭園の散策など興味はないだろう。学問も好きないので、図書塔にも近寄らない。王宮内には枢機院に加えて騎士院や魔法院といった国政の要となる機関もあるが、行ったところで働く人々の邪魔になるだけだ。

しいて言うなら、広間やダンスホールにある装飾品や調度品を眺めることは好みそうだが、どちらにせよ、しばらくは王宮内を散策して過ごすしかない。それに王侯貴族へのお披露目が終われば王宮作法教育が始まるので、のんびり出来るのは今だけだ。

「リーリャ、これクロゼットに入れて」

「あっ、はい」

部屋の豪華さに気を取られていると、カティエに最初の命令を受けた。カティエはロナ家から運ばれてきたドレスを猫足のクロゼットに移して欲しいと仰せだ。リリアはすっかりカティエの世話を焼くことが板についてきた気がする。

「宝飾品もお願い。それが終わったら、お茶が飲みたいわね」

「は……って、応接間で飲んだばかりでしょう？」

「さっきはイエローティーだったの。次はブラックティーがいいわ」

カティエがソファに身体を沈めて、ふう、と息を漏らす。喉が渇いているというより、口寂しいに違いない。

（持参のティーセットと茶葉はどこに仕舞ったのかしら？　それにお湯はどうしたら……）

「それとね、リーリャ」

ドレスをクロゼットに並べながら考えごとをしていたリリアの偽名をためらいなく呼べるらしい。呼ばれたリリアの言葉が背中にぶつかった。カティエの言葉が背中にぶつかった。

彼女は今日から改めることになったリリアのほうがまだ戸惑ってしまうのに。

カティエの順応力には感心したが、彼女に投げつけられた言葉はひどく冷たいものだった。

「あなた、私の侍女なのよ。友達みたいな口調で話しかけるの、やめてくれる？」

急激に突き放されて、一瞬反応が遅れる。

振り返ると、そこにはソファの上にヒールをはいたままの足を投げ出し、だらしなく姿勢を崩したカティエがいた。しかも、視線は綺麗に整えられた自分の爪を見つめたままである。

「えっ……と？」

「今はいいわよ？　でも普段からちゃんとしてないとそのうち素が出るんだから」

（ええぇぇ!?）

その口振りに、呆れを通り越して絶句してしまう。

（それ、カティエが言うのね!?）

一番言われたくない人に言われてしまった。父がいないところでは大はしゃぎし、飲み物をすする音を出し、人目がなくなった瞬間に粗雑な口調に戻る。そのカティエが、それを言う？

壁際に寄せてある大鏡を、彼女の目の前に移動させたい。そして今まさに普段からちゃんとしていない状態のカティエに、その姿を自己認識させてあげたい。

しかしそんなことをしても、カティエは自分の考えを変えないだろう。へそを曲げてしまうだけに違いない。カティエの機嫌を損ねると後々面倒なのは、幼少期からの付き合いなので十分に理解している。こういうときどう対処するかも、もう慣れたものだ。

「……気を付けます」

結局こうしてリリアのほうが折れるから、いつもお人好しだと言われてしまう。

とはいえ、親の爵位が子の振る舞いに影響することは、貴族の出自であれば誰もがちゃんと理解している。カティエのわがままに付き合って、彼女の尻拭(しりぬぐ)いばかりしていても笑い者になることはない。

「では、お湯を頂いて参ります」

「ん～、わかったわ～」

クロゼットにドレスや靴を並べ、宝飾品をジュエリーケースに仕舞うと入り口で一礼する。ソファの上からひらひらと手を振るカティエの姿を見れば、また少し心配な気持ちになる。どうかお湯をもらって戻ってくるまでの間、誰もこの部屋を訪れませんように、と願ってしまう。

疲労を感じながら廊下を歩いて行くと、すぐに侍女の服を着た女性と行きあった。

「あの、お尋ねしたいことがあるのですが……！」

「ん？　なあに？」

リリアに呼び止められた女性が、小さく首をかしげる。リリアのほうから挨拶をして事情を説明

すると、女性はティーサロンの場所とお湯の扱い方を丁寧に教えてくれた。

「へぇ、じゃあリーリャはカティエさまのお部屋付き侍女なのね」

「そうなの。少しの間だけれど」

かまどでお湯を沸かしながら、セイラと名乗った女性に返事をする。

セイラは主に宮殿を訪れる賓客（ひんきゃく）をもてなす仕事を担当しているらしい。王宮に来客がないときは、騎士院や魔法院から依頼された繕（つくろ）い物をしているとのこと。

となると本当は、セイラがカティエのお世話を担当する予定だったのかもしれない。リリアが王宮に同行することで、セイラは仕事を横取りされてしまったのかもしれない。

申し訳なさを覚える反面、カティエの身の回りの世話をセイラにさせなくて良かった、とも思う。

なぜならあのカティエが、侍女を相手にずっとかしこまった態度でいるとは思えない。彼女のわがままに付き合うのは自分だけで十分だ。

「でもカティエさまは、可哀想だわ」

「えっ……どうして？」

「だってエドアルド殿下って、あんまり笑わないんだもの」

コポコポとお湯が沸く音に紛（まぎ）れて聞こえた言葉に、つい首をかしげてしまう。

「笑わない……？」

「ええ、そうよ。兄王子のセリアルド殿下と違って、舞踏会や夜会もあまり好まないの。エドアルド殿下の婚約者候補なんて、私なら気が滅入ってしまうわ」

「……？」

声を潜めたセイラの表情に違和感を覚えてしまう。そして謎が深まる。

（え……思いきり笑っていらした気がするけれど……？）

リリアは今日、はじめて会ったエドアルドにやわらかく笑いかけられた。肩を震わせて可笑しそうに笑われた。

二つの意味は異なると思うが、エドアルドはどちらの笑顔も見せてくれた。リリアはセイラの言う『笑わない』とは全く違う印象を抱いていたので、再度首をかしげる。

「あ、このプレート持っていって」

疑問を感じながらポットにお湯を移していると、セイラが鉄製の板を用意してくれた。ティーワゴンの上に置かれた見慣れない鉄板を凝視すると、セイラがふっと笑顔を浮かべる。

「この印を解除すると、紋章のところが高温になるの。お部屋でお湯を再加熱出来るわよ」

「え、本当に!?」

すごいことをさらっと言われて、思わず感動の声が漏れる。

確かに茶葉がしっかりとひらくためには高温のお湯を使用するといいが、部屋に戻るまでの間にお湯の温度は少し下がってしまう。それは仕方がないことだと思っていたが、この鉄板でお湯を再加熱出来るのなら、部屋でも美味しいお茶を淹れられる。

さらにカティエのために用意してあったという焼き菓子がティーワゴンの上に置かれる。大食堂の厨房からその菓子を運んできたのは、紙で出来た白い鳥だった。

「リーリャは魔法が珍しい?」

「魔法自体は見たことがあるけど、魔法道具は珍しいわ」

生命がないのに動いているという不思議な鳥を見上げると、セイラがくすくすと笑い出した。

「王宮には色んな設備や道具があるし、魔力がなくてもこうして魔法を使えるからとても便利よ」

「すごいわ……」

セイラの説明によると、鉄製板が熱せられる魔法の効果は一回きりらしい。けれど魔力を込めれば再利用出来るので、使い終わったらここに戻しておいて、と微笑まれた。

セイラはリリアよりも年下に見えるが、少し言葉を交わしただけで彼女が頼りになる存在だとわかる。セイラのおかげで、最初に想像していたよりずっと素敵なティータイムを用意出来そうだ。

「リーリャ」

ティーワゴンを押してサロンを出ようとすると、後ろからセイラに呼び止められた。

「カティエさまのお部屋付きだと、自由な時間はあまりないかもしれないけれど……。この先の使用人棟に侍女たちの寮があるの。よかったら遊びに来て。リーリャと仲良くなれたら嬉しいな」

「う、うん!」

「エドアルド殿下に冷たくされたら、愚痴を言いに来てもいいからね?」

「あはは……ありがとう」

最後の言葉にはなんと答えていいのかわからなかったが、慣れていないリリアを気遣(きづか)ってくれていることは理解出来た。

給仕の知識は完全に付け焼き刃なので、王宮に来るまでは一体どう振る舞えばいいのかとかなり不安だった。けれどセイラのおかげで、なんとかなりそうな気がしてくる。

それに、侍女といっても仕える相手はカティエのみ。カティエが婚約発表を終えれば、家に戻ることも決まっている。

リリアはそれまでの間、カティエのわがままに付き合おうと決めていた。

セイラのおかげで、火のない場所でも飲食物を温められると知ったので、夕食はカティエの部屋でパンとスープを食べた。

そのカティエは今、王宮勤めの貴族たちとの晩餐会に足を運んでいる。今夜の晩餐の席にはカティエの父フィーゼルもいるので、今頃は和やかに食事を楽しんでいるに違いない。

リリアはバルコニーから月明かりに照らされる王宮の庭園を眺めて、はぁ、と重い息をついた。先程まで当たり前に掴んでいたバルコニーの柵も、縮んだ身体では触れることとさえ出来ない。誰かに見られては困るので、次に太陽が昇るまではこの部屋を出ることも出来ない。

「お父さま……お母さま……」

王立学院生時代も、寮に入った最初の頃はホームシックになった。けれど身体が小さくなった今のリリアは、あの頃よりも父や母を恋しく感じる。父に頭を撫でてもらって、母に抱きしめてもらいたい、と強く感じてしまう。心まで小さくなったつもりはないが、気を抜けば視界にじわりと涙がにじんでいた。

フローラスト家の屋敷でも、自分で出来ることは自分でやってきたつもりだ。だからカティエの身の回りの世話をすることそのものは、さほど大変ではない。ただ、友達に冷たい態度をとられてしまうことが、今のリリアにはなによりも切なかった。

けれどこれは自分で選んだ道だ。わがままで自分勝手だが、大事な友人であるカティエの支えになりたい。そう望んでここに来たのだからホームシックになっている場合ではない。

（泣いている場合じゃないわ……）

自分を叱咤しながら王宮庭園を眺めていると、ふと背後で部屋の扉が開く音がした。

「リーリャ？　いないの？」

「います！」

カティエの声が聞こえたので、零れそうになっていた涙をぐっと拭って部屋の中へ戻る。バルコニーは薄暗いが、豪華なシャンデリアに照らされた室内は明るい。

入り口に駆け寄ると、カティエの表情はシャンデリア以上に明るかった。

「ドレスを脱ぐから、手伝ってちょうだい」

「は……はい」

昼間なら問題ないが、夜のリリアは身長が縮むし、体力も落ちる。女性の身支度や身解きも満足には手伝えないが、カティエはリリアの事情など一切お構いなしのようだ。

身長が足りないので、ソファに登ってドレスの後ろのリボンを解く。本来の姿のリリアよりも細い腰を、さらに細く際立たせたコルセットも解く。それから胸元に飾られたネックレスの留め具を

外すと、カティエは大きく息を零して天蓋付きのベッドに腰を下ろした。

「今日の晩餐会、エドアルド殿下は来なかったなぁ」

カティエの呟きに、また呆れた声が出そうになってしまう。

秋は実りと祭事の季節だ。冬を迎える前に国境周辺の整備も必要になる。

期でもあるため、この時期は王都から離れた故郷の領地でさえ忙しいのだ。

ならば王族として政務にあたるエドアルドが、それを上回るほど忙しいことは容易に予想出来る。税収の管理や調整の時

呑気に晩餐の席に足を運んでいられるほど、彼は暇ではないはずだ。

リリアはそう思うが、それをカティエに説明してもきっと無駄だろう。少なくとも、今は。

何故なら今のカティエは、ひどく泥酔している。

「カティエ。ちゃんと着替えないと、風邪を引いてしまうわ」

「う～ん……。わかってるわよ～……」

どうやらカティエは相当量のお酒を口にしたらしい。すっかり酔っぱらってしまった彼女に夜着

へ着替えるようすすめるが、返答のみで行動する気配がない。

仕方がないので、衣装箱からカティエの夜着を引っ張り出して彼女の傍に置く。そのついでに耳

元を飾るイヤリングを外したほうが良さそうだと考えた。

「カティエ、イヤリングも外したほうが……」

「リリア」

カティエの耳元に触れようとすると、その手首を突然ぐっと掴まれた。

急に身体を掴まれたことに驚いて、すぐに身を引こうとする。だが酔ったカティエは加減が出来ないのか、指先に込められた力はかなり強く、簡単には振り解けなかった。

「い、いたい……！　カティエ！」

咄嗟に声をあげると、カティエの力が少し弱まる。しかし手は解放してくれない。

「本当、可愛いわね」

短く告げられた言葉の意図がわからず、おそるおそる顔を上げる。

そこにはじいっとリリアの瞳を覗き込むカティエがいた。まるで蛇のように。いや、魔女のようにきつい視線がリリアを捉える。背筋がぞっとするような、全身が凍り付くような冷たい瞳で。

「可愛い」

「カ……カティエ？」

「まるで赤子みたい」

ふふふっと笑ったカティエは、確かに酒に酔っている。けれど、本当にそれだけだろうか。

リリアが小さくなった姿を、カティエはまだ数えるほどしか目にしていない。だが今夜から国民への婚約発表の日まで、リリアとカティエはこの部屋で共に過ごすことになる。幼い少女に変貌してしまうこの姿を、彼女は毎夜のように目にすることになる。

もしかしたら、カティエはリリアの幼い姿を見る度に、魔女に襲われたときのことを思い出すのかもしれない。この姿を見ると、恐怖の瞬間を想起するのかもしれない。

そうだとしたら、リリアはカティエの傍にいないほうがいいのではないだろうか。これから王宮

40

に嫁ぐカティエにとって、リリアは恐怖を思い出す不快な存在なのではないだろうか。魔女に襲われた日からふた月近くが経過しているが、彼女の心の傷はまだ癒えていないのではないか。

「ほんとうに、ほんとうに……リリアは可愛い」

「カティ……エ……」

冷たい目で笑う彼女の心を探ろうとする。

（私は、ここにいないほうがいい？）

そう訊ねようと思ったが、今の彼女はお酒に酔った状態だ。きっと冷静な判断が出来ないし、仮にしっかりと話し合えたとしても、明日にはその内容を忘れてしまう可能性がある。だったら今はそんな話をしても無駄に違いない。

「ええと……カティエのほうが、可愛いと思うけれど」

「それはそうよね」

リリアが呟いた言葉を全面肯定したカティエが、急に満足げに鼻を鳴らす。それから何度か頷くと、ようやくその手を離してくれた。いつの間にかカティエはいつもの様子に戻っていて、ほっと胸を撫で下ろす。

本当は湯浴みをすべきだと思うが、今夜はそのまま眠るらしい。夜着に着替えてベッドの中に入ろうとしたカティエが、ふとリリアのほうを振り返った。

「小さいから、ソファでも眠れるでしょ？」

「……うん」

それが当然だと言うように断言されては、リリアも頷くしかない。

昔は同じベッドで眠ることもあったのに。今はこんなに広いベッドを使えて、リリアの身体は昔のように小さくて、最初に寂しいと言ったのはカティエなのに。一緒に眠るための理由はたくさんあるはずなのに、カティエは『一緒に寝よう』とは言ってくれない。その事実が、リリアは少しだけ寂しい。

カティエが脱ぎ散らかした服と装飾品を片付け、部屋の明かりを消して戸締まりを確認する。ソファの上に横になると、ほどなくして天蓋の中からカティエの寝息が聞こえてきた。

きっとリリアは、まだ眠れない。

そう思っていたのに、ソファに身体を預けて力を抜くと自然と睡魔が襲ってきた。

王宮にやって来て八日目の午後。リリアは目の前の様子を見て、密かに頭を悩ませていた。

リリアが用意したのは、カティエが持参した彼女のお気に入りのティーセット。紅色と桃色の大花が描かれた白いカップの縁を、金色の装飾が彩っている。そして甘いカスタードケーキと、淹れたばかりのブラウンティー。テーブルに季節の花を彩った優雅なひととき。

ではないと思う。どう考えても。

「少しは私の相手もして下さいませんと、寂しいですわ」

いじらしく唇を尖らせる表情も、小さなわがままも、花のように可憐で愛らしい。

そんなカティエの前に座っているのは、他でもない第二王子のエドアルドだった。

42

「悪かった。忙しさにかまけて、君の相手をおろそかにしてしまったな」

そう言って苦笑するエドアルドに、リリアが代わって全力謝罪する。もちろん発言は許されないので、心の中で。

エドアルドが政務で忙しいことは、先日の様子を見ればカティエにだって理解出来るはずだ。けれどカティエは己のわがままをエドアルドにまで押し付けるつもりのようだ。

どうしてもエドアルドに会いたい。どうしてもティータイムを共にしたい。

木苺とはわけが違うのよ、と懸命に説得したが、カティエがリリアの意見に耳を傾けてくれるはずなどなかった。

忙しいエドアルドを煩わせているのは百も承知だ。だからせめてお茶だけでも美味しく淹れたい。

悩んだ末、リリアはカスタードケーキに一番合うと感じたブラウンティーを選択した。

エドアルドの細長い指先が、ティーカップを口へ運ぶ。サファイアブルーの瞳の中にティーカップの水面が揺らめく。

とってサラサラとなびく。プラチナホワイトの銀糸がそよ風をまとってサラサラとなびく。

そんな優雅な所作にぼんやりと見惚れていると、

「うん、美味いな」

と呟く声がティーサロンの中に響いた。

「カティエが羨ましい」

「あら、なぜですの?」

「君にはお茶を淹れるのが上手な友人がいるからな」

エドアルドの笑顔を正面からそっと見つめて、リリアは密かに照れてしまう。カティエを通して褒められた喜びから心の中で舞い上がったが、彼女の返答は怖いぐらいに冷徹だった。

「幼少期から知るといっても、彼女は侍女ですわ。友人というわけではありません」

（ええー……ひどい……）

そこは適当に誤魔化して相槌を打つか、さらっと流してくれればいいのに。離れるのが寂しいから王宮についてきて欲しいと言ったのはカティエなのに。それがリリアの身元を偽るための演技だと知っていても、友達ではないとはっきり口にされると複雑な気分になってしまう。

「これは去年の茶葉か？」

エドアルドはカティエの悪い冗談をさらりと聞き流してくれた。その代わり、口にしているブラウンティーに興味を示す。そんなエドアルドの問いかけにカティエの肩がびくりと跳ねた。

「え……」

カティエの背中は困惑そのものだった。ちらりと彼女の様子を盗み見た瞬間、リリアは再び頭を抱えることになる。カティエは自分の領地で収穫して、自分で持参してきた茶葉の詳細をしっかり理解してないらしい。

「リーリャ」

「……はい」

飛び火してきた声が求めていることもすぐに察知する。

カティエのためを思うなら、本当はここで助け舟など出さないほうがいい。わからないことは、

わからない。知らないことは、知らない。二人がこの先夫妻として上手くやっていくことを考える
なら、カティエは見栄（みえ）を張って些末（さまつ）な隠しごとをするずるい手段など覚えてはいけない。

それはわかっているが、リリアは結局、カティエに甘い。振り返った彼女にうるんだ瞳を向けら
れて言葉のない懇願をされてしまえば、手を差し伸べる他ない。ここでもまたお人好（ひとよ）しを発揮して、
カティエのために心を鬼に出来ない自分が情けない。

「私に説明の許可を頂けますか？」

「ああ、もちろん」

「王子殿下の御心に感謝いたします」

あっさりと許可が下りたので、その場で一度頭を下げる。

顔を上げるとエドアルドと再び目が合う。しかし、ただの侍女が王族である彼を正面から直視す
るのは無礼にあたる。とはいえ急に逸（そ）らすのもまた無礼なので、リリアは発声に影響がない程度に
ゆっくりと視線を下げた。

「こちらのブラウンティーは本年の茶葉になります。今年は雪解けが早く、春から初夏の気候が安
定しておりましたので、例年より早く収穫を迎えられました。昨年のものよりもやや渋みが強いで
すが、ただいまお召し上がりになられているカスタードケーキであれば、今年のものは相性がいい
と思われます」

「そうだな、確かに甘いケーキに合うかもしれない。オレンジはどうだ？」

「はい。オレンジティーは、丁度今が収穫の時期です。ですが茶師は昨年のほうが出来がよさそう

だ、と申しておりました」

「ああ、去年の茶葉は市井でも人気だったな」

ふうん、そうか、と感慨深げに呟くエドアルドには、リリアのほうが感心してしまう。

リリアは父が領地として管理するフォルダイン領産の茶葉だけでなく、王国中の新茶葉の出来を毎年楽しみにしている。もちろんすぐ隣のヴィリアーゼン領の茶葉の下調べも怠らない。しかしそれはひとえに、リリアがお茶好きだからである。王族として自国の状況を把握しておくことは重要だと思うが、まさかエドアルドも茶葉の出来を把握しているとは思ってもいなかった。

「丁寧な説明をありがとう」

「恐れ入ります」

エドアルドのその言葉を聞くと、もう一度頭を下げて壁際に退がる。

これでカティエの体裁は保たれたはずだ。助けを求められれば応じるが、あとは壁のレリーフに徹する。

そろそろお茶のおかわりを用意しなければ、と考えながら何気なく顔を上げると、エドアルドがこちらを見つめていることに気が付いた。

（な、なに……？）

驚いて身体がぴくりと跳ねるが、再びゆっくりと視線を逸らす。

しかししばらく目線を彷徨わせた後に顔を上げると、再びエドアルドと目が合ってしまった。

（ええと……）

おまけに今度は笑顔まで向けられてしまい、リリアは反応に困ってしまう。

最初はカティエに微笑んでいるのだと思った。リリアと違い、エドアルドとカティエは元々面識がある。侯爵家の令嬢らしく、カティエは社交の場にもちゃんと顔を出している。それならばエドアルドとの共通の話題も多いはず。

そう予想していたリリアを裏切り、エドアルドは一方的に話すカティエの話には適当な相槌を打つだけだ。その代わり、レリーフと同じく微動だにしないリリアと視線が合う度に、やわらかく笑いかけてくる。

（セイラ。エドアルド殿下は結構笑うお方だと思うわ）

それはもう、眩（まぶ）しいぐらいの笑顔で。

そういえば八日前に応接間で会ったときも、無表情のリリアの顔を見て笑っていた。もしかするとエドアルドは彫刻やレリーフが好きなのかもしれない。

でもリリアは、自分の造形物としての完成度は高くないと知っている。もう少し華やかな顔立ちか曲線美を感じられる体躯だったら、エドアルドの目の保養になったかもしれないけれど。

「リーリャ」

庭の隅で忘れ去られた石像の気持ちになっていると、カティエが声をかけてきた。

カティエはお茶のおかわりをご所望（しょもう）だ。

声をかけられるまでカップの中身が空になったことに気付かないとは情けない。はっとしたリリアは、急ぎつつも粗野にならないようポットの中身を慎重にティーカップに注ぐ。

カップにブラウンティーが満たされると、エドアルドがまた『ありがとう』と微笑んだ。エドアルド殿下は侍女に対しても優雅に笑ってお礼を言うのね、と再びときめいてしまう。

整った顔立ちが目を細める様子から視線を外すと、今度はカティエのカップにお茶を注ぐ。

しかしリリアがポットの中身を注いでいると、横から突然カティエの手が伸びてきた。熱い陶器が指先に触れるのではないかと驚いたリリアは咄嗟にポットを引っ込めるが、急いだせいで腕がカティエの肩に当たってしまった。

「きゃあっ!?」

「っ……！　申し訳ございません！　お怪我は……っ」

悲鳴を漏らしたカティエに、慌てて謝罪の声をかけてしまう。本来は給仕をするだけの侍女が、主人や客人に自ら声を掛けるのはご法度だ。だが飛び出てしまった言葉を引っ込めることは出来ず、心配したつもりだったのにカティエにきつく睨まれてしまう。

「もう、下がっていいわ」

カティエはすっかり虫の居所が悪くなってしまったようだ。口調こそ静かだが、リリアを睨みつける表情は険しい。見たことがない友人の表情に、リリアは驚愕して困惑してしまう。

「ですが……」

「かわりが欲しくなったら、他の人を呼ぶわ！」

「……かしこまりました」

ただの侍女が、主人の命令や決定に意見することなど出来ない。

48

三度目は言わせない、と強い視線が怒りを露わにするので、リリアは渋々頭を下げた。

「ご無礼をお許し下さい。失礼いたします」

エドアルドとカティエに謝罪の言葉を述べると、そのままティーサロンを後にする。

折角のティータイムにカティエに水を差してしまったことを猛烈に反省するが、後悔しても遅い。パタンと閉じたガラス扉の向こう側を確認することも出来ず、リリアはそっとサロンから離れた。

「はあ……どうしよう……」

カティエを怒らせてしまった。リリアを見上げたカティエの視線は、怒りの感情で満ちていた。

彼女が怒るのは無理もない。経緯はどうあれ現在は侍女の身であるというのに、給仕の最中に考え事をしてしまった。その結果、自分に与えられた役目を疎かにしてしまった。だから怒られてしまうのは仕方がない。

ただでさえ魔女に呪われたリリアは夜になると役立たずで、普通の侍女より出来ることが少ない。今度は絶対に失敗しないようにしなければ。友人として、侍女として、カティエを支えると自分で決めたのだから。

それにしても、カティエはどうしてあんな危ないことをしたのだろう。熱いお茶を注いでいる最中に手を出してはいけないのは、小さな子どもだって知っているのに。彼女に怪我も火傷もなかったことは幸いだったけれど。

むしろ火傷を負ったのはリリアのほうだ。カティエから遠ざけようと慌てたせいで、ポットを素

手で押さえてしまった。熱い液体が直接かかったわけではないので、リリアが熱さに耐えてポットの落下を阻止したと二人に知られなかったのは幸いだった。

「うう……きっと腫れるわ……」

ポットを掴んだ左の手のひらを眺めると、皮膚の表面が赤くなっている。それに発赤を生じているところのすべてがジンジンと痛い。手のひら全部に血が巡っているように感じる。早く冷やさなければ、後でもっと痛い思いをしそうだ。

(セイラに頼んで、冷やすものを貸してもらおう)

リリアはため息を一つ零して、立ち止まっていた場所からゆっくりと歩き出した。

「待て」

しかし角を曲がろうとしたところで、後ろから突然声をかけられた。リリアは手の痛みと腫れに気をとられていたせいか、背後から人が近づいてきていたことに全く気付いていなかった。

近くから呼ばれたことに驚いて振り返ると、そこにいたのはエドアルドだった。

「で……殿下……!?」

「大丈夫か?」

想像していなかった人物から声を掛けられ、思わず硬直してしまう。もしかしてカティエだけではなく、エドアルドにも怒られてしまうのかもしれない。カティエを怒らせてしまったときを上回る『どうしよう』が、慌てて頭を下げたリリアの胸を埋め尽くす。

「ご無礼をいたしまして、申し訳ございません」

50

「あ、いや……そんなことはどうでもいい」

眉間に皺を寄せたエドアルドは、リリアの謝罪を軽く受け流す。そればかりか謝罪のために腰を折ったリリアの上体を強引に引き起こし、手首をぐっと掴んで、赤く腫れた手のひらをじっと凝視してくる。てっきり怒られてしまうと思って身構えたが、エドアルドが想像していたものとは異なる言葉をかけてきた。

「やっぱり火傷してるじゃないか」

「えっ……？　あっ、大丈夫です。すぐに冷やせば……」

至近距離で揺れ動くサファイアブルーの瞳を見つけて、リリアはつい挙動不審になってしまう。エドアルドから逃げようと手を引いたが、彼の指先はしっかりと左の手首を掴まえていて、簡単に逃れることは出来なかった。

「悪かった。俺が君に夢中になりすぎたせいで」

「え……え、と……？」

「カティエは、面白くなかっただろうな」

ふっと表情を崩して笑う麗しい姿に、また驚いてしまう。

『だってエドアルド殿下って、あんまり笑わないんだもの』

『エドアルド殿下の婚約者候補なんて、私なら気が滅入ってしまうわ』

頭の中に再びセイラの言葉が響くが、そんなはずはないと思う。セイラはリリアを驚かそうと思って、悪戯のような嘘を教えたに違いない。

「おいで。火傷の痕が残ったら大変だ」

エドアルドの笑顔を見上げて、リリアは自分の疑問を確信に変えた。

優しい声でリリアの手を引いたエドアルドは、角を曲がらずそのまま廊下の先へ進む。

「あ、あの……本当に、冷やせば問題ありませんから！」

焦ったリリアの反論は『そうだな』と受け流された。火傷した左手はどこかにぶつからないようしっかりと握られ、後ろに回された腕は前掛けの結び目の上から腰を抱いている。

行き先を誘導するエドアルドと顔の距離が近いことに気が付くと、リリアは急に気恥ずかしくなってしまい、サッと顔を下げた。

「殿下はサロンへお戻り下さい……」

きっとカティエが待っている。あの人形のような愛らしい頬を膨らませて、つまらないわと唇を尖らせて、席を外したエドアルドの帰りを待っているはず。火傷など冷やせばいいのだから、エドアルドが気にする必要はないのに。

「戻らなくても平気だ。仕事だと言って出てきたから」

「えっ？」

「まぁ、嘘なんだけどな」

エドアルドが悪戯に成功した子供のような笑顔を浮かべるので、リリアは小さく首をかしげた。

とある部屋の前で、エドアルドが足を止める。どうやらこの部屋も応接間のようだ。

扉が施錠されていない部屋へ入ると、中はそれほど広くはなかった。しかしブラウンオークの

テーブルとエンジ色のソファは、一目で高級な調度品だとわかる立派なものだ。

そのソファに座るよう促されたので、言われた通りに腰を下ろす。座面の柔らかさと肌触りの上

質さには驚いたが、もっと驚いたのはエドアルドが隣に腰を下ろしたことだった。

「見せて」

「え、いえ……あの……恐れ多い、です」

思わず首を振ってしまうが、エドアルドはリリアの様子を気にせず掴んだ左手をまじまじと見つ

めた。

「悪いな。魔法はあまり得意じゃないから、この程度しか出来ないが」

そう言ったエドアルドがパキンと指を鳴らすと、何もない空間に透明の渦が巻き起こった。チ

カッと瞬いた閃光に、ほんの少しだけ目が眩む。そこに生じた波動は最初は小さかったが、周囲の

空気を取り込みながらだんだんと大きな渦になり、やがて光の粒子を含んだ一つの塊になった。

「わぁっ！」

形も大きさも魔女から受けた呪いの球体と似ている。だがあの禍々しい暗黒とは異なり、エドア

ルドが生み出した球体は水晶のように透明だった。つるりと丸い物体に、その奥にあるテーブルや

対のソファ、壁にかけられた刺繍の織物までが鮮明に透けている。キラキラと輝く光の粒子が球体

の中で流動する様子は、芸術品のようで息を飲むほど美しい。

そしてリリアの手の中にころりと落ちてきたそれは、氷のような冷たさを持っていた。

「わ、冷たい、です」

「冷やさなきゃ意味がないだろう。少し我慢してくれ」

エドアルドはリリアの火傷を癒すために魔法を使ってくれたようだ。

今のリリアは王宮の侍女服を身につけてはいるが、カティエが正式に結婚するまでの期間限定の部屋付き侍女に過ぎない。ただの侍女にまで目をかけ、しっかりと労ってくれるエドアルドの懐の深さに感銘を受けた。

左手の上の冷たい球体を眺めながら、リリアはふと胸の奥に生まれた疑問を口にした。

「あの……質問をしてもよろしいでしょうか？」

「ん？　何だ？」

「今は政務がお忙しい時期ですよね？　なぜこの時期にご婚約されるのですか？」

王宮にきてから数日が経過した。リリアは実際に仕事をする様子を見ていないが、今のエドアルドの政務が忙しいのは明らかだ。同じ王宮内にいる婚約者に八日間も満足に会えないほど忙しいのならば、一ヶ月なり半年なり時期を遅らせればよかったはずなのに。

「秋のうちに披露目の夜会を済ませたいんだ。そうすれば冬黎祭と婚約発表の時期を合わせられる。冬の間にゆっくり結婚の準備をすすめれば、花が一番綺麗な時期に婚姻の儀式を迎えられるからな」

エドアルドの説明を聞いたリリアは、思わずはっと息を飲んだ。

（そっか、冬黎祭……！）

冬黎祭はエドアルドの生誕を祝う祭典の名前だ。スーランディア王国では一つ一つの祝事を個別

に執り行うよりも、吉事が重なればより大きな祝福を受けられるとされる。冬黎祭と婚約発表の時期を合わせたのは、王宮としても大きな意味があることなのだ。

（けど私が、直前になって婚約を辞退したから……！）

当初の予定では、秋が深まる前にお披露目の夜会を済ませているはずだった。そしてリリアは今頃、王宮作法の手ほどきを受けているはずだった。

リリアもカティエも貴族としての基礎教育は受けているが、王宮作法教育は王族とその妃しか受けられない。そのため、まずはお披露目の夜会を済ませ、王侯貴族に婚約を認められる必要がある。

彼らに認められてはじめて、王子の婚約者は王宮作法教育の段階へ進めるのだ。

もちろん王宮作法を身につけた者でなければ、王族の婚約者として国民に発表出来ない。だからリリアは一年も前から入念に婚姻の準備を進めていた。冬黎祭の日取りから逆算すれば、本来なら余裕がある日程を組んでいたのだ。

しかしリリアが婚約を辞退したことで、王宮の予定はすべて狂ってしまった。それは同時に、冬黎祭に準備を間に合わせなければいけない、新たな花嫁であるカティエの負担も意味していた。

「仕方ない。何事も自分の望んだ通りにはいかないものだからな」

そしてリリアが何よりも重く受け止めなければいけないことは、他でもないエドアルドの気持ちだった。困ったように笑うエドアルドの表情に、リリアは胸が締め付けられた。それはきっと、王宮の祭事の予定が狂ってしまったことへの落胆だけではない。一年も前から決まっていた婚姻を、土壇場になって辞退された。

エドアルドは、傷付いたのだ。

花嫁に逃げられた王子——エドアルドの物憂げな横顔を見つめたリリアは、彼を深く傷付けてし

まったことにいまさらながらに気が付いた。

（——申し訳ありません……）

口に出すことは出来ないので、心の中でそっと謝罪する。

しかし新しい花嫁のカティエは、わがままだけれどエドアルドを好いている。地味なリリアと

違って愛らしい外見をしている。話好きで社交界との繋がりも深く、いざとなったらフィーゼルと

ロナ侯爵家を慕う人たちも力を貸してくれる。だから第二王子の花嫁として、カティエならば申し

分ないはずだ。

「君を」

俯いていると、エドアルドに声をかけられた。

はっとして顔を上げると、サファイアブルーの美しい瞳と目が合う。元気のない声と同様に、リ

リアを見つめるその表情はひどく切ない。

悲しみを帯びた青い水面に囚われていると、エドアルドに再び手首を掴まれた。その拍子にリリ

アの手から冷たい球体が転がり落ちてしまう。

だが透明な球は床に落ちても砕けたり割れたりはしなかった。

「逃がすつもりはない」

「……殿下？」

けれどリリアの思考は、簡単に砕けてしまった。

56

伸びてきたエドアルドの反対の手が、ソファの背もたれにリリアの身体を押し付ける。そして身体を起こしたエドアルドは、見つめられて惚けていたリリアの唇に自らの唇を重ねてきた。

「ん……っ」

突然の出来事に驚いて目を見開く。先程まで隣に座っていたはずのエドアルドに、強引に身体を押さえ込まれている。それだけでも十分に驚くべき状況なのに。

重ねられた唇のわずかな隙間を割り、侵入してきたエドアルドの舌が荒々しくリリアの舌を奪ってしまう。離れようと顎を引いても、ソファの背もたれに邪魔されて逃げ道がない。

口の中を他人の舌が這いまわるという初めての感覚に、リリアはただ混乱することしか出来ない。怖い。そう思ってもおかしくないはずなのに。

「ん……ん、……う」

さらに深く口付けられると身体から力が抜けてしまう。リリアにとってはこれが初めての口付けだったが、不思議と嫌悪感はなかった。ただ『どうして?』という疑問だけが頭の中に溢れる。抗しなければ、とエドアルドの胸を押し返すが、上手く力が入らない。

指先が騎士の身分を示すための徽章に触れる。エドアルドは王族としての執務に加え、騎士院の総帥補佐も務めている。どちらかというと指揮官としての役割が大きいようだが、日々の鍛錬を欠かない逞しい力にリリアが勝てるはずはない。

丁寧に口の中を舐めとられて舌と舌が絡まると、そのまま捕食されてしまうのではないかと思ってしまう。呼吸の仕方がわからず思考が霞んだところで、エドアルドの唇が離れた。

「……はぁ、っは……」

「あぁ……かわいいな」

空気を求める荒い呼吸に、エドアルドの呟きが重なる。

熱のこもった視線に耐えられずに身をよじると、身体を押さえていた細長い指先が下へ移動した。

そして服の上から腰をするりと撫でられてしまう。誰にも触られたことのない場所に官能的に触れられ、再び身体がぴくんと跳ねた。

「っや、何を……っ」

冷たい球体に触れていたせいで感覚が麻痺していた左手は、全く使い物にならなかった。抵抗しようと肩についた左手は、なんの力も発揮出来ないまま彼の右手に捕まってしまう。

リリアの左手を掴んだエドアルドが、手のひらの中央に唇を寄せる。そのままちゅっと肌を吸われると、再び火傷をしてしまったように左手全体の感覚を失った。さらにちゅ、ちゅっと音を立てて吸われると、くすぐったさとじれったさが全身に波及していく。

「んん……っ、やめっ……」

「可愛い」

甘いしびれに身体も思考も支配され、徐々に自分の置かれている状況さえわからなくなってくる。リリアには恋や愛の経験がないからか、異性に対する耐性がない。こんなに熱を含んだ瞳で見つめられたことがないから、こんなに甘ったるい声で可愛いだなんて言われたことがないから、男性に触れられたときにどう対処していいのかわからない。エドアルドが手のひらに口付ける度に、鼓

58

動が甘く速く響く。

けれどエドアルドは、ノティエと結婚する人で、この国の第二王子だ。そんな彼に心を奪われてときめいてしまうなど、決してあってはならない。

「だめです……殿下……！」

羞恥と理性の中で、首元に顔を埋めてきたエドアルドに拒絶の言葉を紡ぐ。しかしリリアの声を聞いても、肌に舌を這わせて時折弱く噛む獣のような行動は全く止まってくれない。

指先が腰を撫で続ける。力が抜けてソファの背もたれからずるずると身体が下がると、そのままソファの上に押し倒されてしまった。柔らかな質感に、身体がゆっくりと沈み込む。

「やっ……なに、を……っ？」

腰を撫でていたエドアルドの左手が、侍女の制服をたくし上げる。裾から長い指先が侵入してくると、ゆっくりと太腿の内側を撫でられた。

「殿下……！ おやめ、下さ……っ！」

リリアの制止が届いていないのか、届いているのに無視されているのか、エドアルドは何も言わずに肌を撫で続ける。指先が足の付け根に上昇してくると、くすぐったさから鼻にかかったような声が零れてしまった。

「ふあ、ぁ……っ」

下穿きにドロワーズを身につけていればよかった。だが、たまたまペチコートしか穿いていなかったせいで、スカートの中に侵入してきた手は素肌に直接触れてしまう。空気に当たれば肌寒さ

を感じると思ったのに、寒いどころか全身が熱い。

「ずっと、君が欲しかった……」

「なっ……何を、言って……！」

低い声に触発されるように、甘い痺れが全身を走り抜ける。エドアルドの細長く骨張った指が肌を撫でると、その指先の熱が移ったように身体が火照ってじっとりと汗ばんでいく。

顔を上げると瞳が合う。プラチナホワイトのなめらかな絹糸の下で、青い瞳が濡れている。その瞳の鋭さと熱さを感じ取ると、再び身体がびくりと震えてしまう。本当に捕らえられて食べられてしまうのではないかと錯覚してしまう。

「いやっ……嫌です！」

表現出来ない恐怖を感じて、思わず大きい声を出してしまう。次の瞬間、目からぽろっと涙が零れた。

その様子を至近距離で見ていたエドアルドの目が、大きく見開かれる。

「！　すまない、泣かせるつもりは……っ」

そう言って手を引っ込めたエドアルドの瞳には、後悔の色が滲んでいた。熱に浮かされていたエドアルドは、ようやく我に返ったらしい。押さえつけられていた肩からも手が退けられる。

リリアはエドアルドに触れられることが嫌で泣いたわけではない。ただ与えられる未知の快感があまりにも強く、驚いてしまっただけだ。こんな風に誰かに強く求められたことも、『欲しい』なんて愛の言葉を囁かれたこともなかったから、よくわからなくなってしまっただけ。

零れた涙は生理的なものだ。だからエドアルドが後悔を感じている理由とリリアの心は、きっと異なっている。けれどエドアルドの手が離れたことは、リリアにとっては好機だった。

慌てて身体を起こすと、そのままソファから立ち上がる。衣服は乱されたが、裾を下げれば一見何ともないように見える。リリアは服を脱がされたわけでも、靴を奪われたわけでもない。

「申し訳ございません、失礼いたします……！」

困ったような顔をしているエドアルドに謝罪を述べると、そのまま応接間を飛び出した。

声の大きさも、急に廊下へ出る行動も、品位を欠いた行動だと思う。けれどとにかくエドアルドの視線と指遣いから逃れることに必死で、そのときはそこまで頭が回らなかった。

「カティエ……どうしよう……」

カティエの部屋へ向けて小走りに進みながら呟く。真面目そうな外見と、セイラから聞いた『笑わない』という情報に、すっかり惑わされてしまった。実際のエドアルドは、リリアが最初に抱いた人物像よりも、女性に対してずっと軽い性格のようだった。

「エドアルド殿下は、手が早いお方なのね……」

たった今自分の身に起きた衝撃的な体験から、そんな結論に辿り着いてしまう。ほぼ初対面の女性に突然口付けて身体をみだらに触るなんて、手が早いとしか言いようがない。

エドアルドは、カティエと結婚する。それならカティエの侍女であるリリアのことも、自分の好きに出来ると思ったのだろうか。そんなことは有り得ないのに。

「カティエが夫婦のことで悩んだら、相談に乗ってあげなくちゃ……」

エドアルドがカティエのわがままに悩むことがあっても、カティエがエドアルドに対して悩みを抱くことはないと思っていた。だが今の出来事を思えば、カティエがエドアルドの浮気性に悩む姿を想像してしまう。

もちろんそんな日など、来ないのが一番だ。王宮に嫁ぐカティエには幸せになって欲しいし、その幸せを与えられるのはエドアルドしかいない。カティエに夫婦のことで相談を受ける日など、来ないほうがいいに決まっている。

「って、相談されても私には助言なんて出来ないけど……」

カティエの心配を口にしながら。

自分の言葉に自分で苦笑しながら。

リリアは自分の心臓がいつまでも早鐘を打ち続けていることに、必死に気が付かないふりをした。

カティエはリリアに対する怒りの感情を、隠そうとしなかった。

慌てて部屋に戻ると、険しい表情でティーサロンの後始末を命じられた。すぐにサロンへ戻ってその場を片付けて部屋へ戻ると、今度は部屋の掃除を言いつけられた。掃除の次はドレスの手入れ、カティエの湯浴み、晩餐会の支度と矢継ぎ早に言いつけられた。

ようやく機嫌が戻ったカティエが晩餐会に向かったのを見届けると、リリアはため息と共にソファの上に崩れ落ちる。

エドアルドに唇を奪われ、身体を撫でられ、心も身体も疲弊していたのに。機嫌の悪いカティエ

62

の顔色を窺っていると、一体私は何をしにここへ来たのだろう……と余計に疲れてしまう。

だがどんなに疲れていても、夕食だけはちゃんと確保しなければならない。身体が縮んでしまった後では、使用人棟の食堂へ行くことも出来なくなってしまう。

ふらふらと部屋を出たリリアは、太陽と月の高さの確認を怠っていた。力が抜けて壁に寄りかかった瞬間に『しまった』と思った。廊下を歩いていると急に足がもつれた。

たが、一度始まった身体の収縮はリリア自身には止めることが出来ない。

「はぁ、……はぁ……」

体組織が脆い線維に変貌し、身体の骨格がのろりと歪んでいく。筋肉と皮膚がするすると縮んでいく。臓器が小さくなっていく。息苦しくなり、意識とは無関係に視線がずるずると下がっていく。

縮小に伴う痛みはない。それは呪われた日から同じで、最初は走っている息切れのほうが辛かったぐらいだ。ただ身体が小さく縮むなど、決して気持ちのいいものではない。

程なくして、リリアの息切れは収まった。壁にもたれて閉じていた目をそっと開くと、そこは先ほどと同じ王宮の明るい廊下だったが、明らかに目線の位置が下がっている。

この呪いの良心的なところは、身につけている衣服が身体の大きさに合わせて一緒に伸びたり縮んだりしてくれることだ。腕を伸ばすと、身につけていた侍女服も身体と同じく縮んでいることが確認出来る。

一応、魔女も乙女心に配慮してくれたということなのだろうか。けれどそんなところに配慮するぐらいなら、最初から呪いなんてかけないで欲しかったのに。

再び重いため息をつく。お腹が空いていたのに、夕食を食べ損ねてしまった。

それでもリリアには、カティエの部屋へ引き返す以外の選択肢はない。空腹を我慢してでも、この姿を他人に見られるわけにはいかない。幼い少女が小さいサイズの侍女服を着て王宮をうろついていたら明らかにおかしい。これが立派なドレスだったら、貴族の令嬢が迷子になったという理由で済ませられるかもしれないけれど。

そう思って振り返ると、恐れていた事態がリリアを待ち構えていた。

「ん？」

頭上から短い疑問符が落ちてきたのでハッと顔を上げると、一人の女性がリリアをじっと見下ろしていた。

「どうしたの？　迷子？」

「え……えっと……」

どうしよう、見られてしまった。ただでさえこの時間に王宮をうろついているだけで不審なのに、それが幼女の姿で、しかも王宮の侍女服を着ているなんて、変な子ども以外の何者でもない。

しかも運が悪いことに、目の前にいる女性は。

（王族の方だ！）

スーランディア王国では、プラチナホワイトの毛髪は正統な王家の血を引く者にしか発現しない。老化にともなう白髪と異なり、毛根から毛先までが均一で美しく、そこには一切穢れがない。太陽の光を浴びても、月の輝きを受けても変わらない——誰の色にも染まらないことを神々に許された

64

と伝承される、煌めく白。

そのプラチナホワイトの長い髪を、頭の後ろの高い位置で一つに束ねた女性。黒い衣を羽織って、魔法院の腕章を着けたその人が、リリアの姿を見下ろしている。

現在のスーランディア王国にプラチナホワイトの髪を持つ成人した女性は一人しかいない。国王には男性の兄弟しかおらず、その妃たちも王族の血はそれほど濃くない。

だから彼女は、成人しているただ一人の女性血統者。

「名前は？　私、メイナって言うんだけど」

（わあぁぁ、やっぱりー！）

しゃがみ込んで目線を合わせてきたメイナに、心の中で絶叫する。

メイナ・マイオン。第二王子エドアルドの姉で、王太子セリアルドの妹にあたる人物。現在は降嫁したため王家からは除籍されており、名前に王国名も冠さない。しかし彼女は、間違いなく王と王妃の血を受け継いだ者である。

王都から遠く離れた領地に住まうリリアでさえ、メイナの名前は知っている。けれどそれは、彼女が元王女だからという理由だけではない。

メイナ・マイオンは、スーランディア王国で一番有名な魔女なのだ。

「おーい？　聞こえてる？」

しゃがみ込んでリリアの前でひらひらと手を振るメイナに、びくっと肩を震わせる。

エドアルドの持つサファイアブルーよりも少しだけ目が合うだけで途端に恐怖を感じてしまう。エドアルドの持つサファイアブルーよりも少しだけ

明るいコバルトブルーの瞳がくるりと動くと、返答の言葉が完全に吹き飛んでしまう。

「あ……あの……」

「お、喋った」

何とか口を開くと、メイナの顔がパァッと輝いた。どうやら喋らないと思われていたらしく、一言発しただけで嬉しそうに微笑まれてしまう。

「……ん？」

だがその表情は、すぐに笑顔から疑問に変わった。首をかしげて顎の先を掻いたメイナは、リリアの全身を訝しげに見回した。

「君、随分面白い呪いにかかっているね？」

「っ!?」

唐突に核心を突かれて、リリアは口から心臓が飛び出そうなほど驚いた。

リリアは何も言ってない。名前も、年齢も、過去に何が起きたのかも。しかしあっさりとこの身に起きている異常事態を見抜いたメイナは、さらに眉間に皺を深く刻んで、

「身体、辛くないの？」

と訊ねてきた。

驚きと混乱と恐怖から、リリアはもはや一言も発することが出来なくなっていた。口を開いたら目の前の女性にすべてを見透かされてしまう気がする。なぜなら彼女は、魔女なのだから。

もちろんメイナが魔女であることは全国民が知っている。だが、その力量を正確に把握している

66

者はほとんどいない。貴族の令嬢であるリリアですら、メイナの力については何も知らない。

そもそもスーランディア王国では、魔法自体はさほど珍しいものではない。魔法を扱う能力は全国民の約二割が持っているとされており、十人のうち二～三人は魔法を使える計算になる。

だが魔女と呼ばれる存在はその力を膨大に蓄積して自在に操る。人の生活だけではなく、自然や天候にまで影響を与えるほど強力な魔力を有する者が魔女と呼ばれる。そこまで大きな力を扱える者は、国内に両手の指の本数で足りるほどしか存在しない。

そしてその数少ない魔女の一人が、このメイナだ。

王国の長い歴史の中でも、王族に魔女が誕生した例はなかった。だが現国王はメイナの能力を厭（いと）うことはなく、むしろ好意的に受け取った。そして今も愛娘を溺愛（できあい）していると聞く。

彼女は国で唯一の例外。森ではなく王都に住む魔女。

だがどんなにいい魔女でも、魔女は魔女だ。リリアは自分では敵わない強大な魔法の力と対峙（たいじ）するだけで、足がすくんでしまう。あの日呪いを受けた恐怖と絶望を、嫌でも思い出してしまう。どうしても逃げたくなってしまう。

じり、と後退すると、メイナの目が丸くなった。

しかしメイナが不思議そうな顔をしたのは、リリアが警戒心を顕（あら）わにしたせいではない。

「あ、お腹空いてるんだ？」

きゅうぅぅ――……

なんという間の悪さ。後退と同時に響いてしまったお腹の虫の音に、リリアはそのまま昇天しそ

うになった。噴き出したメイナの前で、自分でも顔の熱を感じ取れるほど赤面してしまう。

恥じるリリアの前でひとしきり笑った後、メイナは自分の膝を叩くと急に立ち上がった。

「よし、じゃあ行こうか」

「え……⁉」

そしてメイナは、リリアの身体をそのままひょいっと抱えあげた。

幼い身体だと、女性でも簡単に抱えることが出来るらしい。あるいは彼女は相当な怪力なのかもしれない。

有無を言わせず小さな身体を脇の下に抱えたメイナは、あっという間にリリアをその場から拉致してしまった。

「まっ……!」

その先は王殿だ。王族と、王族に直接許可された使用人や騎士しか立ち入ることが許されない、崇高で神聖な場所である。

その王殿に、ただの貴族の娘でしかないリリアが立ち入るわけには行かない。エドアルドの婚約者であるカティエですら入ることが出来ない場所なのだ。

焦ったリリアはメイナの腕の中でばたばたと手足を動かして、その腕から逃れようと試みた。だがメイナに何らかの魔法を使われたらしい。もったりと身体の動きが鈍り、ついには発声も出来な

メイナが平然と進んでいく廊下の先を認識して、リリアはサッと青ざめた。

くなってしまった。

必死の抵抗も空しく、メイナはあっさりと王殿の区画に足を踏み入れてしまう。

言葉を発することも、逃れることも出来ない。まるで生贄の小羊になった気分だ。おそるおそる

メイナの顔を見上げると、彼女は楽しそうな笑顔を浮かべている。

「あ、ロシェット。いいところに」

大きなシャンデリアに照らされた廊下を進んでいくと、中央の大階段の上から一人の侍女が下り

てくるところだった。彼女はメイナの姿を認めると、顎を引いて二人の傍に近付いてきた。

「メイナさま。今日はこちらにお泊まりに？」

「いや、アンティが夜の鍛錬を終えたら一緒に屋敷に帰るよ。でもちょっと小腹が空いて」

「では軽食をお持ちいたしましょう。そちらのお嬢さまは？」

「あぁ、宮殿で拾った」

「左様でございますか。それではお嬢さまのお食事もご用意いたしますね」

「うん。ありがと」

（いやいや、おかしいでしょう!?）

どうして『宮殿で拾った』に対する返答が『左様でございますか』なのだろう。普通もっと驚く

ところだろう。メイナが了供を拾ってくるのは、王殿では日常茶飯事なのだろうか。

（もしかして、迷子の子供は殺されて薬の材料にされてしまうの……？）

それでは森の魔女と何も変わらない。散々呪いに悩まされた挙句、結局殺されてしまうなんて、

「え……？」

「あ、思い出した」

いけない、のに。

の事実を隠し通さなければいけない。

それは決して、知られてはいけない。レオンやフォルダイン領に住む人々のため、リリアは呪い

た者がいる事実は変わらない。

な因子が入り混じる可能性はなくなった。だが自国の領地管理を担っている貴族の中に呪いを受け

リリアとエドアルドの婚約が解消された今、スーランディア王国の正統な血筋に呪いという不吉

体までは知らないはずだ。

ないことも、気付いているのだろう。しかしわざわざ名前を聞いてくるということは、リリアの正

メイナはリリアが呪いを受けていることを瞬時に見抜いた。恐らく見た目通りに五歳の幼女では

自然に発声出来たことはさておき、リリアは再び悩んでしまう。

「あ、えっ……」

「それで、名前なんだったっけ？」

の広い部屋で身体を降ろされたリリアは、腰を屈めたメイナに顔を覗き込まれた。

二人の会話に邪推を巡らせているうちに、メイナは目的の場所に辿りついたようだ。晩餐のため

「よいしょ。じゃあ食事がくるまで、ここで待とうか」

と密かに悲しみに暮れてしまう。

70

「レオン殿は元気か？　リリア・フローラスト嬢」

「!?」

メイナは唐突にリリアの存在を思い出したらしい。

言い当てられた驚きでガバッと顔を上げる。

リリアは社交の場にはほぼ足を運んでいない。王族との面識もほとんどなく、まして今は幼女の姿。隠し通すのであればリリアに有利なはずの状況で、こうも簡単に答えに辿り着かれるとは。

蒼玉の原石に似たコバルトブルーと視線が合うと、リリアの心臓はそのまま止まりそうになった。

ぐらりと眩暈がして、視界が歪む。

「あ、あの……、人違い、では」

心の何処かで無駄な抵抗だと知りつつも、退路をこじ開けようと試みる。その言い訳がどんなに無駄だと理解していても、リリアは簡単に認める訳にはいかない。

「ふうん？　白を切るつもりなんだ？」

「……」

「じゃあ調査しちゃおうかなー？」

にやりと意地の悪い笑みを浮かべたメイナに、リリアは眩暈に加えて胸痛と動悸を覚えた。

「王族に対する虚偽の申告や情報伝達は重罪になるけど、君が嘘じゃないと言うのなら、別に調査しても問題ないよね？」

「あ、う……あう……」

そして幼い身体では耐えられないほどの体調不良と重圧の数々に襲われ、とうとうまともな言葉を発せなくなってしまう。

本当は泣くつもりなどなかった。

だがフローラスト伯爵家と呪いの関わりが露呈すれば、父の爵位は剥奪されるかもしれない。けれどここで違うと言って土宮から正式な身辺調査を受けた結果、虚偽の内容があるとなれば、やはり父の爵位は剥奪されるかもしれない。ならば最初から王宮に来なければよかったとも思うが、フィーゼルの打診を断れば、レオンの立場が危うくなったかもしれない。

いずれにせよ暗澹たる未来しか想像出来ず、気付けばリリアの瞳からはぼたぼたと大粒の雫が零れ落ちていた。

幼い少女がぼろぼろと泣く姿は、メイナにとって相当な破壊力があったらしい。静かに涙を落とす様子を見た彼女は『泣かなくていいから』『ごめんって』と必死でリリアを慰め始めた。

メイナに大慌てで謝罪され、ロシェットが運んできた食事を無理矢理口に詰め込まれ、頭と背中を摩擦で発火しそうなほど撫でられる。

そうこうしているうちに、涙は嫌でも引っ込んだ。

メイナに食事を与えられながら、リリアはメイナ相手に事実を隠し通すことは不可能であると悟っていた。

もしここで上手く誤魔化せたとしても、後に調査の対象となり虚偽を述べていたとわかれば、即

刻審問にかけられてしまう。それならば自分の口から事実を話したほうが、幾分か心証がいい気がした。

「父を罰さないで欲しいのです」

温かい食事を食べ終えると、リリアはそう前置きした上で自分の正体と、魔女に呪いを受けた経緯と、王宮にいる理由を白状した。

「身体が夜だけ縮む!?」

メイナの驚いた声を聞き、リリアも自分の身に起きたことがどれほど奇怪な状況であるかを改めて思い知った。同じ魔女であるメイナでさえ、リリアが受けた呪いは珍妙に感じるらしい。

「それはまた冗談のきつい呪いだなぁ。いっそ幼児化するだけのほうが、人生のやり直しがきくのに……」

後頭部を掻きながら呟くメイナには、リリアも苦く頷くしかない。

メイナの言うとおりだ。いっそ完全な幼女になってしまって、二十一歳の伯爵令嬢リリア・フローラストなどこの世からいなくなってしまえばよかった。そうすれば諦めて人生をやり直せた。

「いや、でもそこで素直に人生をやり直されたらエドが困るか……。さすがのあいつも、あと十五年は待てないだろうしなぁ……」

エド、というのはエドアルドの愛称らしい。

メイナの台詞（せりふ）の後半が意味するところはリリアにはわからなかったが、素直に呪いを受け入れる

と、エドアルドにとって何らかの不都合が生じるらしいことは理解出来た。

「んー、エドのことを考えると、やっぱりその呪いを解くしかないか」

あながち不可能ではないような口振りに、思わず大声を出してしまう。一瞬驚いた顔をしたあと

に苦笑したメイナに『断言は出来ないけどね』と諭されたが、リリアの衝撃はおさまらない。

「えっ……と、解けるものなのですか!?」

リリアは、そもそも呪いというものが解けるものだとは思っていなかった。現実は物語とは違う

のだから、一度呪われたら終生付き合わなければいけないものだと思っていた。

しかしもし解呪が可能ならば、リリアもどうにかしたいと思う。

「私、魔道具の開発もしているけど、専門は薬剤処方なんだ。だから呪いについてはあんまり詳し

くないんだよね」

「そう、なのですね」

「まあ、明日登院したら詳しそうな人に聞いてみるよ」

「はい……お願いします」

にこりと笑ったメイナの笑顔に、リリアもほっと安堵する。

伝聞では、メイナも恐ろしい魔女だと囁かれている。真実を知らないリリアも、メイナは恐ろし

い魔女なのだろうと思っていた。

けれどこうして話してみると、そんなことはない。メイナから向けられる優しい眼差しは慈愛に

満ちていて、決して恐ろしい魔女のそれではない。だからリリアも、メイナの美しいプラチナホワ

イトにすぐに心を奪われた。

メイナの笑った顔とエドアルドの笑った顔はよく似ている。

そう気付くと同時に、熱のこもったエドアルドの視線と表情が思い浮かんだ。ついでに先ほど身体に触れられ、唇を奪われてしまった感覚まで思い出してしまう。

しかしいくら相手が観察眼に優れた王宮の魔女であっても、これは絶対に悟られてはいけない。羞恥心を逃がすようにふるふると首を振ると同時に、カティエの不機嫌な表情を想像した。

「あ、あの……このことはカティエには伝えないで頂けますか?」

最近のカティエは、何だか様子がおかしい。元々わがままな性格ではあるが、前はリリアを友人としてないがしろにするような性格ではなかった。けれど魔女に襲われた心のストレスによるものなのか、この頃のカティエはリリアに対してひどく冷たい。だから今のカティエは、リリアの心配などしない気がする。けれど領主の令嬢として、ヴィリアーゼン領の心配はするだろう。

王族にリリアの身体が呪われていることが発覚し、しかもそこにロナ侯爵家が関わっていることまで露呈したと知れば、カティエは要らぬ気を揉むに違いない。ただでさえ神経質になっている今のカティエを、これ以上刺激したくはない。

「カティエっていうのは、君がいま仕えているっていうロナ侯爵家の令嬢?」

「はい」

メイナは弟の婚約者にはさほど興味がないらしい。リリアが顎を引くと、メイナの眉間には深い皺が刻まれてしまった。

75　魔女に呪われた私に、王子殿下の夜伽は務まりません!

「君は伯爵家の令嬢なんだから、彼女の言うこと全部を聞く必要はないと思うけれど?」

不思議そうな顔をされて、つい苦笑いを返してしまう。確かにリリアもこれが他人の話で、今の状況を聞いたら同じような感想を抱くかもしれない。

「そうですね……。でも、カティエは昔からの友人なので」

もちろんカティエのわがままを聞き入れる理由は、彼女が隣の領地の侯爵令嬢であることも挙げられる。けれどそれ以上に、リリアにとって天真爛漫で華やかなカティエが、幼いころから憧れの存在だったからだ。

金色のくるりと巻かれたショートボブ。ダークバイオレットの紫水晶のような瞳。愛くるしい顔立ちと、愛嬌のある笑顔。天使のようだと周囲に可愛がられるカティエは、リリアにとっても昔から可愛いお姫さまのような存在だ。

そのカティエが『リリアは私のお友達よ』と微笑んでくれた幼い日から、彼女が一番の友達になった。だからリリアはカティエが大切だったし、どんなわがままを言われても彼女を見放したことがなかった。

「リリア、他に友達いないの?」

「え……えと、いないわけではないのですが……」

恋の機会には恵まれなくても、友人を作る機会が全くなかった訳ではない。貴族の子息子女が通う王立学院時代から親交がある友人もいる。カティエを含めた彼女たちとは、講義が終わると課題に、ティータイムに、習いごとに、いつも数人で集って楽しい時間を過ごした。

76

「でも王立学院を卒業したら、友人たちとは会う機会がなくなってしまって」

スーランディア王国の貴族の子息子女は、王立学院を卒業する十八歳から成人とみなされ、社交界デビューを果たす。そして貴族の令嬢は、学院の卒業と同時に結婚する人も多い。最初から婚約者がいる者もいれば、社交界に出てすぐに相手から見初められて、早くに縁談がまとまる者もいる。

リリアとカティエの友人たちも、学院卒業と同時に次々と結婚していった。

しかし社交の場から遠いリリアには縁談の話などなく、レオンにもリリアの結婚相手を真剣に探しているような素振りはなかった。

だが卒業から一年が経った誕生日の頃、予想もしていないところからリリアに縁談が舞い込んだ。

それがスーランディア王国の第二王子、エドアルドだった。

王子との婚姻となればいずれ国中に知れ渡ることになるが、学院時代の友人たちには、自分からちゃんと報告しておきたかった。だから貴族への婚約発表と同時に彼女たちにも報告出来るよう、事前に手紙のやりとりをしておきたいと思っていた。

しかし魔女に呪われたリリアは、結局はエドアルドとの婚約を辞退することになった。だから報告の必要はなくなってしまったが、それを抜きにしても友人たちとの手紙のやりとりを楽しみにしていたのに。

「皆さんお忙しいのか、お手紙を書く時間もないみたいで……なかなかお返事を頂けないのです」

「！」

リリアの説明に、メイナの表情が強張った気がした。その変化を不思議に思って再びコバルトブ

ルーの瞳と見つめ合うと、手を振って『なんでもないよ』と言われてしまう。けれど彼女の表情は険しいままだ。

「えっと……だから私、友人らしい友人はカティエだけなんですよね」

メイナの表情を不思議に思いながらも、そう結論付ける。

確かに王宮に来てからのカティエは冷たい。時折リリアの知らない、恐怖を感じるような表情を見せることがある。けれどカティエは、自由奔放で天真爛漫なリリアの可愛い友人だ。だから多少冷たい態度を取られても、結局は彼女の心の支えになりたいと思ってしまう。

「それに……」

貴族たちへのお披露目の夜会を済ませ、国民への婚約発表を行えば、カティエは王殿へ居を移すこととなる。王殿に住まうようになればカティエの部屋付き侍女の数も増えるだろう。だがそれまでは少し特別な客人という扱いしか受けられず、宮殿にいるうちは侍女がひとり付くのみだ。

その侍女が、カティエのわがままに耐えられるかどうか。数人ならばともかく、彼女の世話を一手に引き受けるのは、大変ではないだろうか。以前はそうは思わなかったが、ここ数日のカティエを見ていると、特にそんな感想を抱いてしまう。

「それに、カティエのわがままは、慣れていないと相手をするのも大変だと思うので」

「ははは……君は本当にお人好しだねぇ」

呆れたようなメイナの言葉に、リリアも苦笑いを返す。

魔女という存在は、個人の心情を見通す魔眼も持つのかもしれない。

78

王子殿下は少女を愛でる

　意外なことにカティエが本を読むことを覚えた。ただし学術書や王国史ではなく、恋愛小説だ。

　どうやら歴代の王族の中に恋物語を好む王女がいたらしく、図書塔にはかなりの数の恋愛小説が収められていた。散策中にそれを発見したカティエは、お披露目の夜会の日まで小説を読んで過ごすことにしたらしい。

　ベッドに寝そべって物語の世界に没頭するカティエは、本格的にリリアの存在を必要としなくなっていた。リリアが身の回りの世話をしても、返事さえせずに活字を追う。

　そんなリリアもカティエに口を挟まれない分、仕事をこなすのが早くなった。おかげで太陽が高いうちに部屋の掃除やドレスの手入れを終えられ、自由な時間が増えた。

『魔法院の奥に魔女室という私の専用部屋があるんだ。暇なときはいつでも遊びにおいで』

　自分だけの時間を得たリリアは、そう誘ってくれたメイナの言葉に甘えて、時折魔法院を訪れるようになっていた。

　王政魔法院の研究者たちの中で唯一の魔女であるメイナは、こなさなければいけない仕事を山のように抱えている。次から次へと依頼案件が舞い込み、いつ訪れても忙しそうだった。

　最初はそんな忙しいメイナを慰労するために淹れてみたお茶だったが、彼女はすぐにその味を気

に入ってくれた。湯気が立つと薬匙を放り投げてティーテーブルへ駆け寄って来るようになるまで、そう時間はかからなかった。

「リリアは鼻がいいね。缶の中を見なくても茶葉の種類を当てられるなんてすごい能力だ」

淹れたてのお茶を味わいながら、メイナはリリアのささやかな特技を褒めてくれた。ここ最近力ティエにないがしろにされていたので、それだけで認められたような気持ちになる。

「そういえば、森で魔女に会ったんだよね？」

ティーカップから口を離したメイナに問いかけられて、そっと顎を引く。

メイナは魔法院に在籍する呪術に詳しい者にリリアにかけられた呪いについて訊ねてくれたが、めぼしい情報は何も得られなかった。この呪いが、それほど強力で難しいということだろう。仕方がないので、リリアとメイナは互いの情報を擦り合わせるという地道な作業から手を付けることになった。

「フォルダイン領にある森っていうと、西の黄金森か、北の夕闇森？」

「えっと、夕闇森です」

「じゃあ棲んでるのはルヴェルザーラか。あの女、なんて面倒なことを……」

「えっ……お知り合い、なんですか？」

「あ、いや、知り合いってほどじゃないんだけど。魔女っていうのは他の魔女の動向をそれとなく探り合ってるものなんだ」

メイナがため息交じりに呟く。どうやら魔女にも人間関係が存在するらしい。メイナは呆れたよ

80

うな表情をするが、リリアとしては恐怖の対象でしかない存在に道理が通じる可能性があると知れ
ただけで、大きな発見だった。

「可愛い弟の恋路を邪魔するなんて、許せないな」

感心するリリアの耳にメイナの独白が届く。可愛い弟とは言うまでもなくエドアルドのことだ。

エドアルドの恋路。

それがカティエとの結婚を指すと気付いたリリアは、自分の心臓がどきりと跳ねる音を聞いた。

リリアはあの日以来、エドアルドには会っていない。今は忙しい時期だと言っていたし、そもそ

も簡単に会えるような人ではない。仮に会ったとしても話すことなどない。半ば無理矢理口付けら

れ、身体に触れられた事実を考えれば、今は会っても気まずいだけだ。

「姉上。魔法使用者の登記申請の件で……」

(⁉)

そう思っていた矢先に、重いガラス扉を押し開けたエドアルドがメイナの専用部屋へ入室して来

た。たった今まで頭の中にいた人物が目の前に現実として現れ、リリアははっと息を飲んだ。

驚いたのはエドアルドも同じだったらしく、顔を上げて目が合うと声がぷつりと途切れた。

それは驚くだろう。カティエの侍女が、魔女室にいると思うはずがない。

一瞬、じっと見つめ合う。

サファイアブルーの濃い青は、今日も夜露が奏でる幻想曲のように美しい。

「姉上?」

「あっ」

「……俺は何も聞いておりませんが?」

「そういえば、報告してなかったね! ゴメンゴメン!」

エドアルドに睨まれたメイナが笑って誤魔化す。姉弟の会話の内容から、メイナは何か重要なことを伝え忘れていたと窺えた。

エドアルドは大きなため息を吐くと、メイナを一旦放置してリリアの傍にやって来た。

「火傷の具合はどうだ?」

「あ……はい。殿下のお心遣いもあり大事には至りませんでした。本当にありがとうございました」

「そうか、痕にならなくて良かった」

その後会う機会に恵まれなかったため、すっかりお礼を伝え損ねていた。

慌てて頭を下げると同時に、そのときの淫らな戯れまで思い出してしまう。だが顔に出してはいけない。あれはリリアの白昼夢だった。

メイナはエドアルドから書類を受け取ったが、それにはろくに目も通さず作業台の上へ放り投げてしまう。そしてリリアを問い詰めたときと同じ意地悪な笑顔を浮かべながら、弟の顔を楽しげに覗き込んだ。

「エド、いま忙しい?」

(忙しいですよ。カティエに会いに来る時間もないんですから)

聞くまでもないことを確認してきたメイナに、心の中でリリアが答える。

エドアルドは同じ王宮内にいる婚約者に会うことも出来ないほど忙しい。見れば今日も騎士院の制服を身に纏っている。王族としての執務に加えて騎士院の総帥補佐も行うエドアルドの多忙など、考えるまでもない。そう思うリリアをよそに、エドアルドは涼しい顔で前髪をかきあげた。

「いえ、別に」

「えっ」

そのあまりにもあっさりとした口調に、リリアのほうが変な声を出してしまう。

「じゃあ私ちょっと騎士院に行ってくるから、留守番頼まれてくれる？　リ……リーリャ。悪いけど、エドにお茶を淹れてあげて」

「えっ」

リリア、と呼びそうになったのだと思う。ぎこちなさを残しながらも、侍女の偽名を口にしてくれたメイナには感謝した。だがその思いがけない指示には、またも変な声が出てしまう。

「じゃ、行ってきまーす」

瞬時に表情を変えたメイナは、楽しそうな声を残して部屋を出て行ってしまった。

エドアルドはメイナに用事があったのでは？　そのメイナが出て行ってしまったら、エドアルドがここに来た意味がないのでは？　そんな問いかけをする相手を失ってオロオロと戸惑っていると、エドアルドの声が耳に届いた。

「お茶を淹れてくれるのか？」

「え……あ、はい」

　一瞬、ためらった。

　もちろんエドアルドにお茶を淹れることが嫌なわけではない。ただひたすら気まずいと感じてし

まうが、それはリリアの個人的な感情だ。

　リリアが承知すると、エドアルドの表情がふっと綻ぶ。

　帯剣する武具を外すと、空いていた長椅子に腰を下ろす。ティーサロンで会ったときの王族の衣

装も威厳と格式を纏うようで惚れ惚れする姿だったが、騎士院の制服も彼の整った体躯を際立たせ

ていて美しい。鍛錬のときはもう少し軽い装いに着替えると思うが、主として指揮官を担うエドア

ルドは普段から制服を身につけることが多いようだ。

　長い足を組んで、肘かけに腕を乗せて、優雅にお茶を待つ麗しき王子殿下。生ける絵画にお茶の

準備を観察されると、それだけで緊張してしまう。

「そんなに警戒するな」

　リリアの内心を悟ったのか、湯を沸かしているとエドアルドが声を掛けてきた。

「この前は、驚かせて悪かったな」

　必死に思い出さないようにしていたのに、エドアルドはあっさりと記憶の封印を解いてしまう。

　くすくすと笑ったエドアルドの声を聞いて、リリアはそっと黙り込んだ。

「あんなに自制が効かないとは思わなかったから、自分でも驚いた」

「あ……あの……」

84

「だが今日はちゃんと我慢しよう。 もう逃げられたくないからな」

「……」

エドアルドのからかうような声で、また恥ずかしい戯れを思い出してしまう。その拍子に身体まであの日の熱を思い出しそうになる。

ティーカップを温めて、ソーサーを用意する。 揺れる刻針を確認しながら、お茶の用意に専念した。

その間も後ろ姿を見られていることには気付いていたが、話しかけられるわけではないので、室内には静かな時間が流れた。

お茶の準備が整うと、長椅子の傍のティーテーブルに鮮やかなブルーティーを置く。 すっきりとしたハーブブレンドのお茶は色も香りも清々しい。 これは仕事で根を詰めがちなメイナのために選んだものだから、エドアルドの口に合うかどうか……

「っ……!」

そう考えながらテーブルから離れようとすると、エドアルドにいきなり腕を引っ張られた。

思わずよろめくと、 長椅子に座ったエドアルドとの距離が近付く。

「で……殿下?」

気が付けば座った彼を見下ろすような立ち位置になっている。 慌てて離れようとしたが、 彼の力には敵わなかった。

リリアの手はいとも簡単に掬い取られてしまう。 そしてその手をさらに引かれると、 リリアの右手の甲にエドアルドの唇が近付いた。

「これぐらいは、許してくれ」

そう言って唇を寄せてきたエドアルドの振る舞いに、全身が熱を持ったのがわかった。

まるで愛情を示すような。まるで恋に焦がれるような。

そんな視線に耐えられなくなり、咄嗟に手を引きながら叫んでしまう。

「わっ、私ではなく、カティエさまに愛情をお示し下さい！」

リリアの拒絶に残念そうな表情を作ったエドアルドは、口調までつまらなそうな物言いをした。

「君はずいぶん難しい注文をするんだな」

難しい注文——いいや、そこまで難しい話ではないはずだ。

リリアは魔法院に所属する者ではないが、数刻の間の留守番ぐらいなら出来る。エドアルドには、

その時間をカティエに使って欲しいだけ。自分ではなく、寂しがっている婚約者に愛情表現をして

欲しいだけ。カティエに注ぐと決まっている感情を、気まぐれで自分に向けないで欲しいだけだ。

お茶の用意が済んだのでエドアルドの前を辞そうとしたが、不満げな声がリリアの背中を呼び止

めた。

「俺の傍（そば）にいるのはそんなに嫌なのか？」

「いえ……決してそのようなことはございません」

そうではない。カティエですら満足に会えないのに、リリアがエドアルドとの時間を長く共有す

るわけにはいかない。

それにエドアルドの傍（そば）にいると、心臓が苦しい。見つめられると自分のものではないみたいに鼓

動が高く大きく響いてしまう。その変化についていけないし、その正体にも気付いてはいけない。

「……失礼いたします」

ゆるやかな動作で頭を下げる。エドアルドが呼び止める気配がしたが、そのまま踵を返して魔女室を出る。扉を閉めると、漂っていたブルーティーの香りも空気に溶けて消えていった。

「カティエ。そろそろ読書はおしまいにして、就寝の準備をしましょう」

相変わらず恋の物語に夢中なカティエの傍に寄って声を掛ける。けれど返事はない。

カティエは悠々自適な宮殿の生活を満喫しているようだが、リリアはカティエの身支度と最低限の管理を怠ることは出来ない。身体はとうの前に幼女の姿に変貌していたが、自分に与えられた役割をまっとうするため、再度カティエに就寝を促した。

「カティエ、聞いてる?」

「……」

「明日はフィーゼルさまが登城される日でしょう。今夜は早めに寝た方が……」

「ああ、もう! ……うるさいわねっ!」

リリアに諭されたカティエが、読書の邪魔をされたことに突然激昂した。

ベッドの上に身体を起こすと、そこから降りてリリアの首根を掴まえる。非力なカティエは麦の袋ほどの重さしかない少女を持ち上げることも出来なかったが、引きずることは出来た。

「え、カティ……?」

「邪魔しないで!」

怒ったカティエはリリアの身体を引きずり、そのまま部屋の外へぽいっと放り出してしまった。

廊下に引き出されたことに驚く間もなく、リリアの目の前で部屋の扉がバタンと閉まる。そしてカチャンと内鍵が施錠される高い音が廊下に響いた。

「えっ……」

突然の出来事に驚いたリリアは、数秒ほどその場で硬直してしまう。自分が置かれている状況を理解出来ずぽかんとするが、すぐに大変な事態に陥ったと気付いた。

「ちょ、ちょっと! カティエ! 中に入れて!」

立ち上がって扉に寄ると、小さな拳で扉をドンドンと叩く。

「カティエ! カティエってば!」

乱暴に扉を叩く姿が貴族令嬢として品位を欠く行動だというのは、十分に理解していた。だが品位への配慮を上回るほど、これが危うい状況であることも認識している。

王宮に仕える貴族や遠方で領地管理を行う貴族が、自らの子を王宮に伴って登城することは往々にしてある。だが王宮に父母のいない幼女が一人でいるのは、明らかにおかしい。

今の姿を誰かに見られたらリリアはどうなるのか。

よほどのことがない限りまずは保護されると思うが、その結果、レオンに迷惑をかける可能性が高い。無論、カティエやロナ家に迷惑をかける可能性も考えられる。そんな簡単なことを想像出来ない訳がないと思っていたのに。

「カティ……ッ」

焦ったリリアは、なおもその名を呼ぼうとした。だがすぐに中断せざるを得なくなった。

廊下の奥から人の足音と話し声が聞こえて、リリアは咄嗟に自分の口を手で押さえた。慌てて

きょろきょろと周りを見渡すが、広い王宮の廊下には隠れる場所など見当たらない。

逡巡の末、リリアは足音と声の反対方向へ走り出した。あのときは運がよかっただけだ。今は侍女服では

メイナのときのように上手くいくはずがない。あのときは運がよかっただけだ。今は侍女服では

なく子供用のワンピースを身につけてはいるが、それでもリリアが怪しい幼女であることは変わら

ない。

廊下の角を曲がると、周囲の気配を探りながら階段を降りていく。そんな盗人のような挙動をし

ている自分が、浅ましくて卑しい存在に思えた。

（……やっぱり、止めておけばよかった）

尊敬する父の名に恥じぬ立派な令嬢でいようと、努力してきたつもりだった。領主の長子として

勉学に励み、成人としての教養を身につけ、淑女としての立ち振る舞いを身につけてきたつもり

だった。レオンの期待に応えたかったし、カティエの力になりたかった。

けれど本当にレオンやカティエのことを想うのであれば、幼女の姿で侍女を務めることは不可能

だともっと早くに気付くべきだった。事実を思慮深く考察して、カティエにもフィーゼルの申し出

にもしっかりと理論立ててきっぱりと断ればよかったのだ。

自分の意見を間違えて、自分で選択を間違えて、自分で自分の首を絞めているのに、泣くなん

ておこがましい。

「……っふ、う……」

わかっているのに、溢れる涙を止められない。

幼女の姿に立つどころか、涙もろくなってしまうようだ。前回はホームシックだったが、今回は自責の念。誰かの役に立つどころか、自分が周囲を不幸にする原因になるかもしれないと思ったら、情けなくて涙が止まらなかった。

感情の置きどころがわからないまま王宮を彷徨う。気が付けばリリアは回廊の脇から庭園へ続く抜け道にぼんやりと立っていた。

部屋にいるときは気付かなかったが、外は小雨が降っていた。しとしとと細い雨だれが降り注ぐ夜の庭園をぼーっと見つめる。雲が陰った今は美しい庭の全貌を見渡せないが、視界の端にはツルバラのフラワーアーチが見えていた。

「リリア……？」

後ろから声を掛けられ、びくりと肩が跳ねる。

聞こえたのが女性の声だったので、一瞬カティエが探しにきてくれたのかもしれないと期待した。

だが振り返った先にいたのはカティエではなく、メイナだった。

「メイナさま……」

「ど、どうしたの？　そんな所に立ってたら濡れるよ？」

不安そうに問いかけてきたメイナに、リリアは無言で俯いた。

90

カティエじゃなかった。大事な友達が『ひどい態度をとってごめんなさい』と迎えにきてくれたのかと思った。もしかしたらリリアの努力を認めてくれるのかもしれないと思った。

けれどそんな期待は、やはりただの夢想だった。

しかし悲しい反面、リリアはどこかでほっとしていた。

そんなメイナが、目の前にしゃがみ込む。そして冷えた身体を、無言で抱きしめて背中を撫でてくれる。

甘えることを赦されている気がして、今度は悲しみとは別の涙がぽろぽろと零れてきた。その姿もまた情けないと思ったが、メイナはただリリアの背中を撫で続けてくれた。

メイナが故郷にいる母のようにも思えた。自分には存在しない姉のようにも思えた。雨の中から回廊の中へリリアを引き戻したメイナが、目の前にしゃがみ込む。

しばらくそうしてメイナの腕に抱かれていると、廊下の端から人の声と足音がした。びくりと身体が強張ると同時に涙が引っ込む。瞬間的にまた逃走を図ろうと考えたが、廊下の奥から角を曲がって現れたのは見知った男性たちだった。

「冬季日程は組み終わったのか?」

「ええ。鍛錬場と平原で中隊ごとに訓練内容を入れ替えようかと……メイ?」

騎士院の制服を身に纏った二人の男性が、メイナの姿に気付いて足を止めた。メイナを愛称で呼んだのは、騎士院の総帥にして彼女の夫であるアンティルム・マイオン。そしてその隣に並び立つのは、彼の補佐を務めるエドアルドだった。

そのエドアルドが、リリアの姿を認めて驚いたように目を見開く。

「姉上……? その子は……?」

「私の友人だよ」

エドアルドの質問に即答したメイナに、思わず仰天してしまう。淀みなく答えたメイナの言葉に

驚きと嬉しさと申し訳なさを感じていると、無言のエドアルドにじっと見下ろされた。

「……君、名前は?」

「……」

エドアルドに問いかけられ、リリアは石か氷のように凝固した。

リリアは王宮入りから何度かエドアルドに対面しているが、すべてカティエの侍女として――

二十一歳の大人の女性としてしか会ったことがない。そしてそのときは、リリアがレオン・フロー

ラスト伯爵の娘だと知られないように名前をリーリャと名乗っている。

だが幼女化した姿でこんなにも他人の目に触れることは、当初は全く想定していなかった。もち

ろん幼女の仮名など考えていない。

「リーゼリア」

血の気が引いたリリアの様子から、メイナが事態を把握したらしい。彼女が咄嗟に名付けた二つ

目の仮名が耳に届くと、リリアの身体からふっと力が抜けた。

再びリリアを窮地から救ってくれたメイナは、男性二人の前に小さな身体を押し出すと、指を差

して彼らを紹介してくれた。

「リーゼリア。図体が大きいのが私の夫で、銀色が私の弟だ」

「……はい」

ざっくばらんな説明に思わず肩がずり落ちそうになったが、特徴を捉えた表現ではあると思う。

身体が大きいアンティルムは、祭事の警備や行進の隊列では先頭に立って指揮しているので、リリアも顔だけは知っている。仏頂面で愛想はいまひとつだが、鍛え上げられた肉体は強靭で、実直な性格は外見にもにじみ出ていた。

「エド」

「……わかっています」

メイナと視線を交わしたエドアルドが、アンティルムの姿を見上げていたリリアの前に跪いた。

王子殿下に膝をつかせるなんて、と慌ててしまうが、彼は気にせずにそっと笑顔を作る。

「リーゼリア。姉上たちに夫婦の時間を与えてくれるかな?」

「……え?」

「この二人、結婚から八年経ってもいまだに新婚気分なんだ。睦まじいのは結構だと思うが」

「おい、エド」

エドアルドの説明に、メイナが動揺したような声を出した。けれどそんな姉を無視して、エドアルドはリリアを説き続ける。

「二人は自分たちの屋敷に戻ってしまうから、今夜は俺と一緒に寝よう」

「……えっ」

自然な口調で続けられたエドアルドの提案には、さすがに驚いた。そして隣にしゃがんだメイナも驚いた顔をしていた。

「エド、おま……大丈夫か?」

「何がです?」

「いや」

メイナが一度、言葉を切る。その直後に真面目な顔をして、

「頭の中とか」

と呟いたが、しゃがんだメイナを見るエドアルドの視線と、メイナを見下ろすアンティルムの視線は実に冷ややかだった。

「俺の頭の中を心配するんですか? 姉上が?」

「確かに」

「エド……アンティまで」

エドアルドとアンティルムは王子と臣下、補佐官と総帥という関係だが、義理の兄弟でもある。この時間帯は、職務外での関係性が優先されるのだろう。親しげに頷き合うエドアルドとアンティルムに、メイナが困惑の表情を浮かべた。

確かにメイナは不思議な女性だ。高貴な身分であるはずなのに口調は男性のようで、綺麗なドレスも好まない。婚姻して名前に王国名を含まなくなった今も、王政魔法院で魔法の研究に身を投じている。さらに数日前にはリリアを強引に連れ出し、事情の自白を強要した上で、温かい食事を与えてくれた。頭の中がどうとまでは言わないが、確かに変わっている人物ではあると思う。

「では冬季訓練の詳細を決めたらとまた教えてくれ。明日は政務があるから、院には夕方まで顔を出せ

「ない」

「かしこまりました。いい夜を、エドアルド殿下」

臣下の礼を取ったアンティルムに、エドアルドが低く頷く。リリアが考え込んでいる間に、三人の間で今夜の方針が決定してしまったようだ。リリアの頭を撫でて微笑んだメイナが長い髪を揺らしながら『ばいばい』と手を振るので、リリアも思わず手を振り返してしまった。

「さあ、行こうか」

そしてその直後、リリアの頭上に現実離れした現実が降り注いだ。

見上げたエドアルドの綺麗な笑顔は、カティエの怒った顔よりもよほど心臓に悪かった。

奇妙なほど既視感がある。

ただし今日は抱えられているのではなく手を引かれている、いくらかましかもしれない。

再び宮殿と王殿の境に差しかかると、緊張感で足がすくんだ。立ち止まったリリアに気付き、エドアルドも足を止めて視線を下げる。

無言のままじっと見つめ合うと、エドアルドが笑みを零して繋いだ手をさらに強く握ってきた。リリアは照れを隠すように俯いて彼の歩みにさらに従った。

指先からあたたかい熱が伝わると、リリアは照れを隠すように俯いて彼の歩みに従った。

これが良くないことなのはわかっている。今のリリアは見た目こそ幼い少女だが、中身はれっきとした二十一歳のレディ。相手は我が国の第二王子であるエドアルドで、友人の婚約者だ。そんな彼とリリアが寝所を共にするなど、本来は決してあってはならない。

けれど冷たい秋雨の降る夜は、王宮も寒々しい。カティエに締め出されてしまった以上、彼女の部屋に戻ることは出来ない。幼い少女の姿では使用人棟で世話になることも出来ない。風邪を引いて明日以降カティエの世話が出来ず、彼女にさらに辛く当たられるのも悲しい。

だから今だけ——今夜だけは、許してもらおう。

「パメラ」

王殿へ足を踏み入れると、エドアルドは待っていた年配の侍女に声を掛けた。エドアルドを迎えて丁寧に頭を下げたパメラは、ゆっくりと上げた頭をそのまま横に傾けた。

「そちらのお嬢さまは?」

「あぁ、さっき拾った」

「拾っ……?」　殿下までメイナさまのようなことを仰らないで下さい」

王殿で子どもを拾ってくることはやはり普通のことではないらしい。ぎょっとしたパメラの様子を見ると、変わっているのはメイナのほうだと気付く。

「冗談だ。この子は姉上の知人だ」

「まあ、左様でございますか」

「姉上は屋敷に戻られたから、今夜は俺が預かることになった」

「かしこまりました。ではお嬢さまの夜着を用意いたしましょう。殿下はお湯の準備が整っておりますよ」

パメラに朗らかな視線を向けられて、はっとする。

雨の降る庭園へ出てしまい、着ていたワンピースはしっとりと濡れていた。

可愛らしい丸襟と中央のリボンが特徴の花柄のワンピースは、むかし母ラニアがリリアのために仕立ててくれたもの。カティエの王宮入りに付き添う際に『身体が縮んだ後に着たらいいわ』と持たせてくれたもの。幼い頃のリリアが、いちばん気に入っていたワンピースだ。

その大事な服が雨に濡れてしまって、リリアは落胆した。

「一緒に入るか?」

リリアがひとり沈んでいると、頭上からエドアルドに声を掛（か）けられた。

ワンピースのことを考えていたせいで一瞬言われたことの意味がわからなかった。その一つ前のパメラの台詞（せりふ）を思い出したリリアは、それまで握ったままだったエドアルドの手をパッと離した。

そのままじりじりと後退すると、見ていたパメラがくすくすと笑い出す。

「殿下。レディの湯浴みを覗（のぞ）こうなど、紳士のすべきことではありませんよ」

「む」

年配のパメラにやんわり咎（とが）められたエドアルドは、不満の声をあげた。つまらなそうにため息をついたエドアルドの横で微笑んだパメラが、リリアには光明のように見えた。

「お嬢さまには、私がお湯のお手伝いをいたしましょう。お召し物も綺麗に洗いましょうね」

リリアは再び混迷を極めていた。

パメラにお湯の手伝いをしてもらい、身体と髪を丁寧に洗ってもらったところまではよかった。

しかしその後、なぜか希少種のフラワーオイルを肌の上に丹念に擦り込まれてしまった。あまりの高級品で、田舎の伯爵令嬢にはとても手が出せない代物である。そんな贅沢品に『まあ、いい香り』なんて悠長な感想を抱いている暇もなく。

「さあ寝ようか、リーゼリア」

幼女の名を呼ばれたリリアは、通されたエドアルドの寝室で呆然と立ち尽くした。湯浴みの後に夕食も済ませたエドアルドは、男性用の夜着を身につけていた。寝苦しくないように胸元が開いた薄い布地の間に、鍛えられた胸板が垣間見える。

「どうした?」

高いベッドに上がれないのか? とからかわれるが『はい』とも『いいえ』とも答えられない。

リリアは父以外の男性のベッドになど、近付いたことすらない。もしかして自分は、恐ろしく無礼な選択を安易にしてしまったのではないか。そう考えて沈黙していると、突然身体を抱え上げられた。

「わっ!?」

驚きの声が零れても、エドアルドに気にした様子はない。ベッドの端にリリアを座らせると、エドアルドも室内靴を脱いで中央に身体を投げ出した。

「知らない場所では眠れないか?」

「え、あ、あの……」

やわらかなシーツの上に寝転がったエドアルドにふっと微笑まれて、目のやり場に困った。

98

リリアは湯上がりの男性の色香など知らない。家族以外の男性の無防備な姿など、見たことがない。自分が置かれた状況を改めて認識すると、恥ずかしさから頬がぽうっと火照るのがわかった。

「……甘い香りがする」

伸びてきた腕が背中に回り、身体がびくりと硬直する。香りというのは先ほどのフラワーオイルのことだろう。国中の花を集めて作った香油は、確かに素晴らしい香りだ。それにレースがふんだんに使われた子ども用の夜着も、着心地が良く肌触りがなめらかだ。

けれどそんな良質な夜をあっさりと打ち壊すかのように、目を細めたエドアルドの指先がリリアの背中をするりと撫でる。

「っ、ふぁっ……!?」

予想外の感覚に驚いて思わず飛び跳ねてしまう。

「そんなに緊張しなくていい。ここには俺と君しかいない」

「～っ……!」

どうやらエドアルドは、リリアの緊張を解そうと思ったらしい。優しく諭すその表情を見て、リリアは言葉に詰まった。

エドアルドは目の前にいる子どもを、ただの幼女だと思っているに違いない。けれど本当は、二十一歳にもなる大人の女性だ。夫婦でも恋人でもない成人した男女が同じベッドで一夜を過ごすなんて、おかしな状況だと思う。エドアルドを騙していることに罪悪感を覚えて、リリアはそっと謝罪の言葉を紡いだ。

「ご、ごめんなさい」

「……ん？」

急に謝罪されたことを不思議に思ったのだろう。身体の位置を変えてシーツの上に頰杖をついたエドアルドが、リリアの顔をじっと覗き込んできた。

一年も前からエドアルドの花嫁になる準備をしてきたリリアは、成人した男性が女性に何を望むのかもちゃんと教えられていた。もちろん知識のみで経験はない。だがエドアルドの寝所に入るということが、本来どのような意味を持つのかは理解している。

けれどリリアにはエドアルドの相手は務まらない。友人の婚約者である時点で務めてもいけないが、それを差し置いてもリリアは夜の相手は務まらない。

魔女に呪われた身の上では、王子殿下の夜伽は務まらないから。

「私には、王子さまのお相手をすることが出来ません」

懇願するように述べると、エドアルドが一瞬目を見張る。そしてすぐに手の甲で自分の口元を覆い、そのまま顔を背けてしまう。

「っふ、くくく……」

ベッドに寝転がったまま身体を震わせるエドアルドは、何故か笑っていた。

リリアは笑わせようと思って言ったわけではない。温かい寝床のお礼も出来ない。真実を隠しているのにその説明も出来ない。エドアルドを心から敬愛しているのに、後ろめたいことばかり。それら全てに対する謝罪のつもりだったのだ。

「相手をしてくれるつもりだったのか？」

ようやく笑いを収めたエドアルドがそう問いかけてきた。

一瞬の間を置き、リリアは大慌てで首を振る。

「い、いえっ……！　そうではなく！」

もちろん、相手は出来ないし、するつもりもない。しかし謝罪と言い訳の仕方が悪かったせいでエドアルドによからぬ勘違いをさせてしまったと気付き、恥ずかしさで顔から火が出そうになる。

ずりずりと後退したリリアの身体を、エドアルドがゆっくりと抱き寄せた。そして小さな耳に、また優しい悪戯（いたずら）を囁（ささや）く。

「大丈夫だ、子どもに手を出す趣味はない」

「……はい」

「まぁ、君が大人になったら、そのときは遠慮しないが」

「⁉」

幸いエドアルドは子どもであるリーゼリアには興味がないようだ。だが火傷（やけど）を癒したときにリリアの身体に触れて口付けてきたことを考えると、大人のリリアに全く興味がないとは断言出来ない。

もちろんエドアルドも、カティエに仕える侍女（つか）と目の前にいる幼女が同一人物だとは思っていないだろう。

それならば、いま口走った『大人になったら』というのは十五年ほど先の未来を想定していることになる。そのときのエドアルドはおよそ四十歳。可能性として全くないとは言えないが、それは

彼なりの冗談か社交辞令なのだろう。

けれど実際のリリアは、夜明けと同時に大人になる。事実を知ったエドアルドがどんな反応をするのかと想像すると、それだけで良くも悪くも鼓動が速まる気がした。

「ここには読み聞かせの本がないな」

リリアの緊張感など知る由もないエドアルドが、首の後ろを掻きながら困ったように唸った。しかし中身が大人のリリアには、おとぎ話の読み聞かせなど必要ない。けれどそう説明するわけにもいかない。

意外な面倒見の良さに驚いていると、エドアルドが『あぁ』と小さな声を漏らした。その後サファイアブルーの瞳が優しい色を含んで続けた言葉には、大人のリリアも素直に興味を惹かれた。

「本の代わりに、俺の昔の話を聞かせてやろう」

「えっ……王子さまのお話、聞きたいです!」

ついつい声に嬉しさを乗せると、頷いたエドアルドが肩にリネンの織物をかけてくれた。そのままリリアの傍に頬杖をつき、優しい笑顔を見せてくれる。

「俺にはずっと好きだった子がいた」

まるで歌でも歌うかのように滑り出た言葉に、リリアの心はさらに期待に躍る。

まさかの恋のお話!

しかも王子であるエドアルドの恋なんて、それこそ物語のようだとわくわくしてしまう。

「その子は、将来俺にも、特別な人が出来ると教えてくれた」

102

「……え？　特別な人、『ですか？』

「あぁ、そうだ」

エドアルドの返答に、リリアはそのまま黙り込んでしまう。失礼だと思いながらも、つい首をかしげてしまった。甘酸っぱい恋のお話を期待していたのに、冒頭からすでに意味がわからない。

特別な人が出来る。それはごく当たり前のことではないのだろうか。人はみんな恋をするものだし、いつかは結婚する人が大半だと思う。エドアルドの言葉は恋のお話というより、占いか予言のようにしか聞こえない。

ぱちぱちと瞬きをすると、伸びてきた手がリリアの髪をくしゃりと撫でた。大きな手はまるで兄か父のようだが、指の間から見上げたエドアルドの表情は、どこか物憂げだった。

「普通の感覚とずれていたんだろうな。幼い頃の俺は、王族は一人の人間に執着してはいけないと思っていた」

エドアルドは語る。

スーランディア王国の王妃は、国王との間に三人の子をもうけた。一人目は身体の弱い王子だった。二人目は強い魔力を持つ王女だった。そして三人目に健康な王子が生まれた。エドアルドはその三人目の子、スーランディア王国の第二王子としてこの世に生を受けた。

エドアルドが十歳の頃、魔法院内では不正な魔法研究が横行していた。さらに農作物の不作の年も重なり、貴族も平民もかつてない荒んだ生活を経験した。

それまでの豊かな生活と国の未来が唐突に危ぶまれたことに端を発して、王宮内に後継問題が

持ち上がった。第一王子は病弱で、王女は稀有な魔力を持つ。実質、王位を継承出来そうな御子は

たったの一人しかいない。ならば愛妾を迎えて、元気な王子をもっと産ませるべきだ。王族の血統

を絶やさぬよう最善を尽くすべきだ。

不安に駆られた周囲の者は、王に対して執拗に世継ぎの重要性を説き続けた。王も諸問題への対

処に心血を注いでいたが、これがさらなる追い打ちになった。

疲れ果てていたのだと思う。エドアルドを膝の上に乗せた王は『私は妃だけを愛しているのに』

と頭を抱えて嘆いた。目にうっすらと涙を浮かべ、エドアルドにも聞こえないように鼻をすすった

彼の姿は、偉大な王でも尊敬する父でもない。一人の女性を愛してやまない、一人の弱い男だった。

その姿を見たエドアルドは、いずれ自分にも降りかかるであろう後継問題に強い不安を抱いた。

王は王妃だけを愛しているのに。

周囲はそれを許さない。王に王妃以外の女性を充てがおうとする。それが何よりも王を苦しめて

いることは、幼いエドアルドにも理解出来た。

王族がすべての国民に愛され、すべての国民を愛する必要があるのは確かな事実だ。けれど、一

人だけを愛してはいけないのだろうか。特別な人を作ってはいけないのだろうか。大切な人が出来

たら、自分も傷付き、相手も傷つけ、周囲の者も困らせてしまうのだろうか。

そんなことを考えて、十歳のエドアルドは鬱々と日々を過ごしていた。

だがそんなエドアルドに、発想を転換する機会が訪れた。

『王子さまも、大人になったら特別な人が出来るよ』

昼下がりの王宮庭園のベンチに並んで座った少女が、エドアルドの未来をそう予言した。

特別な人——その甘やかな響きを含んだ言葉に、幼いエドアルドは密かに衝撃を受けた。

それまでエドアルドの周囲にいた者は、平等の美徳と世継ぎの重要性を説くのみだった。エドアルドもそれが当たり前だと思っていたし、違和感があっても受け入れなければいけないと必死に思い込んできた。

彼女はそんな不安と矛盾からエドアルドをあっさりと解放した。

石畳の境目から顔を上げて目が合うと、にこにこと可愛らしい笑顔を浮かべてくれる。そんな少女のあどけなさに、エドアルドは密かに恋に落ちた。

今にして思えば、ただの一目惚れだったのだと思う。けれど少女は、まるで女神のようにエドアルドの不安を消し去った。大自然を思わせるその瞳こそが、自分だけの特別な人の証明だと本気で思えた瞬間だった。

「だから俺は彼女が成人するまで待った。その子を花嫁に迎えて、俺のものにすると決めていた」

幼い頃の恋を語るエドアルドの切ない表情に、つい見惚れてしまう。その横顔を見て、予言の話や小難しい政治の話が、いつの間にか恋のお話に修正されていることに気が付いた。

「でも逃げられてしまった。彼女は、俺を選んではくれなかった」

「……」

悲しそうなエドアルドの顔を見つめているうちに、リリアはふと一つの真実に辿り着いた。

だからリリアが選ばれたのだ。

初恋が叶わなかったエドアルドは、二度目の失恋をしないように、絶対に断られない相手を選ん
だ。恋の傷を深めないために、絶対に逃げない相手を選んだ。

けれど結局、リリアも彼の花嫁にはなれなかった。エドアルドも王宮も、まさか田舎の伯爵令嬢
が婚約を辞退するとは思ってもいなかったのだろう。

「……」

仕方がない状況だったとはいえ、本当に申し訳ないことをしてしまったと思う。

けれど、もう大丈夫だ。

カティエはエドアルドのことを好いているし、彼女は辞退なんてしないから。

「君は、好きな人がいるのか？」

切なさに胸を掴まれていると、急にエドアルドが顔を覗き込んできた。

「えっ？　わ、私ですか……？」

リリアには、恋の経験などない。王立学院時代には、周囲と比べて仲が良い異性の友人もいたが、
恋と呼べるほど明確な感情を持った相手はいなかった。それは成人してからも同じで、異性の友人
や恋の相手との出会いには恵まれなかった。フォルダイン領から王都まで丸二日の移動時間がかか
ることを気遣ってか、夜会への招待状が届くこともない。だからリリアは今まで恋のきっかけさえ
ない人生を送っていた。

けれどその問いかけに対する詳細な回答は不要だ。なにせ実際のリリアならばともかく、今エド
アルドの目の前にいるのは見た目が四〜五歳の幼い少女。恋の相手などいるほうが不思議な年齢だ。

106

「いないです」

「本当か？」

そう思っていたのに、やけに真剣な表情で再確認されてしまう。もう一度『はい』と頷くと、エドアルドが大きく息を吐いた。

「まぁ、そうか。そうだな、俺の初恋も十歳だったから」

恋する少年エドアルド、十歳。きっとその頃から利発で聡明な子どもだったのだろうな、と思うと何だか微笑ましい。今のリリアがそのときのエドアルドよりも幼い容姿をしていることも忘れ、ふふふっ、なんて笑っていると。

「まだ、初恋の途中なんだ」

あっさりと言い放ったその言葉に、笑顔のまま固まってしまう。

「……」

それは、絶対に聞いてはいけなかった告白だ。

もちろんエドアルドの言う初恋の少女が、カティエであるのなら何も問題はない。けれどそれなら、リリアが婚約者に選ばれたこととの辻褄が合わない。彼の言う少女がカティエなのであれば、最初から彼女を花嫁に選べばよかっただけの話だ。だからもしそうじゃないのなら、今の言葉は絶対にカティエの耳に入れてはいけない。

エドアルドもまだ恋を諦められずに苦しい思いをしているのだろう。それでも今は、国のために新しい花嫁を迎えようとしている。そんな彼の恋の傷をえぐってはいけない。だからどういう意味

なのか掘り下げたいと思っても、聞かなかったことにして忘れなければならない。

そしてリリアも、エドアルドがまだ諦めていないという恋の相手についてなど知りたくない。理由は大層なものではない。ただ知りたくないだけ。聞いたらモヤモヤしそうな気がするだけだ。

だからエドアルドの初恋の話はこれ以上暴かない方がいい。知らないふりをするのが賢明なのだ。

「だから惚れた男がいるわけじゃないなら、必ず俺のものにする」

そう思っていたのに、エドアルドの口からはためらいもなく危険な発言が飛び出してしまう。そ

彼はリリアを幼い少女リーゼリアだと思っている。まだ小さな子どもから自分の初恋の秘密が露呈するなど夢にも思っていないから、簡単に本音を吐露するのだろう。もちろんリリアは誰にも言

の決意を聞いてしまったリリアは、何とも言えない心地を味わう。

うつもりなどないし、言えるわけもない。

けれどそれは……良くないことだ。おそらくエドアルドの初恋の相手はカティエではない。けれど彼はこれ

冷静になってふと思う。

から、カティエと結婚するのだ。

スーランディア王国では公には重婚が認められていない。王族につきまとう後継問題の関係から、長い歴史の中では愛妾を持ち血統を守った前例もある。だがエドアルドの兄である王太子のセリアルドとその妃の間には、すでに三人の王子と一人の王女が誕生している。現状では第二王子であるエドアルドが愛妾を持つ必要はない。

ならばエドアルドが初恋の人を手に入れたあと、カティエはどうなるのだろう？いまさらエド

108

アルドのものになった初恋の相手は、どこに収まるというのだろう？

「さぁ、おしまいにしよう」

困惑していると、エドアルドに再び頭を撫でられ、前髪を優しく払われた。

空気に晒された額（ひたい）にそっと唇を寄せられる。その突然の触れ合いに驚いた所為（せい）で、考えていた危険な想像のあれこれが何処（どこ）かへ飛んで行ってしまった。

エドアルドと目が合う。海のように深い青色とは対照的に、決意に満ちた瞳には灼熱のような温度が宿っている。エドアルドの眼差しにじっと見つめられ、リリアの全身がぞくりと震えた。その瞳の温度と深さにあてられていると、彼はふっと目元をゆるめて優しい笑顔を作った。

「おやすみ。いい夢を」

「……おやすみなさい」

とくとくと高鳴る心音を抑えてどうにか就寝の返答をする。

エドアルドが空気を撫でるように手を払うと、ベッドの傍（そば）にあったランプからふっと明かりが消えた。

魔法を使えれば、その場から一歩も動かずに消灯できるらしい。

（──忘れてしまおう……）

エドアルドの初恋の話は、やはり聞かなかったことにするのが一番だ。

正式な花嫁になった後のカティエの心配や、手に入るかどうかもわからない知らない女性の心配など、さっさと忘れてしまえばいい。そんな心配をしたところでリリアにはどうにも出来ない話だ。

ぼんやりとそんなことを考えていると、リリアの身体の上に眠りの天使が降りてきた。今日は身

体が縮んだあとに泣いたり走ったり緊張したりと心身ともに忙しかったせいか、気を抜くとすぐに眠気がやってきた。

ふわふわと舞う羽毛の幻想を見つめてウトウトしていると、伸びてきたエドアルドの手が頭を撫でた。そのまま髪を梳くように何度も撫でられると、眠気がどんどん増していく。

「リリア……」

眠りに落ちる瞬間、エドアルドに名前を呼ばれた気がした。けれど返事をする前に現実と夢の境界を踏み越えてしまい、結局そのまま意識は遠ざかっていった。

陽が昇る前にベッドから降りると、音を立てないよう静かにエドアルドの寝室を抜け出した。王宮内は昼夜を問わず近衛騎士が巡回しているので、見つからないようこっそりと階段を降りていく。

さらに廊下を駆け抜けると、そのまま王殿を後にして宮殿のカティエの部屋へ戻った。

未だに鍵が開いていなかったら、近くに身を潜めて身体が元の大きさに戻るまで待とうと考えた。

しかし幸運なことに、部屋の鍵は施錠されていなかった。

扉を開けると、ベッドの上でカティエが寝こけていた。しかも着替えもしておらず、最後に会ったときの格好のままだ。どうやら一度用を足しに部屋の外に出たようだが、結局自然に眠りにつくまで物語の世界に入り込んだらしい。

人を部屋の外へ締め出して危険な状況に晒しておきながら、自分は好きなように本を読み、だらだらと過ごしているなんて。カティエの寝顔を眺めていると、だんだんと怒りの感情が沸いてくる。

けれど昨夜のエドアルドの話を思い出した瞬間、その怒りは少しだけ薄れた。

エドアルドを好いていく、これから彼と結婚する予定のカティエには、絶対に聞かせられない話を聞いてしまったから。

結局『美容によくないわよ』と心の中でため息をつきながら、カティエの身体に上掛けを重ねる。

パメラに着せてもらった子供用の夜着を脱ぐと、綺麗に畳んで自分の衣装箱の中へ隠す。着たまま陽が昇れば、この夜着も大人の大きさへ伸びてしまうから。

（機会を見つけて、いつかちゃんと返さなきゃ）

そんなことを考えながら毛布に身を包んで日の出を待つ。

「ふぁ、あ……」

緊張感から解放されて気が抜けると、とろとろと瞼（まぶた）が落ちてきた。

別に眠ってしまっても構わない。どうせ普段のこの時間はまだ眠っている。身体が縮小する瞬間は毎日体験するが、拡大する瞬間はリリア本人は眠っていることがほとんどだ。

（エドアルド……殿下）

ソファに横になって思い出したのは、確かにエドアルドの笑顔だった。

その人が友人の婚約者だと知っているのに。

緊張感から解放されて安心したはずなのに。

わざわざ緊張してしまう顔を思い出すなんて。

リリアは、自分が何か別の呪いにかけられてしまったような気がした。

「フィーゼル卿、カティエ嬢。少し時間をもらえるか」

約十日ぶりとなるロナ親子の再会を壁際から眺めていると、応接間にエドアルドが入ってきた。

直前にエドアルドが訪れると先ぶれがあったので、特に驚きはなかった。けれど温かい寝床の恩に対して、お礼を述べていない後ろめたさがある。緊張状態を悟られぬように頭を下げると、リリアの前を横切ったエドアルドがくすりと笑う気配がした。

横並びに座ったカティエとフィーゼルの向かいに、エドアルドが悠揚と腰を下ろす。リリアがレッドティーを用意してエドアルドの傍に置くと、彼はごく自然な動作でそのお茶に口を付けた。

「まずは披露目の夜会についてだ」

喉を潤して一呼吸置いたエドアルドの言葉に、わかりやすくカティエの目が輝いた。フィーゼルも未定になっていた娘のお披露目に喜び、前のめりでエドアルドの言葉を待つ。

「各要人を招集し、宮殿の大広間で夜会を開く。日付は一か月後だ」

「あら、まだひと月も先ですの？」

「ああ。招待状を出して各々の都合をつけることを考えれば、期間としては短すぎるぐらいだ。領税の調整時期でもあるからな」

「殿下の御心に従います」

文句を言いたそうなカティエと違い、フィーゼルは喜色満面の笑みを浮かべていた。娘の結婚が形として見え始め、浮き足立っているのだろう。

112

対するリリアの心は曇り模様だった。気持ちが盛り上がらない決定的な理由は見当たらない。た

だ来るべきときが来てしまったような、出来れば見たくなかったような、複雑な感情が渦を巻く。

けれどどうせカティエの晴れ姿を目にすることはない。貴族令嬢として、カティエの友人として、

リリアにも夜会の招待状は届くはずだ。しかしそれが夜会である以上、呪われたリリアは大広間に

足を運ぶことさえ出来ない。

浮かないリリア。渋々だが承諾するカティエ。喜ぶフィーゼル。三者三様の反応を認識している

のかいないのか、エドアルドは最初の話を終えると、すぐに次の話題を切り出した。

「それともう一つ」

ゆったりとした声を聞いたカティエとフィーゼルの視線が、エドアルドに注がれる。リリアは侍

女の作法に従って視線を少し下げていたが、次の瞬間思いきり顔を上げてしまった。

「カティエの侍女リーリャを、俺に譲って欲しい」

「!?」

一番驚いたのは、間違いなくリリアだったと思う。

しかしカティエもフィーゼルも驚愕の表情を浮かべている。今度は三人が同じ表情になったのを

見届けると、エドアルドは瞳の奥に怪しい光を宿した。

「正確に言うと俺にではない。姉がリーリャを欲しがってるんだ」

（えっ、メイナさまが？）

椅子の肘掛けに頬杖をついて優雅に足を組んだエドアルドの台詞は、提案などではない。確実に

命令だった。その瞳の色を確認したカティエとフィーゼルが、同時にごくりと唾を飲む。

メイナ・マイオン。スーランディア王国で最も有名な、王宮の魔女。そんな彼女がリリアを所望した。

侯爵位を持つフィーゼルと令嬢であるカティエに、その意味がわからないはずがない。

「あの、ご用向きはどういった……？」

聞くのははばかられるが、確認せずにはいられない。明らかに困惑したフィーゼルの顔には思いきり『生贄にするのか？』と書かれていた。

それは誤解も甚だしい。しかし大抵の国民はそういう認識をしている。

メイナは森ではなく王都に所在を置くが、そうは言っても魔女は魔女。元々、大人数を嫌って社交の場に顔を出さないこともあり、誰も彼女の実態を知らない。平民はおろか、貴族でさえメイナを恐ろしい魔女だと思い込んでいるのだ。

「助手が必要だそうだ。だが今の王宮には『適任者』がいなくてな」

「……」

「……」

意図的に含みのある言い方をしたエドアルドには、しっかり悪気があったのだと思う。フィーゼルに憐れみの目を向けられると、メイナの優しさを知るリリアは擁護したくなってしまった。だが一瞬早くエドアルドに目配せされ、笑顔一つで行動を律されてしまう。

「異論はあるか？」

王族の要望とあれば、余程の無理難題でない限り従わねばならない。

フィーゼルが苦虫を噛み潰したような顔をする。リリアの父であるレオンにどう説明すればいいのかと考えあぐねているようにも見えたが、対するカティエの態度には余裕があった。

「ございませんわ」

つん、とすました顔をしたカティエは、あっさりとリリアを手放すことを承諾してしまう。

彼女は人の心を失くしてしまったのだろうか。一人で王宮入りするのが寂しいから、と言ったのはカティエなのに。

リリアの落胆をよそに、エドアルドはさらに笑みを深めて頷いた。

「そうか、話が早くて助かる。カティエには日中は別の者を手配しよう。だが旧知の二人を完全に別離させるのも可哀そうだからな。夜の間は今まで通りで構わない」

「お心遣い頂き感謝いたします」

「では行こうか、リーリャ。姉上が待っている」

「は、はい……」

言いたいことだけ告げて立ち上がったエドアルドの背中を、慌てて追いかける。部屋を出る前にロナ親子に向かって一礼したが、困った顔を向けてくるフィーゼルと異なり、カティエとは視線すら合わなかった。

今朝はけろりとしていたが、やはり昨夜読書の邪魔をされたことを根に持っているらしい。ため息を必死に飲み込んで退室すると、歩を進めるエドアルドの後についていく。

階段を半分降り、上階からも下階からも見えない踊り場まで来ると、エドアルドが急に足を止め

た。気付いたリリアもエドアルドから数歩遅れた位置で足を止める。そっと顔を上げると、エドアルドが自分の額と前髪を押さえて盛大なため息を吐くところだった。

「はあ……姉上に先を越されてしまったな」

「え……？」

「その方法で君を傍に置けるなら、俺が先に名乗り出ればよかった。だが執務室と騎士院だからな。男しかいないから、そうもいかないか……」

大きな独り言を零したエドアルドに、またどんな返事をすればいいのかと困惑してしまう。まるで姉弟でリリアを取り合っているような言い方だ。

「リリア」

名前を呼ばれて、つい自然に返事をしそうになったが、どうにか踏み止まる。

（今……リリア、と口にしなかった？ ただの聞き間違い……？）

不安に思うのならば、安易に返答などしてはいけないと思う。けれど顔を上げてエドアルドと見つめ合えば、呼び名などどちらでもいいように思えた。

サファイアブルーの濃い青が、リリアの瞳をじっと覗き込む。

「昼は姉上に譲ろう。その代わり、夜は俺の侍女になるというのはどうだ？」

エドアルドが誘うように目を細めて口元を綻ばせるので、唖然としてしまう。

たった今『夜はカティエのもとに戻す』と言ったばかりなのに、その余韻が消えないうちにリリアを寝所へ誘うとは一体どういうつもりだろう。

116

不誠実だ。リリアにも、カティエにも、彼が本当に愛しているという初恋の相手にも。

「……お戯れは、ご容赦下さい」

きっと不機嫌が声に乗っていたのだろう。王宮入りした最初の頃と比べると、無表情でいることが難しくなってきた気がする。

それもこれも目の前にいるエドアルドの不用意な言動のせいだと思うが、

「フラれてしまったか」

なんてからりと笑う様子を見ると、むしろもう少し感情を表現すべきではないかと思ってしまう。

胸の中に広がる困惑をしっかりと理解してもらわなければ、リリアのほうがどうにかなってしまいそうだから。

「まあ、いい。カティエの傍さえ離れてくれれば、少しは口説きやすくなる」

「殿下……?」

困惑していると、伸びてきた腕に身体を引っ張られて互いの距離が近付いた。その腕の逞しさを感じる暇もなく、エドアルドの声と吐息が耳朶にかかる。

「俺は君を……必ず俺のものにする」

それだけ言い残すと、一瞬だけ見つめ合ったエドアルドはすぐに離れてくれた。そしてそのまま、階段を下りて行ってしまう。踊り場にぽつんと取り残されたリリアは、告げられた言葉の意味を理解出来ず、石のように固まるだけ。

（その台詞は……）

昨夜も聞いた。それは幼い少女リーゼリアに教えた、彼の初恋の人への言葉だ。わかっている。それはリリアへの言葉ではない。だから照れたり喜んだりしてはいけない。エドアルドの想いに応えてはいけない。自分の気持ちに気付いてはいけない。

たとえ鼓膜を震わせる甘い熱が、リリアの思考のすべてを奪っていったとしても。

王子殿下は想い人を愛でる

リリアがメイナの助手として魔法院へ通うようになってから数週間。エドアルドの婚約者としてカティエがお披露目される夜会の日は、もう目前まで迫っていた。

普段の仕事に加えて夜会の準備に追われていれば相当忙しいはずなのに、エドアルドはたびたび魔女室を訪れる。そしてリリアの淹れたお茶を飲みながら、リリアに触れようとしたりじっと見つめたりと小さな悪戯を繰り返してくる。

それだけでも困っているというのに、エドアルドがやってくるとメイナは何かと理由をつけて席を外してしまう。結果エドアルドと二人きりになる時間が増え、最近のリリアは自分の心臓の音ばかりを気にしていた。

「リーリャ！」

廊下を歩いていると、後ろから名前を呼ばれて声をかけられた。振り返ると、そこにいたのは宮殿侍女のセイラだった。

セイラはリリアと目が合うと瞳にうるっと涙を浮かべた。そして十歩ほどの距離を小走りに近付いてくると、勢いよくリリアに抱きついた。

「セイラ、どうしたの？」

「たっ、助けて!」

　救援を求める声を聞いた瞬間、リリアに嫌な予感が過った。

　そして嫌な予感というものは、的中するものである。

「えっと……私が言うのも変だけれど、本当にごめんなさい」

「いいのよ……悪いのはリーリャじゃないし、メイナさまのご要望だもの。仕方がないわ」

　セイラの話を聞いたリリアは、ただ謝罪するしかなかった。

　メイナに望まれ魔法院で彼女の助手を務めることになったリリアに代わり、カティエの身の回り

の世話はセイラが行うことになった。セイラは上流貴族への礼儀作法を弁え、手際がよくて仕事も

丁寧と評判がいい。カティエとの年齢が近いこともあり、婚約発表までの世話役にはセイラが適任

だと侍女長に推されたとのこと。セイラ自身も侍女の経験と矜持を持ってカティエの世話に臨んだ。

　だが実際にカティエに仕えたセイラは、早い段階で心を挫かれた。

「貴族の方々の中には無理を言う人も、言うことが細かい人も、ずれている人も、意見がころころ

変わる人もいるのよ。でもそれが一度に全部というお方は初めてだわ……」

　セイラの嘆きには思い当たる節がありすぎて、リリアも頭を抱えるしかない。

　カティエはお湯が沸く時間を考慮せずに、今すぐお茶を用意しろという。急いでお茶を淹れると

温度が高くて火傷すると怒る。最初から適温のものを淹れろと無茶なことをわめく。冷ませば時間

がかかりすぎだと嘆く。結局飲まないというのでお茶を下げると、数分後には喉が渇いたと駄々を

こねる。

120

「そろそろお茶が欲しいと言い出す頃を予測して、先に淹れておいておけばいいのよ」

「そろそろお茶が欲しいと言い出す頃なんて、予測出来ないわよ!」

カティエに配された侍女の嘆きを聞いたメイナは『音を上げるのが早いな』と笑い出した。

セイラにはお茶を欲する頃合いなんて予測出来ないと嘆かれてしまったが、それは当然だと思う。

リリアはカティエと長い付き合いになるが、会ってひと月ほどの者が彼女のわがままを予測出来るのなら、誰も苦労なんてしない。

事前に淹れたぬるいお茶ではなく、適温で淹れた芳醇なお茶の香りを味わったメイナは、リリアにいつものような優しい笑顔を向けてくれる。今日も美味しいと褒めてそっと首をかしげた。魔法が使えないリリアに、書類の整理や薬品の管理などの難しくない仕事を与えてくれる。

プラチナホワイトの美しい姿と姉のような優しさに、リリアはほっと息をついた。

「リリア。君は呪いがとけたら、その後どうする予定なの?」

その姿に見入っていると、メイナがリリアの瞳を見つめてそっと首をかしげた。

「え……えーと、実はあまり考えていませんでした……」

この呪いがちゃんと解けると信じられないリリアは、メイナの疑問に対する回答を用意していなかった。

少なくともカティエの住居が王殿に移るまでは傍にいたいと思っている。けれどその後のカティエは、すぐにリリアの存在など不要になる。不要どころか、きっと邪魔になるはずだ。

だから冬黎祭が終わった後はフォルダイン領へ帰るつもりでいる。ただそれ以外のことは、今は

まだ何も決めていないし、考えていない。

「領へ帰っても、結婚は出来ないの」

「え、そうなの？」

「絶対に不可能というわけではないのですが……王族の申し出を辞退した身である以上、すぐに他の方と結婚することは認められません。王政枢機院が婚姻誓約書を受理しないと思います。少なくとも三年……良識的に考えると五年はむずかしいのではないかと……」

リリアは王族との結婚を辞退した。名誉ある婚姻から逃げ、エドアルドを傷付けてしまった。

その張本人に、簡単に他の者との婚姻など認められるわけがない。呪いから解放され、夜も大人の姿でいられるようになったとしても、リリアは誰とも結ばれることはない。五年の月日が経ったら、リリアは二十六歳となる。結婚できないわけではないが、世間は行き遅れの貴族令嬢という目でリリアを見るだろう。

「呪いがとけたら、エドと結婚するつもりはある？」

ため息を漏らす寸前でリリアの耳に届いたのは、ひどく現実離れしたメイナの質問だった。思わず『は……？』と間抜けな顔を晒してしまう。だがメイナの表情は真剣そのものだった。

リリアの事情のすべてを知るメイナは、リリアがエドアルドの元の婚約者であることも把握している。だからそんなことを聞いてきたのだと思うが、リリアとエドアルドの婚姻の話はとうの前に破談になっている。エドアルドには、今は別の婚約者がいるのだ。

122

「エドアルド殿下は、春にはカティエと結婚されますから」

「じゃあ、もし明日呪いが解けたら？」

「……ありえません」

明日呪いが解ける可能性も。エドアルドと結ばれる可能性も。

ゆっくりと首を振ると、メイナが肩を竦めて苦笑した。

「うーん、エドは脈なしか」

脈があるとかないとか、そういう問題ではない。エドアルドがカティエと結婚することはもう決まっていることで、覆らないこと。たとえリリアの本心がそれを望んでいなくとも、いまさらどうにかなることではない。

「じゃあ、魔法院に就職するのはどう？」

「ええ……？　私、魔法使えないですよ？」

「別に使えなくてもいいよ。リリアは鼻がいいし、お茶は美味しいし、細かい作業を手伝ってもらえるから、すごく助かってるもの」

メイナがにこりと笑顔を作って、リリアに別の人生を提案してきた。

呪いが解けたら故郷に戻るのもいいけれど、このままここにいるというのはあり？

そう誘ってくれるメイナを、リリアは良き理解者のように──友達のように感じた。

「リリアは、どういう男が好み？」

「え……？　え？」

「魔法院の研究者たちは少し理屈っぽいけど、女性に対しては真面目な人が多いよ。だから五年経ったら私が君に似合ういい男を選んであげ……」

「姉上」

にこにこと機嫌よく笑う月下氷人の頭上に、地を這うような低い声が落ちてきた。

驚いて声がした方向を見れば、魔女室の入り口に苛立ちを顕わにしたエドアルドが立っている。

不機嫌にこちらを見下ろす冷たい瞳に、メイナが短い悲鳴をあげた。

「なんの笑えない冗談です?」

「エド……いつからそこにいたの?」

「いま来たばかりですが」

（リリアと呼んでいたの、聞こえていたかしら……?）

エドアルドがいるとは思っていなかったので、メイナは当然のようにリリアの名前を呼んでしまっていた。その会話を聞かれていたのではないかと、一人冷や汗をかく。

エドアルドが悪意を持ってリリアやフローラスト家を傷付けるとは思わない。しかしわずかな綻びからレオンがすべてを失ってしまう可能性もある。そう考えると確かにメイナの提案は嬉しかったが、冬黎祭を終えたらすぐにでも領地に戻るべきだと思えた。

「姉上は次の舞踏会の場に引っ張り出されたいようですね?」

「うえ……それは勘弁して」

リリアの心配をよそに、姉弟はまだ言い合いをしている。

124

メイナは人の多い場所と煌びやかな空間を嫌うと噂されていたが、どうやら本当に社交の場が苦手のようだ。苦い顔をして項垂れたメイナが反論する元気を取り戻さないうちに、エドアルドが自分の用件を告げた。

「彼女をお借りしたいのですが」

エドアルドに視線を向けられ、リリアの表情が固まる。借りる、ということはまた二人きりになるのだろうか。それはカティエに申し訳ないし、色んなことを思い出して恥ずかしいし、綻びが出そうになるので、出来れば遠慮したいのに。

「リーリャは私の助手なんだけどなぁ」

「ああ……ではアンティルム殿にもダンスの特訓に励んで頂きましょうか」

「うん、ごめん！　わかった、いいよ！」

一瞬は抵抗の態度を見せたが、夫とあわせて社交の場に引っ張り出すと脅されると、あっさり降参する。メイナにはもう少し頑張って欲しかったが、エドアルドに、

「おいで」

と甘さを含んだ笑顔を向けられると、リリアもあっさり陥落してしまった。

片目を瞑ったメイナが、鼻の前で手のひらを縦に振って『ごめん』と合図をしてくる。メイナにふるふると首を振って微笑むと、リリアはエドアルドの後に続いて魔女室を後にした。

最初は無言のままエドアルドの後ろを歩いていたが、この状況をカティエに見られたらと思うと背中に妙な汗がにじんできた。

「カティエさまが、殿下にお会い出来ずに寂しがっておりますよ」

気付けばエドアルドの背中に、言わなくてもいい文句をぶつけてしまっていた。

もちろんただの侍女が、主や客人に話しかけることはご法度だ。しかしそれを聞いたエドアルドの声は妙に弾んでいる。

「寂しいのは、君に冷たくあしらわれている俺のほうだ」

ひらけた空間の奥にある大扉に、そう呟いたエドアルドの指先がかかった。扉の奥を認識したリリアは、またしても禁を破って自らエドアルドに話しかけてしまう。

「殿下、この先は王殿です。許可がない者は立ち入れません」

今日のリリアは、幼女の姿ではない。自分の意見を言えない幼い子どもではない。自分の言動に自分で責任を取らなければいけない、大人の女性だ。

エドアルドの望みを拒否することの重さは理解しているが、この先に踏み込むことの意味も理解している。板挟みになった緊張で石のように硬直していると、エドアルドの腕がリリアの腰に回った。

「俺が隣にいるのに、許可も何もないだろう」

エドアルドにリリアの困惑を気にする様子はない。緊張状態は継続しているのに、耳元で『ほら』と囁かれて手を引かれれば、結局は彼の言う通りに導かれてしまう。

連れられてやってきた場所はエドアルドの私室だった。位置関係から考えると彼の寝室の隣に位

置する部屋だと思われる。

広い部屋には執務用の机と椅子、応接セット、壁にそって大きな本棚が二つ。窓から差し込む太陽の光は室内を明るく照らし、その奥には壮麗な王宮庭園を一望出来る。

部屋の中央にあるダークブラウンのテーブルに目を向けると、その上にいくつもの小箱や包みが置かれていると気付く。エドアルドへの贈り物の類いなのかと思ったが、促されて近寄ったリリアはつい驚きの声を零してしまった。

「これは……」

「今年の新茶葉だ。夏から秋にかけて収穫されるものはすべて揃えた」

「す、すごいです……！」

テーブルの上に並ぶのはスーランディア王国内で収穫される茶葉の数々だ。王都の周辺だけではなく、地方都市や遠方の領地で収穫されるものまで完璧に網羅されている。箱や包みに統一感がないのは、これが王宮に献納される正規品ではなく、まだ各地の市場にしか出回っていない最新のものである証拠だった。

「わ、シュスターレン領のゴールドオレンジティー！　オルヴェイン領のホワイトティーなんても希少ですよね？　私、飲んだことないです！」

「茶葉でそんなに喜んでもらえるのか」

興奮冷めやらぬまま感動の言葉を口にすると、エドアルドはくすくすと笑う。

「欲しいものがあれば持って行っていい。もちろん全部でも構わない」

リリアをテーブル前のソファに座らせ、視線で茶葉の包みを示したエドアルドが優しく微笑む。まるで愛しい人への秘密の贈り物作戦が成功したような、眩しい笑顔で。

「そんな……頂けません」

笑みを向けられたことで少し冷静になったリリアの隣に、エドアルドが腰を下ろした。以前どこかで似た場面に遭遇したことを思い出し、そっと身体を離そうと試みる。

リリアの回想と予想は的を射ていたようで、エドアルドの手が肩に回ると、そのままぐっと抱き寄せられてしまった。

「では俺のために、毎日この部屋に淹れに来てくれ」

「そ、それも出来ません」

エドアルドの指先が、飼い猫を甘やかすようにリリアの頬を撫でる。急接近してきたエドアルドからやんわりと逃げようとしても、その腕の力には敵わず全く振り解けそうにない。

「あ、あの……では一つだけ」

このままではまたエドアルドに全身を撫でられ、さらに毎日お茶を淹れる約束をさせられてしまう気がする。それならば、と諦めて贈り物の受け取りを承諾すると、エドアルドが表情を崩して

『そうか』と呟いた。

本当は王子からの個人的な贈り物など、もらってはいけない。ただの侍女が王子殿下から特別扱いを受ける訳にはいかない。けれどそれでエドアルドの気が済み、その腕から解放してもらえるなら仕方がない。

改めて色とりどりの小箱や包みを吟味する。産地が遠く離れていて、手に入りにくい茶葉。生産量が極端に少ない希少な茶葉。茶缶のデザインが毎年変わり、ついついコレクションしたくなる茶葉。色々な種類のものが目の前に並んでいて、いけないと知りつつも虚勢を張らずにやっぱり二つ……いや三つと言えば良かった、と考えてしまう。

しかしどんなに魅力的な茶葉を並べられても、やはり気になるのはフォルダイン領産のもの。新茶葉を味わう前にカティエに付き添って王宮入りしてしまったため、今年の味についてはリリアもまだ知らない。きっと少し待てば、登城の際にレオンが茶葉を持ってきてくれるだろう。しかしリリアが最も心を動かされるのは、やはり慣れ親しんだ味だった。

フォルダイン領の刻印で封をされた薄緑の袋を手に取る。茶師の夏季査定では、渋みが抑えられてほどよい苦みと甘みが調和した茶葉になるだろうと評価されていた。実際の味と香りは熱いお湯を注いで葉が開かなければわからないが、きっと今年のお茶も美味しいはずだ。

「やはりフォルダイン領産のグリーンティーが好みか」

「え……？」

「故郷の味だからな」

無意識に手にした紙袋を見て、エドアルドが小さく頷いた。その表情を確認したリリアは、自分の些細な行動が大きな失態に繋がってしまったと気がついた。

リリアはカティエの侍女として王宮にやってきた。特殊な条件がなければ、侍女は同じ領地内の出身であると考えるはず。仮に違う出身であったとしても、確信を持って出身領地を言い当てるこ

となど出来ないはずだ。初めからそうだと知らない限りは。

「あ、あの……、私これで失礼しま……」

「まだ話は終わっていない」

急いで立ち上がろうとしたが、かなわなかった。リリアが茶葉に夢中になっている間も、エドアルドは肩に手を回してその様子を眺めていた。逃げようと思って力を入れたときにはもう遅い。

ましてエドアルドは、騎士院で日々鍛錬に励んでいる成人男性だ。力でも素早さでも、最初からリリアに勝てる見込みはない。

「リリア・フローラスト……俺の本当の花嫁」

引き戻された腕に身体を抱かれると、耳元で低い声が響いた。ぞくりと身体の奥が疼きそうになるが、甘い声音に酔い痴れている場合ではない。

さらに力が強まる腕の中で、リリアは密かに絶望した。

「……気付いて、いらしたのですね」

リリアの正体に。侍女だと言って本当の名前を隠し、婚約を辞退した身でありながら図々しくエドアルドの前に姿を現したことに。

わかるはずがないと思っていた。王宮に来るまで、リリアはエドアルドと面識がなかった。エドアルドだけではなく、社交の場にさえたった一度しか顔を出したことがないリリアは、他の王族や貴族ともほとんど面識がない。

けれどわかっているような気配も感じていた。エドアルド本人にリリアと呼ばれたことがあった。

先ほどもメイナがリリアと呼ぶのを聞いていたはずなのに、わざとらしいほどそこに触れなかった。

「気付かないはずがないだろう。最初に会った時点で、ちゃんと気付いていた」

腕の中のリリアの前髪を撫でながら語り掛けられる。ただ隠していただけではなく、必死に誤魔化して取り繕っていたことも、エドアルドははじめから見抜いていたらしい。

今すぐに逃げ出したい。だが謝罪をしなければ済まされない。否、リリアの謝罪一つで済むほど簡単な状況ではない。

王族への虚偽報告は重罪に値する行為だ。直接名前を聞かれて偽りの回答をしたわけではないので厳密には嘘はついていない。しかし、そうと悟られぬように隠しごとをしていた。虚偽報告と同じだと言われても仕方がない状況だ。

「婚約を解消されて……惚れた男がいるのだと、俺では駄目だったのだと必死に諦めた」

青ざめて震え出す身体で懸命に言葉を探していると、エドアルドのため息が耳に届いた。顔を上げると、切ない表情のエドアルドとじっと見つめ合う。

「だが君は俺の前に現れた。手に入れられる距離にいるのに諦めて手放せるほど、俺は出来た人間じゃない」

真剣な眼差しで語られ、身体を抱く手と反対の手ですりりと頬を撫でられる。柔らかく肌に触れる指先から、確かな熱が伝わってくる。

「リリア……俺は君を……」

「お待ち下さい、殿下。今の私は……殿下の婚約者ではありません」

震える声でエドアルドの言葉を遮る。拒絶の言葉を聞いた瞬間、エドアルドの表情が不機嫌に歪んだ。

「俺が嫌いか?」

「いえ、そうではなく……」

そうではない。ただの侍女でしかないリリアの火傷を癒し、リリアの淹れたお茶を美味しいと褒め、君だけが欲しいと囁いたその瞳に。声に、指に。

リリアはこんなにも惹かれている。眠りに落ちる瞬間に、エドアルドの笑顔を思い出してしまうほど。見つめられるだけで嬉しいと思ってしまうほど。嫌いどころか、好いている。エドアルドのことばかり考えてしまう。けれど。

(私は、呪われている)

リリアは魔女に呪われている。呪いを受けた時点で不吉だというのに、その呪いの内容がさらにリリアを価値の低い存在にする。

この呪いは、夜になると身体が子どもの姿になってしまうというもの。子どもに子どもは産めない。世継ぎを残せない女性など、正妃であろうが愛妾であろうが王家にとって価値の低い存在だ。

そんなリリアがエドアルドと添うことなど、出来るはずがない。

(それに殿下は……)

エドアルドはカティエと結婚する。それはもう決定していることで、リリアがどんなにエドアルドに惹かれていたとしても、エドアルドがどんなにリリアを好いていても、覆せない。だから好

「殿下はカティエと……」

「カティエと結婚するつもりはない」

俯きながら呟いた言葉は、最後まで言い切らないうちに否定されてしまった。そのはっきりとした口調に、驚いて顔を上げる。真剣なサファイアブルーと再び見つめ合う。

確かにエドアルドは、最初からカティエを特別に扱ってはいなかった。同じ王宮内にいるのに、カティエの部屋を訪れることはない。花や菓子などの贈り物をすることもない。忙しいなりに時間を作れるはずなのに、食事やお茶に誘うこともない。それどころか、せっかくティータイムを用意しても彼女をあっさりと放置してしまう。

カティエに気持ちがないと言われれば、納得出来るような態度ばかり。きっとこうして見つめ合うこともない。リリアの知る限り、二人きりになったことさえない。

「待ち続けて……思い続けて……君だけが欲しくて……」

エドアルドの指先に力が入る。そのまま胸に抱き寄せられると、リリアの鼓動は急激に加速する。

同時に、小さな疑問が湧き起こる。

（以前話していた初恋の少女って……私？）

エドアルドが語った、幼い頃の恋の話。王宮庭園で出会ったという初恋の相手。

そのときのエドアルドは十歳だったというので、相手が自分だとしたら、五つ違いのリリアは五歳の頃と思われる。それは奇しくも、呪いにかけられて幼女の姿になる夜のリリアと同じ年頃だ。

五歳の頃――記憶の糸を手繰りよせ、懸命に思い出そうとしたのに。

「そうだな……君は俺のことを何も知らないから、好きも嫌いもないか……」

　呪いの存在を知らないであろうエドアルドは、リリアが拒否する理由は別にあると解釈したらしい。瞳の奥にはいつか見た熱と同じ色が宿っている。

「俺がどんなに君を望んでいるのか、ちゃんと教えてやる」

　心の準備を十分にしていないうちに、エドアルドの手に顎先を捕らえられる。少し身を屈めて顔を傾けたエドアルドの唇が、触れそうなほどの距離で愛の言葉を囁く。

「リリア。俺は君が好きだ」

「ん……っ」

　自分が言いたいことだけ告げると、返事も待たずに唇を奪われてしまう。急に感じたぬくもりに、驚きの言葉も、拒絶の言葉も、受け入れるための言葉も発せない。薄く開いた瞳の奥では、サファイアブルーの炎がリリアの恋心を焚き付けようと揺れ動いている。

「エドアルド、殿下……」

　すぐに離れた唇が再び重なる前に、その名を呼ぶ。エドアルドは表情をゆるめるが、結局何も言わずに再度唇を重ねられた。

　今度は重なった場所を舌先でゆっくりと辿られ、時折唇を弱く噛まれる。その小さな刺激にぴくんと身体が跳ねると、目聡く反応を見つけた指先が顎の下をゆるゆると撫でた。まるで愛おしいものを大切に扱うような触れ方で、全身がふるるっと身震いする。

134

「少しはわかったか?」

「あ、あの……」

問いかける声も愛おしくてたまらないと言っている。わざと視線を合わせて微笑まれると、リリアは恥ずかしさと罪悪感で困惑してしまう。

友人の婚約者との口付け。それは決して許されない行為なのに。

「足りないようなら、もっとしっかり教えないとな」

自分にも言い聞かせるように呟いたエドアルドは、リリアの身体を抱き上げるとそのまま奥の扉へ向かった。

扉の先は、思っていた通り彼の寝室だった。

以前ここへやってきたとき、リリアは幼女の姿だった。エドアルドは幼い子どものリーゼリアに優しく接してくれて、眠りにつくまでずっと頭を撫でてくれた。

けれど今はあのときとは違う。まだ外は十分に明るくて、リリアは大人の姿で、エドアルドの目は『大人になったときは遠慮しない』と宣言した通り、真剣そのものだった。

「リリア……」

「あ……っ」

降ろされたベッドの上に、そのまま身体を縫い付けられてしまう。熱の籠った視線に見つめられて耳から顎の輪郭を撫でられると、意思とは関係なく身体がピクリと跳ねてしまう。その反応を確認したエドアルドは、顎先と零れた声を掬いあげ、再度唇を重ねた。

「ん……、んん」

以前このベッドで額に落とされたような、可愛らしいキスではない。食むように動いた唇から熱い温度が伝わってくる。くすぐったさから逃れようと身を捩ると、無意識に鼻から抜けるような声が零れた。

「んぅ、……ん」

力が抜けると、開いた口の端からエドアルドの舌が侵入してきた。抵抗する間もなく入り込んできた熱に舌を搦めとられると、徐々に頭がぼうっと霞む。呼吸が上手く出来なくて、空気が足りずにさらに力が抜けてしまう。

「ふあ、ぁ……あっ」

丁寧な口付けに翻弄されていると、エドアルドの指先がリリアの腰をするりと撫でた。その瞬間、感じたことのない甘い痺れが全身を駆け抜けた。腰から身体の隅々まで広がるびりびりとした感覚に、喉からあられもない声が零れてしまった。

「腰が弱いのか?」

唇を離したエドアルドが、吐息がかかるほどの至近距離で問いかけてくる。上手く声が出ないのでぶんぶんと首を振って否定するが、同じ場所を撫でられるとまた喉からは高い声が溢れた。まるで自分のものではないような、主人に甘える猫のような声が。

「可愛い反応だな……ずっと撫でていたい」

「っやぁ、殿下……やめ、……んんっ」

エドアルドが嬉しそうに呟く言葉のすべてが、恐ろしくて仕方がない。侍女服の前掛けの結び目を解かれ、さらに同じ場所を撫でてくる。敏感な場所ばかり触られ続けるなんて拷問のようだ。

「リリア。俺の名前を呼んでくれ」

エドアルドの言葉の意味がわからず、一瞬動きが止まってしまう。呼吸が乱れて息が上がった状態で顔を上げると、澄んだ青い瞳がリリアをじっと見下ろしていた。深海の底のような色は何かを探ろうとしているのに、それと同時に強い情欲を表現しているようにも感じる。

「え、エド、アルドさま……？」

「そうだ」

求められた呼び名を口にすると、エドアルドの視線は艶と熱を含んだ色に変化する。頷くと同時に背中とお尻の境目を撫でられると、今度は全身がびくんと跳ねてしまった。

「あっ……」

ぞく、ぞくっと全身が震える。まるでサファイアブルーの深海に溺れてしまったように。エドアルドの指先に、身体が呪われてしまったように。

「っ……、ん」

強い意思を持った瞳に見つめられながら、甘い戯れを全身に受ける。長い指が腰から上に移動していく。その指の運びがあまりにもゆるやかで、ひどく官能的で、リリアは声が洩れてしまわないよう必死に息を噛み殺した。

エドアルドの指が首の下のボタンにかかる。驚いてその手首を掴まえるが、邪魔はさせない、と

再び唇を奪われる。さらに侵入してきた舌に口内を食い尽くされると、すぐに思考が霞んでしまった。

「……っ、ふ、……ぁ」

触れ合った舌から生じる熱に、理性がじんわりと焼かれていく。貪るような激しいキスに流されないよう、エドアルドの腕をぎゅっと掴む。唇の隙間から息継ぎを繰り返しているうちに、彼の指はいとも簡単に胸元のボタンを外してしまった。

ぷつり、ぷつりと外されたボタンが五つ目を数えると、ワンピースの前立てを寛げられた。緊張と火照りで汗ばんだ肌に外気が触れると、ひんやりとして心地がいい。けれどほっと息をつく隙は与えられなかった。

「やっ……、エドアルドさま……何をっ」

顔の位置を下げたエドアルドが、突然その肌に唇を寄せてくる。素肌の上に熱い感覚が生じる。視線を下げると、シュミーズの襟ぐりが開いた場所にエドアルドの唇が触れていた。

「あっ……、やぁっ」

エドアルドに身体を舐められている。あまりの羞恥から逃げようとすると、今度はちゅう、と肌を吸われてしまう。

「ん、ぁあ……っ」

可愛らしい音とは対照的に、肌の上にはピリッと鋭い痛みが走った。吸われたというよりも噛まれたように感じて身を捩ってしまう。

138

その小さな痛みを緩和させるように、舌の先が柔肌を這う。ぬるりとした感触に震えていると、エドアルドが顔を上げてじっと視線を合わせてきた。

「君は俺のもの……これはその証だ」

呟いた声が示す場所を、細長い指が爪弾く。意味がわからずに再度視線を下げると、胸の上に傷のような赤い痕が出来ていた。

「……!?」

「痛かったか?」

身に覚えのない発赤に目を見開くと、耳元に近付いたエドアルドの唇がリリアを心配する言葉を紡いだ。

何も言えずに硬直していると、胸の中心に散る赤い色を指先でトントンとつつかれる。

「これは怪我や傷じゃない。肌を強く吸うとこうなるんだ」

「傷では……ない……?」

「そう。これは君を独占したい、俺のものだという証」

愛情だけではなく所有欲まであると教えられ、再び全身が発火する。

それは、知らなかった。エドアルドとの婚約が決まって以来、リリアは寝所での男女の行為について教えられていた。だが相手の肌を吸うことで所有の証を残せるとは、聞いたことがなかった。

もちろんその相手が情欲に満ちた本気の目をしてリリアの肌に赤い花を散らすことも、誰も教えてくれなかった。

エドアルドの手がするすると身体の稜線を撫で始める。また甘ったるい声が零れ出るのではと

焦ったが、今度は腰の横を通過し、そのままさらに上へ移動する。

「あ……や、だめっ……」

胸元に辿りついた手が、すでに寛げられていた前立ての縁からワンピースの中へ侵入してくる。

侍女は身体のラインを強調する必要がないので、シュミーズの上にはコルセットよりも締め付けが少ないステイズを身につけているのみ。前で結ばれた紐をほんの少し緩めれば、後ろの留め具は簡単に外れてしまう。

エドアルドはそれをちゃんと理解しているらしい。綺麗な指先が前紐にかかると、リリアの喉からは拒否の声が飛び出した。

「……エドアルドさま！ ……だめです、だめ……！」

「だめじゃない」

「こ、これ以上は……」

カティエに顔向け出来なくなる。

見つめ合って、口付けられて、乱されて、愛の言葉を囁かれて。それだけでも十分な裏切り行為だというのに、身体を繋げてしまえばもう言い訳すら出来なくなってしまう。

元より言い訳をしようとも、ましてエドアルドの所為にしようとも思わない。もちろん前回のエドアルドの戯れも口外していない。けれど男女の結びを交わして、それを言葉にも表情にも出さず、後ろめたささえ感じずに過ごす自信はない。

それならなぜ彼の寝室に足を踏み入れる前にちゃんと拒否しなかったのかと問われたら、言い訳

すら出来ない。言い訳をしようと考えている時点で、ずるくて、卑怯で、嘘つきだ。それが分かっているからこそ、これ以上罪悪感が増すような行為はしたくないと思うのに。

「怖いか?」

「いえ、あの……」

「出来るだけ、優しくする」

「……っ、ふぁ……」

エドアルドが再び唇を重ねる。そうして手早くステイズの結び目をほどかれ、厚布の塊と化したそれをベッドの下へ放り投げられた。

エドアルドを制するための言葉を探している間に、どんどん衣を剥がされてしまう。拒否の言葉が先か、行動が先かと考えている暇もない。

「だ、だめです……私、本当に……」

「なぜだ?」

「な、なぜって……だって……」

「……まさか、惚れた男がいるのか?」

ようやく声を出すと、シュミーズにかかったエドアルドの手がピタリと止まる。不機嫌な声に気付いて顔を上げたリリアは、エドアルドの表情を確認した瞬間、静かに凍り付いた。

「そういえば、君にはちゃんと確認したことがなかったな」

リリアを見下ろす瞳には、怒りと疑念の色が含まれていた。地を這うような鋭くて低い声で問い

詰められると、身体が強張ってしまう。

「……どうなんだ？　他に好いている男がいるのか？」

リリアは答えに窮した。もちろんそんな相手はいないが、エドアルドの怒気を孕んだ視線に気圧されると、上手く声が出せない。

「え、えっと……」

「どうして違うと即答しない」

ギリ、と奥歯を噛んだ音が聞こえた瞬間、制止の仕方を誤ってしまったと知る。この先の行為を拒否する理由にカティエの名前を出せば、エドアルドの想いに応えられない理由がカティエの所為になってしまう。自分から踏み入ってはいけない境界を越えておいて、都合のいいときだけカティエの所為にはしたくない。とはいえ呪いのことを告げるわけにもいかない。

ならばどうしたものかと迷っているうちに、エドアルドは誤解してしまったようだ。

「もしそうだとしても、俺は認めない」

「エドアルドさま……？」

目の前で獲物を横取りされたように、サファイアブルーの瞳の奥に壮絶な嫉妬の色が燃え上がる。リリアのすぐそばについた手が、小刻みに震える。

「枢機院に俺以外の男との婚姻誓約書など持ってきてみろ。五年経とうが十年経とうが俺は絶対に認めない！　その場で即刻破り捨てて、突き返してやる！」

「そんな……こと……」

142

エドアルドが怒りを露わに吠える。だからつい涙が出そうになってしまう。

それがリリアを想うあまりに飛び出した、いくら王子でも実行不可能な道理の通らない行動だと理解しているから。それでも他の男のものにはさせない、誰にも渡さない、と強い感情でリリアを求めてくれるのが嬉しいから。エドアルドの眼差しが、リリアとの結婚をまだ諦めていないと教えてくれるから。

「婚姻前に抱くことが紳士として誠実さを欠くことは理解している。だが……」

少し冷静になったらしいエドアルドが、声を落として呟く。

エドアルドは、世間の良識を理解していると言う。けれど口振りとは裏腹に、両手はシュミーズをたくし上げていく。その動きは、もう誰にも止められそうにない。

「君に、俺以外の男との結婚を想像してほしくない」

「エド、アルド、さま……」

「嫉妬に狂うぐらいなら、今すぐ君を俺のものにする。もう二度と、俺以外の男のことなど考えさせない」

その瞳があまりにも本気すぎて、とうとう言い訳をする気持ちが消えてしまった。

目を閉じると同時に降りてきた口付けは、愛を教え込ませるようにひどく丁寧で優しかった。

身につけているものをすべて取り払われ、まとめていた髪をほどかれ、シーツの上に身体を横たえられる。カーテンが引かれていないエドアルドの寝室は明るく、午後の光にプラチナホワイトの

髪がキラキラと輝いて見える。

衣服を脱がせながら優しいキスを繰り返していたエドアルドが、ふと唇を離して視線を合わせてきた。その瞳の色はいつもと変わらないのに、今は恋の温度に燃えているようにも見える。

視線を下げると、同じくすべての衣服を脱いだエドアルドの裸体が見えた。騎士院で鍛えているだけあって身体はよく引き締まっており、無駄なものが全くない。対してリリアの身体はふわふわと柔らかく、全体的になだらかである。カティエのように腰が細いわけではないので、一般的には男性が好む身体ではないはずだ。

急に恥ずかしさと申し訳なさを感じて手で身体を隠すと、エドアルドが不満げな表情をした。

「ちゃんと見せて」

「……あ」

胸を隠す手を退けられると、全身をまじまじと観察されてしまう。エドアルドに裸を見られているという恥ずかしさから視線を背けると、伸びてきた手が左胸を包んだ。ぴくっと身体が跳ねる様子を確認したエドアルドは、触れた指先に力を入れて手を動かし始める。

「やわらかいな……気持ちいい」

「……っ」

感心したように呟かれ、すぐに右胸にも触れられる。見つめられながら同時に両方の胸を撫でられるという状況に戸惑い、だんだんと顔が熱く火照っていくのがわかる。

顔が赤くなっていたら恥ずかしい。胸を隠すことを諦める代わりに空いた手で顔を隠すと、エド

144

アルドの手がリリアの秘めた感情を暴こうと動き出した。

「顔も隠さないでくれ」

「や、……だって……」

「感じているところを見たいんだ。それに君を抱く男が俺だということも、ちゃんと見ていてもらわないと困る」

「そ、そんな……っやぁ゛ん」

最初は優しく緩やかだった動きが、だんだんと肌を捏ねるような強い動きに変わっていく。リリアの顔を見つめ、声と表情から反応を探ろうとする視線がとにかく恥ずかしい。

「ひゃ、あ、ぁっ」

胸を撫でる手の動きは変わらないのに、指先だけが器用に動いて胸の突起をきゅうっと摘み上げる。驚いて腕に縋ると、エドアルドが楽しそうな笑みを零しながら頬に唇を寄せてきた。

「つぁ、……ふぁ」

小さなキスに照れている間も、彼の両手は胸の突起を撫で続ける。優しい触れ方でくるくると円を描いているかと思えば、親指と人差し指で突然そこを摘まれる。身体が跳ねれば、また手のひら全体を使って揉んでくる。

「や、……エドアルド、さま……それ……っ」

「気持ちいいか?」

ばらばらにやってくる種類の違う刺激に翻弄されていると、頬から顎先、喉元、鎖骨へと降りて

いた唇が、リリアに感想を訊ねた。

確かに恥ずかしいと同じくらい触れ方が優しく丁寧で心地いい。けれど素直にそう口にするのは、あまりにはしたない気がする。どう答えればいいのかわからずにいると、唇が突然右胸の突起に触れてきた。

「やぁぁんっ」

胸に直接口付けられた驚きで、つい大きな声が零れてしまう。なんでそんなところにキスなんて……！　と抗議をする間もなく、今度はかぷ、と口に含まれた。

「ふぁ、あぁ、ん」

羞恥に耐えるために目を瞑っても、感覚だけで理解してしまう。エドアルドの形の整った唇が乳首を口に含んでいる。しかも舌の先で舐められ、転がされて、時々ちゅう、と吸い上げられる。そのみだらな戯れから逃れようと腕に力を入れた瞬間、右胸の上から生温い感覚が消えた。

顔を上げたエドアルドと目が合う。にこ、と微笑んだ彼の色気に圧倒されて言葉を失っていると、再度顔を下げて同じ戯れを再開する。今度は左胸。右胸にはまた彼の細長い指が這い、先ほどと同じように強く揉まれる。

「あん、だめッ……えど、あっ……ぁぁッ」

今の明るい笑顔は何だったのかと思うほど、強烈で容赦のない刺激。エドアルドはリリアの胸を気に入ったらしく、その後も時間をかけて執拗に舐め転がされ、揉まれ、弾かれ続けた。

未知の刺激と強い快感に、脳の処理が追い付かない。このままでは意識を失ってしまいそうだと

146

思っていると、そうっとトへ伸びていったエドアルドの右手が、リリアの左膝の内側にかかった。
また身体が反応してしまうのでは、と考える暇はなかった。手に力を込めたエドアルドが左脚だ
けを横へ持ち上げながら開くと、彼に秘部をさらけ出す格好になってしまう。

「や、あっ、まっ……！」

制止の言葉を待たず、エドアルドはリリアの膝と股関節を曲げ、思い切り開いた股の間に身体を
割り込ませてきた。再び笑顔を残すと、自由になった右手を股の中央に滑らせる。

どこを触られたのか、咄嗟にはわからなかった。けれど普段人に見られることも、当然触られる
こともない秘めた突起に躊躇なく強い刺激を与えられ、身体が過敏に反応する。

「ふぁぁッ……！」

ビクン、と全身が跳ねる。強い刺激で意識が抜け落ちそうになる。

「やっ……そんなところ……！」

首を振りながら腕を掴んで、制止しようとする。けれど視線が合ったエドアルドは、妖艶に笑う
のみ。

指が再び動くと同時に、股の間からくちゅっ、と水の音が響いた。初めて感じる快感で戸惑って
いたが、それが自分の身体から発生した音だと気付き、リリアは青ざめた。

「わ、私……漏らし……？」

焦って半身を起こそうとすると、胸を撫でていた手がリリアの身体をシーツの上に押し戻した。

「違う。女性の身体は興奮して気持ち良くなると、ここが濡れるものなんだ」

「こ、興奮……？」

「そう。愛する男性を受け入れるための自然な反応で、別に漏らした訳じゃない。だから気にしなくていい」

言い聞かせるように諭しながらも、指先は露わになった花芽を丁寧に転がしてくる。それと同時に蜜口の縁をくるりと撫でられると、強烈な刺激に襲われた。

「やあ……ッん……！」

「君の身体は、俺を受け入れてもいいと言っている。だが濡れているだけでは不十分だ。解さないと身体の中を傷付けてしまう」

エドアルドは指の動きを止めずに、リリアに大人の情事の仔細を教えてくれる。閨事情についてはリリアも勉強したはずなのに、いざとなったら混乱して何も思い出せない。けれど彼に呆れた様子はなく、むしろ表情にも言葉にも喜びが垣間見える。大切な人に愛の営みを教える時間さえ嬉しいと言わんばかりだ。

「っ……ひ、ぁ……ッ」

愛おしむように動く指先が、濡れた蜜口の縁から中へ侵入してくる。くぷ、と音を鳴らして身体の中心に差し込まれたものは、エドアルドの指だった。

「つぅ、ん……んっ……」

悲鳴が漏れないように喉の筋肉を力ませる。違和感に耐えるために力を入れると、エドアルドの指先をきゅう、と締め付けてしまった。

それでもリリアの様子を確認しながら、指先は少しずつ奥へ侵入してくる。最初は圧迫感がひど

かったが、空いた手で頭を撫でられ頬や唇に口付けられると、不思議と違和感は遠のいた。

脱力を見計らいながら指が抜けていく。そこに痛みは伴わず、しかも再度指を差し入れられても

最初ほどの辛さはなかった。

「ん……、ふぁ……っ」

さらに指の数を増やすと言われて焦ったが、指が二本に増えて内壁をゆるりと撫でられても鋭い

痛みまでは感じない。

エドアルドの身体が邪魔するせいで脚を閉じることが出来ず、半開きになったそこからじゅわり

と水分が溢れる。指を抜かれると、埋めるものがなくなった場所がひくひくと動いた。そのはした

ない身体の反応を自分でも感じ取ってしまう。

「リリア……」

恍惚の色を浮かべて身を起こしたエドアルドが、脚を持ち上げてさらに脚を広く開く。それだけ

で次に自分の身に起こる出来事を、本能的に理解する。

（ごめん……なさい……）

エドアルドに情欲に濡れた瞳で見下ろされ、一瞬カティエの顔を思い浮かべる。

この想いは秘め続けるべきものだと知っている。だからもう、二度とは口にしない。

今この瞬間だけ。たった一度だけだから。

カティエにも、神さまにも、知られないうちに。

「私……エドアルドさまが、好きです。……愛して、います」

「リリア」

「だから今日のことは……一生の、大事な思い出にします」

「……何を言ってるんだ?」

決意のつもりで口にした言葉を、エドアルドはあっさりと一蹴する。そしてリリアの心を搦め

とって縛り付ける台詞を容赦なく紡ぐ。

「君は毎日俺のためにお茶を淹れて、毎晩俺に抱かれて、俺の隣で眠るんだ。思い出で終わらせる

なんて絶対に許さない」

十分に濡らしてほぐされた場所へ、鋼鉄のように硬い熱塊があたる。それが彼の雄の象徴である

と認知した直後に、ぐぷ、と濡れた音が聞こえた。

「……っ、……ッ!」

圧迫感に耐えようと、知らず身体に力が入る。

リリアの身体の震えを察したエドアルドが、ゆっくりと頭を撫でてくれた。なだめられるように。

愛おしいと教えられるように。

「……痛いか?」

「す、少し……だけ」

痛みに耐えようと力むと、その刺激はエドアルドにも伝わるようだ。辛そうな表情と首筋から鎖骨へ汗が流れる様子が、妙に艶めかしい。力が入るたびに彼の腰もビ

クリと反応する。

「ゆっくり、呼吸してくれ」

「……ん、んんっ」

何とか力を抜いても、またすぐに熱い楔の存在を感じ取れてしまう。熱と硬さを感じ取れば、どうしても力が入ってしまう。身体が強張れば収まっている陰茎にまた刺激を与えてしまう。その繰り返しの波間を縫って少しずつ沈んでくるのは、彼の愛欲と独占欲だ。

「……やあぁ、っ……ぁッ」

「入った、が……まずいな……飛びそうだ」

エドアルドの独白から、そこが限界点だと知る。強い圧迫感と痛みに耐えていると、エドアルドの指先が再び胸の突起に絡み付いてきた。優しくやわらかく胸を撫でられていると、挿入されている異物の痛みに徐々に身体が慣れてくる。

少し力が抜けたことで、エドアルドの表情にも余裕が生まれた。ゆっくりと腰が引いていくと、身体の中心を貫かれた瞬間、リリアは身体を雷に撃たれたような、強烈な快感を知った。その所為か、抜けきらない雄竿に再び身体を貫かれた瞬間、リリアは身体を雷に撃たれたような、強烈な快感を知った。

「……やあぁぁっ！」

「く……っ──！」

リリアの反応を直に感じたエドアルドが、小さく呻いた。しかし強すぎる刺激のあまり、リリアはエドアルドの苦悶の表情を見ても謝罪の言葉さえ発せられない。そのまま抽挿が始まり、身体が繋がった場所から空気の中にじゅぷっ、ぬぷっ、と卑猥な音が溶ける。

「つやぁ、あう、あ」

腰を掴まれ、上へ逃げようとする度に身体を引き下げられる。ベッドに腰を固定し、さらに激しく奥を突かれる度に身体の動きと連動して声が溢れる。そんなはしたない姿は、見ないで欲しいのに。

「いや……ぁん、みな、で……！」

「……っ、……かわい……」

息を詰まらせながらも、エドアルドはリリアのすべてを存分に可愛がる。ただひたすら想い人を愛でたい、とサファイアブルーの瞳が語り掛ける。

「あぁ……！ ふぁぁ、ん……」

その視線と激しい律動に身体が反応すると、エドアルドの腰の動きが急加速した。濡れた蜜壺から抜けかけた雄竿が沈む度、お腹の奥がぐちゅッと潰されるような気がする。

「あああ、ん、あぁっ……！」

身体の奥から快感がせり上がってくる。全身が熱を放出したがっていて、我慢などとても出来そうにない。エドアルドに与えられる強い快感に、心も身体も応えたがっている。

「あっ、あ、ゃあ、だめ、ぇ……っ」

「っ──リリ……ア！」

意識が飛ぶと感じた瞬間に脳の後ろ側で閃光が散った。そこから下半身にむかって電流のような感覚がばちばちと駆け抜けていく。

強い刺激に泣きそうになっていると、エドアルドに唇を塞がれた。とうの前に痛みが消えた下腹部の奥で、エドアルドがドクドクと熱を吐き出す温度を感じる。

何かを漏らしてしまったかもしれないと泣きたくなったが、エドアルドも何かを出したのならお互いこだ。丁寧に口の中を這い回り、舌と舌を絡ませながらお互いの温度を懸命に貪（むさぼ）る。快感と涙でにじんだ視界を開くと、エドアルドが口の端を吊り上げて笑っていた。

「これで君は俺のもの。他の男の手など絶対に取らせない。……俺だけの、ものだ」

エドアルドの指使いと口付けに翻弄（ほんろう）されて乱されている間に、庭園の向こうに太陽が落ち始めていた。リリアの外見が幼い少女に変わってしまう時間は、すぐそこまで迫（せま）っている。

最後にもう一度、と言うエドアルドの口付けが四度目を数えたところで、リリアは彼の唇の前に指を割り込ませました。

口付けを拒まれたエドアルドが、一瞬むっとする。しかしエドアルドが発した言葉は不満や文句ではなく、リリアに別の証を贈るための言葉だった。

「リリア……これを」

ベッドの傍に置いてあった小箱からエドアルドが取り出したのは、小さな青い石がついたペンダントだった。えっ、と驚くリリアの反応は気にも留めず、エドアルドはリリアの首に細い鎖をかけて、小さな留め金を結んでしまった。

「茶葉を受け取ってもらえなかったからな。これはその代わりだ」

「茶葉より高価じゃないですか！」

「そうだな……だが君は茶葉を贈られたときのほうが嬉しそうだったかもしれない」

エドアルドに少し残念そうにからかわれ、言葉に詰まってしまう。

彼はこのペンダントをリリアに贈ってくれるというが、高価なものを贈られてもリリアには何も返せない。それどころかエドアルドの想いに応えることさえ出来ない。それならばまだ、飲めば消えてしまう茶葉のほうがいいと訴えたかったが、思惑に気付いたエドアルドに先手を打たれた。

「あの包み全部は抱えられないだろう。お茶は毎日ここに淹れに来てもらえば無駄にはならないが、リリアには自分が俺のものになったと自覚してもらう必要がある」

さも当たり前のようにお茶を淹れに来る予定を示され、さらに当たり前のようにリリアを独占することを主張する。驚きと恥ずかしさから視線を逸らすと、エドアルドの指先がサファイアブルーの石をトン、とつついた。

「肌身離さず身につけていて欲しい。これは君が俺のものという証──君と俺を繋ぐしるしだ」

胸の上の石に触れながらリリアの心を掬めとるエドアルドは、自然な動作で五回目のキスをする。

ふと離れて見つめ合うと、瞳の温度は再び上昇し始めている。その色に囚われる前に、リリアはサファイアブルーのペンダントをきゅっと握りしめて静かに俯いた。

「今日はちょうど、お月さまが半分なのね」

ベンチに腰を下ろして独り言を呟く。小さくなったリリアの足は相変わらず地につかないが、こ

ここには不作法を責める人など存在しない。

王宮庭園の景観は今日も息を飲むほど美しい。咲き乱れる花々も、大きな池と噴水も、王国の紋章の形に刈り込まれた芝生も、すべてが美しく見えるように計算し尽くされている。

その王宮庭園の中でリリアがいちばん心惹かれるのは、ツルバラが這う可愛らしいフラワーアーチだ。花のトンネルの中に設置されたベンチに座ると、蔓と葉の隙間から月を見上げる。

「綺麗……」

リリアの呟きは、吐息と一緒にツルバラのアーチの中に溶けて消えた。

あれからすぐにエドアルドの部屋を出てカティエの部屋へ急ぎ、セイラと交代する時間にはなんとか間に合った。しかしカティエは今日も虫の居所が悪く、リリアが気を抜いた瞬間、再び部屋の外へ放り出されてしまった。

カティエの部屋を出たリリアは、どこにも行くことが出来なかった。以前と同じようにメイナを頼ることも考えたが、これ以上迷惑はかけられないと思うと、結局魔法院には足が向かなかった。

他にあてのないリリアは、考えた末に庭園のフラワーアーチの中で夜を過ごすことにした。仮に庭園に侵入する者がいたとしても、その侵入者を探す近衛騎士がいたとしても、ツルバラのアーチの中を潜伏や捜索の対象にするメルヘンな人はいないだろう。

なんて、今の王宮の中でいちばん不審なリリアが考える。

カティエのリリアに対する冷たい態度は、どんどん増している気がする。けれどリリアはカティエを強く責められない。元々強く諫めることは出来なかったが、今は余計にそうだ。

カティエに後ろめたいことが出来てしまった。友人の婚約者と親密な関係を持ってしまった。

けれどこれは一度だけの過ち。

もう二度とこんなことは起こらないから。

エドアルドがリリアに愛の言葉を囁いてくれたことは、確かに嬉しかった。カティエと結婚するつもりはなく、リリアを選ぶと言ってくれたことも嬉しかった。

けれどエドアルドは……やはりこのまま、カティエと結ばれるべきだ。

カティエの侍女が、元婚約者のリリア・フローラストだということは知られてしまった。だがエドアルドは、リリアの身体が呪われていることを知らない。フローラスト家に何らかの事情があって、婚約が破談になっただけだと思っているに違いない。それならまだ間に合うと思っているのかもしれない。

けれど実際は、想い合うだけで解決出来る問題ではない。リリアとエドアルドは、決して結ばれることはない。呪われた令嬢と王子の恋など、誰にも認められず誰にも祝福されないのだから。

首から下げたサファイアブルーのペンダントを取り出して、月光に透かしてみる。淡い光を受けてキラキラと輝く青い石を見つめると、まるでエドアルドと見つめ合っているみたいに思えた。

「こんな場所で何をしているんだ?」

「⁉」

小さな宝石を夢中で覗き込んでいると、誰かに声をかけられた。びくっと身体を震わせて咄嗟に胸元にペンダントを仕舞い込む。

「……王子さま」

声を掛けてきた男性を月明かりで確認すると、そこにいたのはエドアルドだった。

たった今まで見つめ合っていた色と同じ耀きに見据えられ、リリアは言葉を失う。

伝承の通りだ。プラチナホワイトの美しい髪は、月の色にもツルバラの色にも染まらない。

凛とした佇まいで半月を背負ったエドアルドは、リリアに近付いてくるとまたためらいもなく地面に膝をついた。

「身体が冷たいな。一体いつからここにいるんだ？」

以前と同じエドアルドの行動に驚くが、伸びてきた指がリリアの頬に触れると、その温かさに別の意味で驚いてしまう。自分の身体がこんなに冷たくなっていたなんて知らなかった。

問いかけに答えられずにいると、頬に触れていた指が離れ、今度はぽんぽんと頭を撫でられた。

「おいで。一緒に寝よう」

「だ、だめです……出来ません」

目の前に差し出された手を取りそうになって、はっと我に返る。

エドアルドは心配してくれる。迷子の子どもを放っておけなくて、前回と同じように寝床を共にしようと言ってくれている。

リリアはそんなエドアルドに惹かれてしまった。優しい笑顔に恋をしてしまった。そしてエドアルドも、リリアを好いていると言ってくれた。

けれどエドアルドは運命を知らない。どんなに好いていても、好かれていても、呪われた身体で

彼と結ばれることはない。この秘密を知られてはいけない。だから簡単に踏み込むわけにはいかないのに。

「また、辛い思いをさせてしまったんだな」

「え？………わっ！」

小さな呟きが聞こえた直後、エドアルドは麦の入った麻袋よりも簡単にリリアの身体を持ち上げてしまった。普段から鍛錬を重ねる彼にとっては、幼子（おさなご）の重さなど無に等しいのだろう。

前回は手を引いて優しく導いてくれたが、今日は身体を持ち上げられてしまった。そのまま正面から抱き合うように抱えられ、反論の言葉を失ってしまう。

「ちゃんと掴（つか）まっていないと落ちるぞ」

エドアルドに笑われ、焦って首に手を回す。その行動が、再びエドアルドの寝室で眠ることを意味すると知っていた。もちろんそれが良くないことだというのもわかっていた。

けれど優しく温かいぬくもりに抱きしめられると、本当は寂しかった気持ちが溶けてしまう。忘れようとした涙がじわりとにじんで、エドアルドの肩をほんの少し濡らしてしまった。

既視感どころではない。王殿に連れて行かれて、侍女のパメラに迎えられて、お湯を用意してもらって、身体にフラワーオイルを塗られて。前回と全く同じ過程が再現されているような、不思議な気分を味わう。違うことといえば、夕食を食べていなかったリリアに温かいスープとパンが用意されたことだけだ。

食事を終えてエドアルドの私室に通されると、彼は仕事をしているところだった。今日の午後はほとんどの時間をリリアと過ごしていたので、その分の仕事が溜まってしまったらしい。夜着に上着を羽織って机で書類に目を通していたエドアルドが、リリアに気付いて顔を上げた。

「おいで」

手招きされたので、前回とは形が異なるレースのネグリジェを揺らし、エドアルドに近付く。立ち上がってリリアを抱き上げたエドアルドは、そのまま窓に近付いて外の景色を見せてくれた。

「あっ」

小さな声を漏らしたリリアに、エドアルドがにやりと笑う。

視線の先には王宮庭園のフラワーアーチ。ツルバラに覆われた小さなトンネルは、周りからは中まで見えることはない。だがエドアルドの私室から見ると、ベンチのある場所の上部がぽっかりと穴を開け、ちょうどよく月明かりに照らされている。

つまりリリアがあの場所に座っていたのは、エドアルドからは丸見えだったということだ。

彼はそれ以上何も言わず、リリアを抱えたまま隣の寝室へと移動した。

「王子さま。もう寝てもいいの？」

昼間の仕事を溜め込んでしまったのはリリアの所為だ。小さな身体を下ろしたベッドにエドアルドも腰掛けてきたので、申し訳なさを感じつつ聞いてみる。

「懐かしいな、その王子さまという呼び方」

けれどエドアルドが反応したのは、彼の呼び方についてだった。

王子さま。もちろん国王の息子であるのだから王子であることは間違いない。だが二十六歳になった今のエドアルドは、もう王子さまと呼ばれることは少ないだろう。

エドアルド殿下。今の彼は周囲の者にそう呼ばれることが圧倒的に多いだろう。

けれど五歳の姿のリリアが大人と同じようにエドアルド殿下と呼ぶのは何だか子供らしくないし、変に大人びていて可愛げがない。そう思って、幼女の演技のつもりで呼んでいた。

幼い頃のリリアも王子のことを殿下とは呼んでいなかった。確かに王子さまと呼んでいた。

リリアが知る王子さま——それは一体誰のことだろう。

思考にふけっていると、ベッドがギシッと音を立てた。その音に気付いて顔を上げると、首の後ろにエドアルドの指先が迫っていた。

また頭でも撫でられるのだろうと油断していた。しかしエドアルドの指先はリリアの頭ではなく、首の後ろにかけられていた銀色の鎖に絡まった。

「えっ……？」

驚く暇もなく細い鎖を引き上げられると、首から下げられていたサファイアブルーの宝石がネグリジェの上にほろりと零れ出た。

「これは俺が贈ったものだ」

エドアルドの声がはっきりと聞こえ、リリアは頭が真っ白になった。

このペンダントは、確かにエドアルドが贈ってくれたもの。深い青色の宝石はエドアルドの瞳と同じ色。つい先ほど、自分たちを繋ぐしるしだと言って、エドアルド本人がリリアの首にかけてく

れたものだ。

「そうだろう、リリア」

「………」

今度こそ言葉に詰まる。その口調と視線は、逃げ道など与えないと語っていた。

「……呪いのことまで、ご存じだったのですね」

この期に及んで幼女として振る舞うなど無意味だ。これはただの確認でしかない。エドアルドは

リーゼリアとリリアが同一人物であることまで、ちゃんと見抜いていたのだ。

子どもの演技を喉の奥に仕舞いこみ、話し言葉を元に戻し、エドアルドの視線と正面から向き合

う。彼はリリアの演技さえもすべて理解していたようで、驚くこともなく低い声で頷いた。

「メイナさまにお聞きになったのですか?」

カティエ以外にリリアの事情を知る者はメイナしかいない。仮にメイナがエドアルドに告げ口し

ていたとしても、リリアには怒る筋合いなどない。現在は王族ではなくなったとしても、メイナは

国政の要（かなめ）だ。リリアの存在を王国の危険因子だと判断して対処しようと思うのなら、彼女の行動は

決して間違っていない。

だがエドアルドはその可能性をきっぱりと否定する。そしてリリアが恐れていた展開をあっさり

と口にした。

「いや、調査した」

「──！」

「ああ……調査したと言っても、対象はフォルダイン領やフローラスト家ではないぞ」

「えっ……?」

ついにそのときがやってきたのだと呼吸が止まったのは、ほんの一瞬だった。目の前で手を振ったエドアルドに、思わず間の抜けた声が出てしまう。

エドアルドが調査したのはリリアやフローラスト家、そしてフォルダイン領ではないらしい。ならば一体、エドアルドとスーランディア王宮は何を調査したというのだろう。まさか呪いをかけた魔女について調べたとでも言うのだろうか。

そう言えばメイナに、どこの森で魔女に遭って呪われたのかと聞かれたことがあった。もしかしてあの発言が、調査の引き金になってしまったのだろうか……。

顔を上げると、エドアルドと目が合う。困ったように眉間の距離を狭めるエドアルドは、それ以上は何も言ってくれない。だから調査内容について、リリアは何もわからない。それに、今はそれよりも大事なことがある。

「殿下」

ただの伯爵令嬢でしかないリリアが王族や王宮を欺くなど、許されない。理由や原因がどうあれ、リリアがエドアルドを騙していたのは紛れもない事実だ。

「リリア。昼間に言ったことを忘れたのか? 俺は名前で呼んで欲しいと……」

「いいえ、殿下。そういう訳にはまいりません」

ベッドの上で姿勢を正して平伏する。優しいエドアルドはリリアを特別に扱ってくれるけれど。

162

「私の身体は呪われています。王宮に呪いなどという不吉なものを持ち込み、大変申し訳ございません」

「……俺は謝罪など求めていない。君やレオン卿を罰するつもりもない」

困ったような怒ったような口調でそう言い切られてしまう。それでもリリアは首を横に振ることしか出来ない。本当は言いたくない台詞を口にするしかない。

「私が殿下と添うことはありません。ですから、どうかこのままカティエと結婚して下さい」

リリアの言葉で、エドアルドの纏う空気が冷たく変化した。それが怒りの気配であることは理解していたが、リリアにはどうすることも出来ない。

しかしエドアルドは不機嫌さを隠さず、未だに頭を垂れ続けるリリアに苛立ちの言葉を落とす。

「何度言えばわかるんだ。俺は君だけが欲しい……もう絶対に逃がさない」

「……申し訳ありません」

エドアルドの声は冷たいが、そこにリリアへの愛情があることを知っている。今までは信じていなかった。たまたま条件のいい婚約者として選ばれたにすぎないと思っていた。

だがリリアのために贈り物を用意し、喜ぶ姿を愛おしそうに眺め、愛をささやくエドアルドの言葉はすべて本物だった。

向けられる愛情を疑う余地はない。けれどこの身体は呪われている。呪いを受けた令嬢のリリアが王族であるエドアルドと添うことは出来ない。だからエドアルドとの婚姻をどうするかという議論は、これ以上続けても意味がないことだ。

「退室の許可を頂けますか？」

「……何？」

「外見は幼くても、中身は大人です。以前は殿下の恩情に甘えさせて頂きました。ですが知られてしまった以上、この部屋で夜を越すわけには……」

「待て」

この場から辞する許可を求めると、エドアルドに焦ったように制止された。顔を上げると、その表情は苦虫を嚙み潰したように歪んでいる。

けれどその苦々しい表情は、すぐに諦めの色に変化した。エドアルドは婚姻の話と今夜の寝床の話を天秤にかけ、婚姻の話を打ち切ると選択したらしい。

「わかった。今はこれ以上言わない。だから今夜はここにいて欲しい」

「で、ですが……」

「君を一人にしたくない。これは……俺のわがままだ」

その代わり今夜眠る場所については、自分に譲って欲しいと言いつのられる。

「わがままな男は嫌いか？」

「……いいえ、そのようなことは……」

そんなことはない。エドアルドはわがままでリリアを繋ぎ止めようとしているのではない。行く場所がないリリアを出て行かせたら、また寒空の下で宵を越そうと考える。そうさせたくないから自分のわがままだと言ってくれるのだ。

164

そんな優しいエドアルドに、リリアが惹かれない理由などあるはずがないのに。

「それなら、今夜はここで眠れ」

そう言ってリネンの織物を身体にかけると、さっさと部屋の灯りを落としてしまう。布越しにリリアの身体を抱きしめて、

「腕に抱くぐらいならいいだろう。それ以上のことはしない」

と口にする。

いっそ本当に謝罪と贖罪を忘れて、すべてを彼に委ねたいと願ってしまう。

う。その温もりに惹かれてしまう。

わかってはいるが、前回と同じように額に唇を寄せて『おやすみ』と囁く声に、また照れてしま

けれど知っている。これは夜のうちにリリアが逃げ出さないための対策だ。

した。

カティエより二時間ほど早く起きる習慣がすっかり身についたリリアは、太陽の気配で目を覚ま

身体はもう大人の姿に戻っている。子ども用のネグリジェも、身体の大きさに合わせて大きなものへ変わっている。

いつものソファよりも柔らかい感触を不思議に思って、視線を巡らせる。広くてやわらかなベッドと隙間から光が差し込む見慣れないベルベットカーテンに気が付くと、一気に現実に引き戻された。

隣を見ると、リリアの身体を抱くような姿勢でエドアルドが眠っている。

「！」

悲鳴を上げそうになるのを必死に飲み込んだが、首の下に回されていた腕がリリアのわずかな動きを感知してぴくりと反応した。エドアルドの睡眠を妨げてしまったことに申し訳なさを感じたが、

覚醒した直後に抱きしめられ、

「おはよう……リリア」

と名前を呼ばれた。リリアが起床の挨拶を返すと、身体を抱いていた腕にさらに力が入る。

「まだ早い……。もう少し、ここに……いてくれ……」

エドアルドはまだ眠いらしい。いつもの落ち着いて凛とした声ではなく、やや聞き取りにくい穏やかな声が鼓膜に響く。その無防備な声を聞くだけで、身体が熱を帯びて浮き足立つ。

しかしこのまま朝寝を続けたいと誘われても、返答に困ってしまう。もちろんリリアだって許されるのならそうしたい。けれど許されるはずがない。

ふるふると首を横に振ると、つまらなそうなため息が聞こえた。

「……着替えが必要だな。用意させよう」

髪に口付けながら、エドアルドがそっと呟く。彼が不満を覚えていることは察したが、気まずさが勝って言葉にはならない。

「あの……侍女の服を」

メイナがいる魔女室の中で動き回りやすい格好ならば、侍女服である必要はない。けれど今ま

166

でに用意されたフラワーオイルや夜着の上質さを考えると、何も言わなければ立派なドレスやワンピースが用意されるだろう。それを見たカティエに何を言われるか想像出来ないし、したくない。

だから今のリリアのはやはり侍女服なのだろうと思えた。

だがリリアの着替えを用意させると言ったはずのエドアルドは、いつまで待っても動く気配を見せない。不思議に思って顔を上げようとしたが、動き出す直前でエドアルドに身体をひっくり返されて、そのまま唇を奪われた。

「んっ……ん、……や……」

驚いて身体を押し返そうとすると、すぐに離れたエドアルドがリリアの首元に顔を埋めて大きなため息を吐いた。そのまま首の下に腕を入れられ、反対の手で腰の横を撫（な）でられ、拘束力のない抱擁を受けているような心地を味わう。

「……すまない」

謝罪の意味がわからず、リリアは困惑する。リリアは謝らなければならないことや謝っても許されないことばかりだが、エドアルドが謝ることなど何もない。どうして彼が謝罪するのかと慌ててしまう。

「エドアルド……殿下……？」

「わかってはいるが……それでも俺は、君を諦められない」

「本当は今すぐに、君にすべてを話してしまいたい。話せば君が傷付かずに済むことや謝っても許されることもわかっている……」

り除けることもわかっている……」

エドアルドの独白は、リリアには意味がわからないものばかりだった。だがエドアルドは、それ以上話してくれず、言葉の意味も教えてくれなかった。

代わりにもう一度、唇を重ねられる。その温度と瞳の色に『君以外は要らない』とまた丁寧に刻まれた気がした。

カティエを起こしに行くと、彼女は前夜にリリアを放り出したことを忘れているのか、すっかりいつも通りの態度に戻っていた。その様子を目の当たりにしたリリアは、悲しみや怒りを通り越してただ呆れるしかなかった。

セイラと侍女の役目を交代し、魔女室でメイナの仕事を手伝う。今日はメイナが依頼された薬にラベルを書いて貼る雑用を任されていたが、気を抜くとすぐに考えごとをしてしまう。

エドアルドに、リリアとリーリャとリーゼリアが同一人物だと知られてしまったこと。カティエと結婚するつもりはなく、リリアを選ぶと言ってくれたこと。その言葉を証明するように、彼のベッドで何度も愛を囁かれて、優しく抱かれたこと。カティエの冷たい態度のこと。この身体が呪われていることと、それを知られてしまったこと。

考えることが多すぎて、どうしていいのかわからない。はぁ、とため息をつくと、顔を上げたメイナと目が合った。はっとして作業に戻るが、リリアに元気がないことはメイナにも見抜かれていたようだ。

「リリア。今日は午後から仕事休んでいいよ」

168

「えっ？　ですが私、まだ何も……」

昨日はエドアルドに連れ出されてしまったので、午前中しかメイナの手伝いをしていない。なのにメイナは、今日も午後から休んでいいという。

メイナに頼まれる仕事はほぼ雑用なので、リリア以外にも務まるだろう。今まで助手などいなかったのだから、本当は誰の手も必要ないのかもしれない。それでも何か役割を与えられるなら誠意をもって取り組みたいと思うのに、メイナは楽しげに笑うだけだ。

「いいの、いいの。ここ最近リリアが手伝ってくれたおかげで、ずっとため込んでいた事務処理を終えられたからね。時間が十分確保出来たから、私も練習に専念出来るよ」

「練習……ですか？」

リリアが首をかしげると、メイナは笑みを浮かべた。練習というからには、何か慣れないことをするのだろう。前日の姉弟のやりとりを思い出し、メイナが練習するのはダンスなのだろうと思い至った。なにせエドアルドの婚約者をお披露目する夜会の日は、もう五日後に迫っているのだ。

しかしあんなに嫌がっていたにもかかわらず、今はやる気に満ち溢れているメイナの心境の変化を不思議に思う。人の多い場所を好まないといわれる魔女メイナだが、弟の婚約者のお披露目にはちゃんと参加するということだろうか。

「ま、そういうわけで私もやることがあるから、しばらく魔女室はお休みだよ」

「そう……ですか」

お披露目の夜会について何も聞かされていないリリアには、正確なところはわからない。しかし

アはメイナの言葉に甘えて、助手の仕事のお休みをもらうことにした。

メイナに仕事以外のやることがあるのならば、リリアだけ魔女室に残っても仕方がない。結局リリ

手持ち無沙汰になったリリアは、セイラと侍女の仕事を交代しようと考えた。このひと月ほどわ

がままばかり言い続けるカティエの相手をしていて、セイラは相当参っているだろう。この機に少

しでも休んでもらいたいと思い、カティエの部屋へ向かう途中だった。

「おい、知っているか？」

宮殿の廊下を歩いていたリリアは、険しい声が聞こえた中庭のテラスへ意識を引っ張られた。そ

こには、貴族の男性三人が葉巻を手に雑談をしているところだった。

彼らは王都に住む上流貴族で、スーランディア王国の政治と経済の中核である枢機院に勤める者

たちだ。王宮に勤める貴族たちは、こうして休憩と共に情報交換を行っている。それも彼らの大事

な仕事で、重要な情報を持たない貴族は社交界ではすぐに取り残されてしまうものらしい。

とはいえリリアには何の関係もない。人の話を盗み聞きするのは恥ずかしい行為だと認識してい

るので、そのまま通り過ぎようとした。

「エドアルド殿下が、寝所に幼子を連れ込んでいるらしいのだ」

「!?」

しかし聞こえた言葉のあまりの衝撃度合いに、心臓を思いきり掴まれた心地を覚えてつい足が止

まってしまう。リリアには何の関係もない話だと思っていたが、実際はまったくの逆で、リリアに

も大きく関係がある話だった。

だから直前まで恥ずかしい行動だと思っていたのに、つい廊下の壁に身を寄せて会話に耳を傾け（かたむ）てしまう。

「どういうことだ？」

「エドアルド殿下は、近々婚約者をお披露目（ひろめ）される予定だろう？」

一人の男性が発した言葉に、残りの二人も強い興味を示す。そして前のめりになった二人と同じぐらい、リリアも返答の言葉に釘付けになった。

「昨晩、エドアルド殿下が幼い少女を抱えて王殿へお戻りになる姿を見た」

ただの噂話を確証に変える決定打に、リリアは後頭部を鈍器で殴られたような衝撃を覚えた。

「王太子殿下の姫君では？」

「いいや、セリアルド殿下は妃殿下と御子達を連れて長期の外遊に出ておられるのだ。王殿に他の幼子（おさなご）などいるはずがなかろう」

訝（いぶか）しげに反論した男性に、なおも確信めいた台詞（せりふ）が続く。その言葉を聞いて一瞬黙り込んだ二人の男性だったが、視線を交わし合うと、すぐににやにやと下卑（げび）た笑みを浮かべた。

「ほう、なるほど。エドアルド殿下がなかなかご結婚されない理由が、性癖にあったとは」

「殿下も隅に置けませんなぁ」

げらげらと下品な笑い声が聞こえると、リリアは目の前が真っ暗になったような気がした。

それ以上会話を聞いていることが出来なくなり、彼らの視界に入らないように慎重に距離を置く

と、早足でその場を離れる。

（ど、どうしよう……！）

まさか見られていたなんて。

こんな噂になってしまうなんて。

（このままでは、いけない）

危機管理が甘かった。誰にも見られないように注意して庭園に出たのに、まさかそこから連れ戻される場面を目撃されていたなんて。

このままではエドアルドに迷惑がかかってしまう。エドアルドの優しさが、彼や王宮の信頼を失う原因になってしまう。

冷静になって考えてみれば、カティエはすでにリリアの存在を必要としていない。前はもっと頼りにされていると感じていたが、現在の状況を考えればリリアがカティエに付き添う理由はどこにもない。メイナがリリアを気にかけてくれたのは嬉しかったが、その役目はリリアでなくても務まるものだ。

（帰ろう……）

故郷のフォルダイン領へ。帰って、もう二度と王宮には近付かないようにしよう。

エドアルドは、リリアやレオンを罰しないと言ってくれた。もちろん今後、その方針が変わって処罰が下る可能性はある。しかしもしそうなったときは、与えられた罰をしっかりと受け入れるつもりだ。

とにかく今は、一刻も早く王宮を離れたい。リリアが王宮から消えることが、エドアルドの立場を守る唯一の方法に思えた。

故郷のフォルダイン領へ帰る旨をカティエに伝えるために、彼女の部屋へ足を向ける。しかし部屋の扉の前に立つと、ノックをする前に中の様子がおかしいことに気がついた。

何か、揉めているような……カティエが怒っている声が聞こえる。

嫌な予感を胸に抱いたまま、改めて扉をノックする。直後にカティエが怒鳴る声は聞こえなくなったが、ほどなくして出てきたセイラは目に涙を溜めて怯えきった様子だった。彼女に何が起きたのかは、この時点でおおよその想像がついてしまう。

リリアは怯えた様子のセイラの涙を拭い取ると、彼女の身体をそっと抱きしめた。

「ごめんなさい、セイラ。たくさん頑張ってくれたのね」

余程怖い思いをしたのか、ぼろぼろと涙を流したセイラは、リリアの胸の中で少しの間泣きじゃくっていた。しかしリリアがしっかりと慰めて労った甲斐があり、そのうち涙を止めて顔を上げてくれた。

「もう大丈夫よ、セイラ。きっとカティエさまの侍女は……一人じゃなくなると思うわ」

「……リーリャ?」

恐らくカティエのわがままに付き合える人はそう多くはないだろう。だからリリアが王宮を去った後は、セイラだけではなく数人の侍女がカティエに配されるはずだ。そうすればセイラの負担も

少しは減らせるだろう。

「カティエさまと二人にしてくれるかしら?」

セイラがこくんと顎を引く。とぼとぼと去っていく背中に心の中でお礼を言う。

セイラの後ろ姿を見届けると、リリアも意を決していくカティエの部屋に足を踏み入れた。

「リリア……あなた、やってくれたわね」

リリアの姿を認めると、カティエが悪魔のような形相で傍に近付いてきた。その剣幕に身体が震えてしまう。

至近距離までやって来ると、非力な彼女のどこにそんな力があるのかと思うほど強い力で、乱暴に胸ぐらを掴まれた。ダークバイオレットの瞳がリリアをきつく睨む。

リリアの予想は当たっていた。カティエも噂を耳にして、セイラに手酷い八つ当たりをしたに違いない。彼女は何も悪くないというのに。

「エドアルド殿下のお手付きがあったリリアのことよね?」

「え、ちょ、ちょっと待って、カティエ。殿下はそんなことをなさったわけじゃないわ」

確かに婚約者であるカティエを差し置いてエドアルドの寝所に足を踏み入れたのは事実だ。けれど昨晩、リリアはエドアルドに何かをされた訳ではない。ただ、リリアと幼女リーゼリアが同一人物であることを暴かれただけだ。

「どうかしら。リリアは昔から、人に媚びるのが上手だから」

「は……? え……?」

慌てて首を振ったリリアから手を離すと、カティエは鋭い視線でリリアを睨みつけてきた。その

まま口元を歪めて、嘲笑するような笑みを浮かべる。まだ王宮に来たばかりの頃、まるで赤子みた

いに可愛いと言って、リリアを冷たい瞳で見下ろしたときと同じ。嫌悪感を含んだ……魔女のよう

に冷たい瞳で。

「昔からそうだったわね。お人好しと努力家と清純を装って、特別可愛い訳でもないのに、領民に

も学院生にも先輩にも先生にも、可愛がられてばかりで」

「え……カティエ……？」

「そうやって気付かないフリをするのも、得意だもんね？」

カティエが忌々しそうに吐き捨てる。意味がわからずぽかんと呆気に取られていると、カティエ

がフンと鼻で笑った。

「どこまで気付かないフリを続けるのかと思ってたけど、さすがに徹底して清純を装うのねぇ」

カティエの豹変とも言うべき表情と口調の変化。そして瞳の奥に潜む禍々しいまでの憎悪。その

どれもが、リリアが幼少から知る友人のものではない。

急にカティエが恐ろしくなって、意思とは関係なく身体が後退してしまう。だが続けられたカ

ティエの言葉は、リリアにとってまたしても予想外の台詞だった。

「社交の場への招待状が届かないこと、気付いてないわけがないわよね？」

「え……え？」

「王都からフォルダイン領へ届けられる手紙や小包は、必ずヴィリアーゼン領を通るのよ」

にこり、と場にそぐわない奇妙な笑顔を浮かべたカティエの台詞で、ぴたりと動きが止まってしまう。突然何の話なのかと考え、次の瞬間にハッと気が付く。どこまで気付かないフリを続けるのかと言った、その意味に。

「ま……まさか、王都から届く手紙を差し止めていたの……？」

祈るような気持ちで問いかける。『ちがう』と否定して欲しくて。

「そうよ」

しかし願いは空しく、カティエはあまりにも簡単に肯定する。

リリアは衝撃を受けるしかない。

確かに、成人した貴族の令嬢であるリリアへ、社交界や王宮からの招待状がひとつも届かないことはおかしいと思っていた。貴族の家に生まれた以上、社交の場へ足を運び情報交換をすることと良縁を結ぶことは、重要な責務である。

もちろんそれは田舎に住む貴族も例外ではない。現在フローラスト家の中で唯一成人していて未婚であるリリアが、その役目を担うのは必須のはずだった。

しかしフォルダイン領は、王都から丸二日の時間を費やさなければ辿り着けないほど離れた場所にある。それが社交の場への招待状が届かない理由だと思っていた。遠方に住んでいて王都へ赴くことが大変だろうから、と気を遣われているのだと思っていた。

だがそれをいうなら、カティエの住むロロナ侯爵邸とリリアの住むフローラスト伯爵邸は馬車で約一時間の距離しかない。リリアが王都に赴くまで丸二日かかるなら、カ

ティエもそれとさほど変わらない時間がかかるはずだ。

でも彼女は頻繁に夜会へ足を運んでいた。この差が侯爵家と伯爵家の違いなのだと、解釈していた。けれど。

「領地を通っていく手紙や荷物を検閲するぐらい、お父さまの力があれば簡単だもの」

「……」

いくら仲が良い友人のものでも、運搬される手紙や荷物をカティエの独断で検閲にかけることは出来ない。カティエの告白は、父であるフィーゼルもその悪行に加担していることを示していた。

「伯爵家の令嬢に届く招待状の数は、年間十通ほどかしら？」

悪びれもなく、うふっと笑うカティエの表情に、眩暈を覚えた。

ロナ親子はフォルダイン領へ届けられる手紙や荷物の中から、フローラスト家へ届くものを抜き取り、勝手に内容を検めていた。その上でカティエやフィーゼルの判断で処分されていたものがあった。届けても問題ないと判断されたものは、綺麗に封をされて送られた。

それはつまり、王宮や諸貴族の封印を偽装するという手の込んだ工作も意味する。

「大丈夫よ。媚び上手のリリアなら遊び相手ぐらいすぐに見つかるわ」

「何を、言っているの……？」

ちがう。これはもはや舞踏会や夜会への招待状が届かないという問題に留まらない。届け物の中身を勝手に検め、偽装した王宮や他家の封印を使って何食わぬ顔で不正を働く。それは決して許されない行為で、良識を逸脱した手段だ。

この事実が露呈すれば、ロナ家やヴィリアーゼン領……それどころか、国全体を揺るがす大問題に発展する由々しき事態なのに。王宮の文書を勝手に偽装するなど、重罪なのに。

「あぁ、でも結婚相手は見つからないわよねぇ」

そのとんでもない不正をあっさりと暴露したカティエは、自分が口走ったことの重要性をあまり理解していないらしい。リリアは衝撃で意識が遠退きそうになっているというのに、当のカティエはリリアの表情を見てただ優越感に浸っている。

「リリアはそもそも、夜会になんて行けない『未来のない令嬢』だったわねっ。ふふ、あははっ！」

お腹を抱えて心の底から愉快そうに笑うその姿は、民の手本となるべき上品で優雅な侯爵令嬢の姿ではない。

言いたいことは山のようにあったが、怒りと悲しみで震える声では、

「カティエに、そんなに嫌われているとは思わなかったわ」

と口にするだけで精いっぱいだった。

「ほら、そうやってすぐ気付かないフリをするんだもの」

カティエがリリアを見下して笑う。

もちろんリリアは、気付かないフリをしているのではない。カティエは周囲の人々に好かれていると言うが、改めて突き付けられるほどの事実ではないように思う。可愛がられている、という点ではカティエのほうがよほど周りに可愛いと褒められている。

178

けれど今のカティエにそう言っても無駄なのだろう。頭ごなしに決めつけてしまった彼女の誤解を解くには相当の労力を要する。今のリリアにそんな余力はない。

「カティエ……。私、フォルダイン領に帰ろうと思うの」

ため息と共に、決意を明かす。決意ではなく、落胆かもしれない。

カティエを支えたいと思っていた。王宮に一人で赴くのが寂しいと言われ、リリアも大事な友達との別れに胸が締め付けられた。

どうせ呪われていて何の役にも立たない身の上だ。ならばせめて、友人の心の慰めになりたいと思った。レオンを通してフィーゼルから打診があったときは絶対に無理だと思ったが、王宮入りが近付くにつれカティエが『楽しみね』と笑う顔を見れば、頑張れると思ったのに。

あの言葉も、あの笑顔も、全部が嘘で演技だったなんて。

カティエはもうリリアを必要としていない。それどころか疎まれていると知ってしまったから。

「カティエにこんなに嫌われているのに、ここにいる意味なんて……」

「だめよ」

けれど紡ぎかけていた言葉は最後まで言い終わらないうちに潰された。

「絶対にダメ。リリアはここで、私とエドアルド殿下が結婚するのをちゃんと見届けなきゃ」

憎々しく表情を歪めたカティエの言葉に、再び鈍器で殴られたような衝撃を覚えた。

そう、エドアルドはカティエと結婚する。リリアに好きだと囁いて、身体中に愛を注いで、離さないと言ってくれたエドアルドは、カティエと結婚するのだ。

カティエはきっとリリアが悔しがる姿を見たいのだろう。だからその日を迎えるまで——五日後
のお披露目の夜会、冬に行われる国民へ向けた婚約発表、そして春の婚姻の儀式。そのすべてを見
届けて、ちゃんと悔しがる国民へ向けた婚約発表、そして春の婚姻の儀式。そのすべてを見

カティエにここまで嫌われる理由がわからず、ただただ呆然とするしかないというのに。

「じゃなきゃ魔女に高いお金を払って、リリアに呪いをかけた意味がないじゃない？」

カティエはまだ、リリアを傷付けるための材料を隠し持っていた。

「カティエ……何を、言ってるの……？」

カティエの言葉はリリアの理解を超えていた。考えようと思っても思考が上手く働かない。よう

やく絞り出せた言葉を聞いたカティエが、満足したように嘲笑う。冷徹な微笑が放つ言葉は、棘と

毒を持ったバラの花のようだ。

「森で魔女に遭遇したのも、偶然なんかじゃないわ。私が魔女に頼んで、

リリアを呪うように仕向けたの」

「！」

あの日リリアは、魔女に呪われた。

木苺のジャムが食べたいというカティエと、深い森に入った。果実を得ようとしたリリアとカ

ティエは、薬草園に足を踏み入れて魔女の逆鱗に触れた。怒れる魔女から放たれた強烈な呪いは、

確かにカティエを狙っていた。だからリリアはカティエを庇った。大切な友達が死んでしまうかも

しれないと思ったら、意識とは関係なく勝手に身体が動いた。

けれどカティエは、リリアが自分を庇うことまで計算していた。リリアの取るであろう行動を織り込んで、呪いのシナリオを綴っていて、それを的確に実行した。

「……どうして……？」

どうして、そんな手の込んだことを。そうまでしてリリアを傷付けたい理由がわからない。気に入らないのであれば、突き放してくれればそれでよかったはずなのに。

「どうしてって？　そんなの、私がエドアルド殿下に選ばれる予定だったからよ」

「え……？」

「だってたった一度しか社交の場に顔を出してないリリアが花嫁に選ばれるなんて、おかしいでしょう？　しかもそのデビューの日も、エドアルド殿下が公務で参加出来ない日に調整してもらったのに。それなのに一度も会ったことがないリリアが選ばれるなんて、何かの不正に違いないわ」

リリアやフローラスト家に対して不正をしている張本人が、最初に不正をしたのはそちらだと自信満々に言い放つ。もちろんリリアは全く身に覚えがない。

だがカティエは一度決めつけたら折れることを知らない。絶対に自分が正しいと主張する。

「エドアルド殿下には私の方がお似合いだし、相応しいもの。私はただ、正当な権利を持つ者が花嫁になるべきだと思っただけよ」

リリアが身に覚えはないと首を横に振って否定しても、カティエの話は止まらない。まるでそれがすべての真実であるかのように、彼女は自分の考えと行動の正しさに陶酔していた。

はたから見れば彼女のほうがよほど呪われているのではないかと思うだろう。他人の話に聞く耳

181　魔女に呪われた私に、王子殿下の夜伽は務まりません！

を持たず、自らの見解を主張する姿は、何かに取り憑かれているのではないかと感じるほどだ。

「だからその呪いは罰よ。不正を働いてエドアルド殿下に色目を使った罰なの」

そして辿り着いたのはリリアへの一方的な断罪だった。

貴族であろうと平民であろうと、この国で罪人を裁いていいのは王政枢機院の裁定機関のみ。もちろんカティエもそれを理解しているはずなのに、そもそもリリアは罪人などではないのに、彼女はさも呪われて当然とでも言いたげだ。

あまりに自分勝手な解釈と言い分に、思考がうまく追い付かない。ほとんど放心状態だったリリアに、カティエがふふん、と鼻を鳴らした。

「夜だけ子ども返りするのも、ちゃんと計算のうちよ」

カティエは語る。

ずっと幼女の姿になってしまう呪いでは、リリアを王宮に連れてくる理由にならない。リリアにエドアルドと自分の仲を見せつけるには、リリアが成人した姿でいる瞬間を作らなければならない。

侍女という役割を与えなければ、王宮に引っ張り出せない。

それに夜に幼女の姿でいれば、エドアルドと直に愛し合う姿を見せられる。エドアルドが夜に部屋を訪ねてきたらリリアをクロゼットの中にでも押し込めて、直接その様子を見せるつもりだった。そういう算段も込みで夜だけ幼女になる呪いを選んだが、エドアルドがあまりにも忙しくその機会には恵まれなかった。

それだけが残念ね、と肩をすくめるその発想のおぞましさに身震いする。

「だから逃げるなんて許さない。エドアルド殿下と私が一生を誓うところを、リリアにもちゃんと見届けてもらわなきゃ」

カティエの笑顔に、もはや立っていることすら出来なくなってしまう。足ががくがくと震えてその場に崩れ落ちると、頭上からカティエの嘲笑が降り注いだ。

床に座り込んだまま、カティエの顔を見上げる。ひどい動悸がまともな呼吸を妨げる。しかしその苦しみを押し退けてでも、リリアには知りたいことがあった。

「カティエは……エドアルド殿下を好いているの……？」

「……は？　何言ってるのよ、当たり前じゃない」

苛立ちながら返答される。けれどカティエはきっと、エドアルドのことを好いているわけではないのだと思う。少なくともリリアなら、好いた相手が仕事で忙しいと言うならば無理にお茶に誘ったりしない。寂しいと口にすることはあっても、会いに来ないことに対して文句を言ったりしない。

カティエはただ、第二王子の花嫁の座が欲しかった。リリアが花嫁に選ばれて、自分が選ばれなかったことが面白くなかった。その感情が透けて見えるようで、気付けばリリアは涙を零していた。

「……いや」

カティエがリリアを嫌っていたことは、納得は出来ないがどうしようもないことだと思う。人の感情を他人がコントロールすることは出来ないから、彼女が嫌いだというならば、リリアは本当に嫌われているのだろう。

もちろん呪いのことは許せないし、不正のことも許してはいけないと思う。けれどそれ以上に、

カティエ自身のわがままや見栄にエドアルドを巻き込んだことが悲しくて辛かった。その感情から思わず漏れ出た『いや』だったが、カティエは違う解釈をしたようだった。

俯いて涙を拭うリリアの前にしゃがみ込み、悪魔のように首をかしげる。全身が凍り付くほど可憐な笑顔を浮かべて。

「ここで逃げたら、リリアが呪いを受けたことを枢機院に訴えるわ」

「⁉」

「領地管理を任されている貴族の身内に、魔女の呪いを受けた者がいるなんて醜聞が広まったら、レオンさまは爵位を失うかもしれないわね?」

「や、やめて……!」

決して逃がさないとダークバイオレットの双眸に追い詰められ、リリアは思わず声を荒らげる。

泣きながら懇願するリリアの姿に、カティエは満足そうに頷いた。

「まぁ、私も悪魔じゃないわ。婚姻の儀式までは待たなくてもいいわよ」

「……」

「あと五日でお披露目の夜会なの。それを見届けてくれたら、あとは帰ってもいいわ。けれど夜会の日より先に帰ったら、本当に枢機院に訴えてあげる」

立ち上がってにこりと笑顔を浮かべたカティエが、もう一度リリアの顔を見下ろす。

「私、もうリリアの顔も見たくないの。だからあと五日は、使用人棟で過ごしてくれる?」

その言葉を最後に、彼女はリリアの傍を離れると靴を脱ぎ捨ててベッドに寝そべってしまった。

184

後はリリアの存在など気にした風もなく、再び小説の世界へ入り込んでいく。

リリアはほとんど残っていない気力を振り絞って、ふらふらと立ち上がった。これ以上カティエの部屋にいたら、気を失うか息が止まってしまいそうだった。

心はもう死んでしまったように冷え切っている。何とか生きている身体を動かして背後にあった扉を押し開けると、ふらりと部屋を出た。

支えがないと立っていられない気がして、壁伝いにずるずると歩いて行く。

足元が覚束ない。心臓がバクバクと大きな音を立てていて、息苦しい。一度に色々なことがありすぎて、色々なことを知りすぎて、とても処理が追い付かない。とても受け入れることが出来ない。

友達だと思っていたカティエの裏切り。聞くに堪えない暴言の数々。ロナ家の不正と悪行。魔女に呪われた経緯。もう止められないエドアルドとカティエの婚姻。

瞳を閉じると勝手に涙が零れてくる。リリアはこんなにも、無力だ。

「リリア」

名前を呼ばれて顔を上げると、視界の先にエドアルドの姿があった。心配そうに、困ったように、リリアの顔を見つめるエドアルドに何と声をかけていいのかと迷う。

「エドアルド殿下……」

今、見聞きしたほとんどのことは、エドアルドには知られたくないことだ。だから心配させないように笑おうと思ったのに。

リリアの目の前までやってきたエドアルドに、突然正面から抱きしめられた。ここは宮殿で、ま

だ昼間で、誰が見ているかわからないというのに。

「助けに入ってやれなくて悪かった。……辛かっただろう。よく、頑張ったな」

リリアの身体を強く優しく抱きしめるエドアルドのぬくもりに、身体からすべての力が抜けて安心してしまう。今朝と同じように優しい言葉をかけられて、甘やかすように背中を撫でられると、せき止めていた悲しみと痛みが決壊したように、ぼろぼろと涙が溢れた。

「落ち着いたか?」

「はい……ご迷惑をおかけして申し訳ございません」

ここ数日で、すっかりエドアルドの寝室が居心地良くなっている気がする。それが良くないことだと知りつつも、隣に腰を下ろし、身体を撫でてくれる大きな手を振り解けない。

「すまない。洗いざらい吐いてもらうためとは言え、君を傷付けてしまったな」

「いえ、エドアルドさまのせいでは……」

エドアルドはリリアとカティエのやり取りのすべてを部屋の外で聞いていた。リリアの事情はすでに知られていたが、ロナ家の事情やカティエの言動は出来れば知られたくなかった。

カティエを支えるために王宮にやってきたのに、逆にカティエの醜態を晒してしまった。それでもエドアルドが結婚前にカティエの本性を知ったのはよかったと思う。だが知らなければ知らないなりに上手くやっていけたのではないか、とも思ってしまう。けれどロナ親子の行いはとても看過出来るものではなく、やはりエドアルドは知っておくべきだった。

186

結局、考えがまとまらず、ぐるぐると考え込んではまた涙が溢れてくる。

「リリアのおかげで、裏が取れた」

「……エドアルドさま……？」

「調査した、と言っただろう？」

その言葉に、零れかけていた涙がぴたりと止まった。

そうだ、いつまでも泣いている場合ではない。昨夜リリアの正体を暴いたエドアルドは『調査をしたから知っている』と言っていた。そのときは何を指しているのかわからなかった。

けれど今ならわかる。エドアルドと王宮が調べていたのは、カティエとロナ家についてだったのだ。

「そうだな、ちゃんと説明しようか」

リリアの表情を確認したエドアルドが、そっとため息を漏らす。今朝『すべてを話してしまいたい』と言っていたエドアルドの言葉の続きが語られると直感し、リリアはじっとサファイアブルーの瞳を見つめた。

「俺は今、元老院とある取り決めをしている」

「げ、元老院……!?」

リリアの予想の範疇を超えて突然出てきた大きな存在に、思わず声がひっくり返る。

元老院。スーランディア王国の国政を担う枢機院・騎士院・魔法院のさらに上位に位置付けられる国王のための最高助言機関。他の院とは異なり、先王や王太后を筆頭とした国王の縁者のみで構

成され、他の貴族が介入出来ない秘匿された組織。

国の意思決定の頂点に立つのが国王であることは言うまでもない。だが、彼らによって国政は陰から支えられているとも、陰から牛耳られているとも言われる。それが元老院だ。

その元老院が出てくるなんて……と青ざめていると、不安を察したエドアルドに優しく肩を撫でられた。

「発端はフローラスト家が婚約の辞退を申し出てきたことだった」

「……」

「俺は君との婚姻を、本気で望んでいた。だからその婚約を辞退したいと言われたとき、俺は自分の結婚などどうでもよくなった」

リリアの身体を抱いていたエドアルドが、数か月前の心境を吐露してきた。

『君以外なら相手が誰だって同じだからな。あまりに腹が立って『都合のいいやつを勝手に選んでくれ』と言った気がする。まぁ、それさえあまり覚えていないんだが」

エドアルドは何でもないように笑うが、それは笑える問題ではない。結婚する当の本人が興味を示さない縁談など、上手くいくはずがない。

けれどエドアルドは、一年も前から決まっていた婚約を唐突に辞退され、しかも納得出来る理由が一つもないので、あまりに腹が立ったのだと言う。

エドアルドの怒りと悲しみを思えば、リリアは申し訳なさで消えたくなってしまう。けれどエドアルドは、リリアの身体を抱きしめたままだ。

188

「だがレオン卿からの申し出とほぼ同時に、フィーゼル卿が『新たな花嫁にカティエを』と言ってきた」

「え……？　そんなに早く、ですか……？」

「そうだ。仮にフィーゼル卿がフローラスト家の事情を知っていたとしても、変だろう？」

確かにおかしい。婚約を辞退したいと願い出た時点では、まだ婚約がどうなるかも、新しい花嫁を迎えるかどうかも分からないはずだ。もちろんエドアルドはこの国の王族としては婚姻が遅いぐらいの年齢だから、すぐに代替を考える可能性は高い。しかし王宮から打診があったのではなく、フィーゼルのほうから申し出があったというのは初耳だ。

けれどロナ家には確信があった。フローラスト家が婚約を辞退し、リリアとエドアルドの婚姻は破談になると。何故ならそれは、自らが周到に用意したものだったから。

「その時点で、以前から感じていた違和感が疑念に変わった」

「違和感……ですか？」

「そうだ。俺は成人した君が全く社交の場に顔を出さないのを、ずっと疑問に思っていた」

王宮主催の夜会や舞踏会にも、王都に住む貴族が主催する社交の場にも、リリアは絶対に姿を現さない。招待状を送って、その日を楽しみにしていてもエドアルドはいつも空回ってばかり。都合が悪かったのだろうと一年は待ったが、その後も全く顔を出さないのはどう考えてもおかしい。

だからエドアルドは焦っていた。リリアは好いた男性が出来て、その相手に操を立てるために社交の場に現れないのではないかと、当時は本気で考えていた。

「だから指をくわえてただ待っているぐらいなら、いっそこちらから君に会いに行けばいいと思った。だがいくら入念に準備をしても、直前になるといつも山道の崩落や水路の決壊が起こる。それも決まってヴィリアーゼン領の周辺で」

「⁉」

「それは知らなかったか?」

「え、えっと……事故が多発していた時期が何度かあった事実は存じております。ですが、エドアルドさまの来訪予定があったのは初耳です」

「まぁ、手紙も勝手に検めていたようだからな。通達すら届いてなかったなら、知らなくて当然か」

似たような事故は三回起こり、フローラスト家への訪問も三度取り止めになった。しびれを切らしたエドアルドは、フォルダイン領へ赴くこととは諦めた。代わりにレオンが登城した際に個人的に話す場を設けて、リリアを花嫁にしたいと直談判した。レオンは困惑しながらも、エドアルドとリリアの結婚を受け入れてくれた。

けれどやっとの思いでこぎ着けた念願の婚約は、直前になって結局破談になってしまった。詳しい理由を尋ねても、その回答はいつも曖昧で要領を得ない。レオンに直接聞いても申し訳ございませんの一点張り。そんな苛立ちの日々の中でカティエが新しい花嫁に推挙され、エドアルドの違和感は一気に疑念へと変わった。

リリアが社交の場に顔を出さないことも、過去の事故も、婚約が破談になったのも、送られてく

る曖昧な回答も。ロナ家は何か知っている――知っているどころか、ロナ家が手引きをしているのではないだろうか。

そう思ったエドアルドは、すぐに調査を始めた。それと同時にカティエを領地から引き離す目的でフィーゼルの申し出を受け入れた。正確には了解したように装っただけだったが、いざカティエを城に呼び寄せたら、そこにリリアがついてきたのは完全な予想外だった。

「君もレオン卿も、人がよすぎる。伯爵家の令嬢が他家の侍女を務めるなど、聞いたことがないぞ」

「も、申し訳ありません……。カティエが王殿に居を移すまでのつもりだったので……」

たとえ王子の婚約者であっても、貴族と国民に認められるまでは、王殿に足を踏み入れることは出来ない。だが婚約者が工殿へ居を移せば、家から付いてきた侍女は帰されてしまう。

だからそれまでの間だけ、カティエのわがままを聞いて、不安な彼女を支えようと思っていた。

「というか、そもそも俺はカティエと婚約などしていない」

「え……、ええ……?」

「ロナ家からの『すぐにでもカティエを王宮に送りたい』という申し出と『調査を円滑に進めるためにカティエを領地から引き離したい』というこちらの希望が一致したからな。とりあえず婚約者候補扱いにして客人として招いたが……俺は彼女を特別扱いしたことは一度もないぞ」

鼻から短い息を零すエドアルドに、それは巧妙な罠ではないかと思ってしまう。

婚約者と婚約者候補では雲泥の差があるのに、リリアやレオンの認識は一体いつどこですり替

わったのだろう。否、フローラスト家の者だけではなく、当のカティエやフィーゼルでさえ誤った認識をしている気がする。けれどもし本当に、カティエがエドアルドの婚約者ではないのだとしたら。

「えっと……フィーゼルさまとお披露目の夜会についてお話しされていましたよね？」

「したな。 君のお披露目だろう」

「……」

「……」

「ええっ、それフィーゼルさま、絶対誤解なさっていますよ？」

「ああ、もちろんわざと放置した。だが俺は相手がカティエとは一言も言ってない。 嘘はついていないからな」

「⁉」

開き直ったエドアルドの言葉に、ぽかんと口を開けて固まる。 きっと間抜けな顔をしているだろうリリアに、エドアルドはにやりと笑う。

「俺がカティエをこの部屋に入れたことがあったか？ 贈り物をしたことも、お茶に誘ったこともない。 指一本触れたことさえないぞ」

言われてみればそうかもしれない。 同じ王宮にいる婚約者相手なら、確かにどれもあって然るべき愛情表現だ。 寝所に入れるのはどうかと思うが、贈り物やお茶ぐらいならば……そんなことを考えていると、突然エドアルドに腰を撫でられた。

192

「ああ……君には全部あるな」

「！」

耳元で色を含んだ吐息と共に囁かれ、また意識とは関係なく身体が火照ってしまう。真剣な眼差しから逃げるように身を振ると、エドアルドが面白くなさそうな顔をした。

「お、お気持ちは嬉しいのですが、私の身体は呪われているのです……。お傍にはいられません」

「まだそれを言うのか？」

不機嫌な声で詰め寄るエドアルドの肩に手を当てて、身体を押し返す。なんとか距離を置こうとすると、今度は手首を掴まれた。そのままぐっと手を引かれ、再び元の腕の中に抱き寄せられてしまう。

「そんなことは気にしない」

「え……気にしない訳にはいかないと思うのですが……」

「気にしない。それが俺の特別な人なら、周囲の者も認めてくれる」

確信を持って宣言されるが、魔女の呪いなど不吉以外の何者でもない。呪われた身で王子に嫁ぐなど、エドアルドが許しても王や貴族……それこそ元老院は許さないと思う。

「これは幼いころ、君が俺に教えてくれた言葉だ」

「……え？」

「まだ思い出さないか？」

間近に迫ったエドアルドのサファイアブルーの瞳が、リリアの幼い記憶に語り掛ける。その深い

青色の向こうに、リリアの意識はそっと吸い込まれた。

十六年前の夏の終わり、リリアは王宮庭園で自国の王子と出会った。爽やかに切り揃えられたプラチナホワイトの髪と海のように深く濃いサファイアブルーの瞳。彼がスーランディア王国の王子であることは、リリアもすぐに気が付いた。

王子はエドアルドと名乗ったが、リリアの家族は名前が三文字の人ばかりだったので、五文字の名前をやけに長いと感じてしまった。

「王子さま、お散歩？」

結局王子さまと呼ぶことにすると、エドアルドはふっと表情をゆるめてくれた。けれどその顔色は優れないように見えた。体調不良というより、困ったような顔をしている。

「なやみごと？」

リリアの問いかけにエドアルドは無言で首を振ったが、改めて顔を見るとやはり辛そうだと感じた。けれど子どものリリアは、悩みを聞いても助言など出来ない。自分も一緒に困ってしまうだけのような気がした。

それなら、どうすれば元気を出してもらえるのだろう。ベンチに腰掛けて『うーん』と悩んだ末に、リリアは自分自身が一番元気になれる方法を実行することにした。

「じゃあわたしが読んだお話を、王子さまにも教えてあげるね」

「お話？」

194

リリアが最近読んだ物語は、スーランディア王国ではごく一般的な、大人が子どもに読み聞かせるための可愛らしいおとぎ話だった。魔女に呪われた姫が隣国の王子と共に困難に立ち向かい、自らの運命を切り開くために戦い、最後は二人が結ばれるというありふれた物語だ。

後から考えたら、きっとエドアルドもその話を知っていたのだと思う。だから最初はぼんやりと聞いていたようだが、リリアが内容を一生懸命思い出しながら、時折言葉を間違えながら話す様子を喜んでくれたらしい。だんだん表情が明るくなったことに、五歳のリリアも気が付いていた。

「すてきでしょ?」

「そうだね」

自信たっぷりに胸を張ると、エドアルドも笑顔を返してくれた。

リリアは嬉しかった。

「運命の相手か……いいな、うらやましい」

エドアルドがベンチの背もたれに体重をかけて、ぼそりと呟いた。その言葉に並んで座ったリリアもきょとんと目を丸くする。

「王子さまも、大人になったらとくべつな人が出来るよ?」

「……どうかな」

せっかく楽しそうな表情をしていたのに、エドアルドはまた浮かない表情に戻ってしまった。そしてフラワーアーチの中のベンチに背中を預け、ツルバラの隙間から空を仰いだ。

「僕はたくさんの人を愛せって言われると思う」

「えぇ～？　王子さまはとくべつな人がいっぱい欲しいの……？」

「えっ……あ、いや……そうじゃなくて」

それは五歳の少女にはあまりにも難しい話題だった。エドアルドの悩みの本質を知る由もないリリアは頬を膨らませたが、エドアルドは怒ることなく、むしろ焦ってリリアに釈明した。

「僕が『特別な人だ』って言っても、周りは認めてくれないだろうなって思っただけだよ」

「うーん、そうかなぁ」

寂しそうに呟いたエドアルドに、リリアは首をかしげた。

そんなことはないと思う。何故ならエドアルドは王子だ。物語に出てきた、魔女と戦って姫を助ける勇敢な王子と同じ。

もちろん本に書かれている王子とエドアルドが同じではないことは理解している。けれどリリアの中では王子が姫を助けるのは普通のことだから、いつかエドアルドもどこかの姫を助けるときが来るに違いない。

「文句なんて、だれも言わないよ」

「え……？」

「王子さまが呪いをといて、ちゅーってしたら、みんなとくべつってわかってくれると思うよ」

リリアが大真面目に語ると、エドアルドは鳩が豆鉄砲を食らったような顔をした。

この国にも数は少ないが、数人の魔女がいる。だが遭遇することは稀で、まして呪いという危険なものは物語の中の存在だ。そうそう身近に起こるものではない。

けれどたった今話した物語の最後に、石化の呪いから解き放たれた姫と王子のキスシーンがあった。

夢見る少女のリリアにとって、それは物語のラストを飾る定番の場面だった。一生懸命に笑いを堪えているエドアルドがどうして笑っているのか、リリアにはわからなかった。

キリリと真剣な目で訴えると、エドアルドが顔を背けて肩を震わせ始めた。

「特別な人がいてもいいのかな」

笑いを引っ込めてようやく安堵の表情を取り戻したエドアルドに、リリアも目を輝かせる。

目の前の綺麗な少年がいつか見つける運命の人を想像し、リリアはうんうんと頷いた。

きれいなお姫さま。可愛いお姫さま。頭がいいお姫さま。魔法が使えるお姫さま。

どんな人が彼の隣に立つのだろうと、他人事のようにわくわくしていたのに。

「じゃあその特別な人に、君を選んでもいい？」

エドアルドに訊ねられ、リリアは『え？』と首をかしげた。

王子さまであるエドアルドには、可愛らしいお姫さまがいいと思う。例えば隣の領地に住む同い年の侯爵令嬢、カティエのような。カティエはシャンパンゴールドの美しい髪に、濃いバイオレットの目を持つ可憐な少女だ。周りの大人に可愛がられ、いつも素敵なドレスを着て、本物のお姫さまのようだった。

対するリリアは、この国ではありふれたキャラメルブラウンの髪とペリドットグリーンの瞳を持って生まれた。どこにでもいる、普通の子どもだ。もちろんまだ幼いので周囲の大人は『可愛いね』と言ってくれるが、カティエのようにお人形のような外見をしているわけではない。だからリ

リアがエドアルドの特別になることはない。

エドアルドの言葉の意味がわからずに困惑していると、遠くからよく知った声が聞こえてきた。

「リリアー？　何処まで遊びに行ったんだー？」

「あ！　おとうさまだ！」

ツルバラのフラワーアーチは周囲から中の様子を確認しにくい。まして身長の低い五歳の子供が相手では、傍まで近付かなければ姿を見つけることなど出来ないだろう。

父に注意を奪われたことでエドアルドへの返答をすっかり忘れたリリアは、ベンチからぴょん、と飛び降りた。そしていたずらっぽくアーチの端から噴水のほうを覗くと、きょろきょろと視線を動かしていたレオンと目を合わせた。

愛娘の姿を見つけ『そんなところで何をしているんだい？』と語りかけながら近づいてきたレオンだったが、リリアの隣にいたエドアルドの姿を見てわかりやすく凍り付いた。

「エ、エドアルド殿下 !?」

「ああ、フローラスト伯爵」

「レ、レオンとお呼び下さい。我々臣下は殿下の御心に従います」

「そんな大仰な言い方をしなくてもいい」

臣下の礼を取ったレオンに、十歳のエドアルドは肩を竦めた。そのやり取りの間、リリアは大好きな父と尊い王子の顔を眺めることしか出来なかった。

「ではレオン卿、あなたにお願いがある」

「はい」

「リリアが成人したら、僕の花嫁にしたい」

「……は、…………えぇ!?」

唐突な申し出に、レオンの表情が再度凍り付く。驚いたレオンはエドアルドとリリアの顔を交互に見比べながら言葉の意味を懸命に咀嚼（そしゃく）した。そして考えた末に出した返答は、

「そのように大事なことは、殿下お一人で決められないほうがよろしいかと……」

だったが、エドアルドはその言葉を聞かなかったことにしたらしい。

「僕がリリアを迎えに行くまで、誰とも縁談を組むな。絶対に」

――思い出した。

あのとき王宮庭園で会った王子が、いつかリリアを迎えに来ると言ったことを。十六年も前から、父であるレオンに婚姻の約束をさせていたことを。

「私、エドアルドさまに、お会いしたことがあった……」

「思い出すのが遅い」

エドアルドのため息を聞き、リリアはうっと言葉に詰まった。

とはいえ五歳の頃の話だ。五文字の名前すら覚えられない少女が、小一時間ほど話しただけの少年のことを、まともに記憶しているわけがない。

そう言い訳したい気持ちを引っ込めたリリアに、エドアルドがやわらかな笑顔を浮かべる。

「俺は『特別な人』に君を選んでもいいかと聞いた。リリア——あのときの答えを」

「え、わ、私は……」

「拒否は許さない」

「ええっ⁉」

エドアルドはリリアを選ぶと言う。カティエと結婚するつもりはないと言う。呪われた身体でも構わないと言う。十六年越しに手に入れた初恋の想い人を、もう手放すつもりはないと言う。

いつの間にかリリアも、その色に惹かれている。恋も愛も知らなかったはずなのに、エドアルドに与えられるすべてを受け入れたいと思っている。罪悪感や不安を押し退けてでも、エドアルドの傍にいたいと思っている。だから。

「私も、エドアルドさまの特別な人に、なりたい……です」

口にするだけで恥ずかしい台詞を、顔を上げてしっかりと伝える。搾り出すように呟いた言葉は、エドアルドにもちゃんと伝わったようだ。

瞳を覗き込まれて囁かれた言葉は、確かに永遠を約束する言葉だった。

「俺も君だけが特別だと誓う」

「はい」

そっと顎を引くと、エドアルドはほっとしたように表情を緩めた。そして再び決意を示す。

「元老院は『ロナ家を徹底的に叩いてすべての悪事を白日の下に晒すこと』を、一度破談になった相手との結婚を認める条件とした」

エドアルドの言葉に、リリアはごくりと息を飲む。確かに一度破談になった相手にいつまでも執着するなど、王家の体裁を考えればやめて欲しいと思うに違いない。それでもエドアルドが望むなら自力でその活路を切り開いて見せろ、というのが元老院の言い分のようだ。

「そしてカティエを庇う可能性がある君には、調査内容を告げてはいけないと制約をかけられた。

俺は君を囮にするような方法は取りたくないと猛反対したが……」

苦虫を噛み潰したような顔を見て気付く。元老院にとってのリリアは、王家を貶めたロナ家を潰すための駒の一つに過ぎない。だがエドアルドは、リリアを使ってカティエから情報を引き出すという方法を極力取りたくなかったのだろう。

リリアを王殿に連れ込む現場を意図的に噂として流す方法は、カティエへの誘導の材料としては強烈すぎた。お陰でカティエは言わなくていいことまですべて語ってくれたが、エドアルドの懸念の通りリリアは手酷く傷付けられた。

結局、元老院の想定通りの過程と結果を辿ることになった。エドアルドは歯噛みしたが、二人の関係を認めてもらうためにはどのみち避けては通れなかったのかもしれない。

「まぁ、その元老院との取り決めに少し背いてしまったから、俺にも落ち度はある」

「そ、そうなのですか？」

「本当は君の正体も、呪いのことも、すべての証拠をそろえるまで暴くつもりはなかったからな。けど姉上に魔法院の男を紹介すると言われて満更でもなさそうな顔をしていたのが……腹立たしくて」

「!?」

「リアは俺のものだと……その証を刻んでいいのは俺だけど、どうしても君に認めさせたくなった」

エドアルドはきっととんでもない勘違いをしている。リリアが喜んでいたのは、魔法院の男性を紹介する云々の前の話——メイナの助手として魔法院に就職しない？　と誘われたことに対してだ。

だがエドアルドはその内容までは聞こえていなかったらしく、リリアが他の男性に興味を示していると思ったらしい。

釈明しようか、余計なことは言わないほうがいいかと逡巡していると、ふっと笑顔になったエドアルドに頬を撫でられた。

「今までは話せなかった。けれどもう、君への隠し事は一切ない」

「……はい」

エドアルドもたくさん悩んだはずだ。今なら今朝の言葉の意味もわかる。話したいのに話せない理由も、話せばリリアが傷付かずに済むと言った理由も、それでも諦められないという思いも。

エドアルドがそのすべてを一人で背負う必要はない。密かに二人分の未来を背負ってくれていた広い背中に手を回すと、エドアルドが嬉しそうに笑った。

「そうだな。つらい思いをさせてしまったから……少しの間だけ、忘れさせてやる」

「あっ……エドアルド、さま……」

リリアの身体をやわらかなシーツの上へ押し倒し、じっと見下ろしてくるサファイアブルーは、

今日も灼熱の温度を秘めている。

優しい口付けの合間に見つめ合うと鼓動の間隔がだんだんと短くなっていく。角度を変えて口内を味わうように熱が絡むと、そのまま溺れてしまいそうになる。

長い指が腰の結び目をほどく。しゅる、と布地が滑る音と同時に、白い布がスルリと取り払われた。ベッドの下に侍女が身に付ける前掛けが滑り落ちていく。伸びてきた指が首元のリボンに触れると、もう一度衣擦れの音がした。

「ん、ん……っ」

恥ずかしい行為を予測して、少しだけためらう。裾からワンピースの中に侵入してきたエドアルドの指が、今度は太腿を撫でる。その指が徐々に進んでいく方向を知ると自然と身体が強張った。

「やっ……エドアルドさまっ……」

昨日、女性の身体は官能的に気持ちがいいと、秘部が濡れるものだと教えられた。今日はまだ直接触れられたわけではない。けれど耳元で散々愛の言葉を囁かれ、唇だけではなく髪や頬や瞼の上にも優しく口付けられて、すでに全身が熱を持っている。まだ気持ちがいいところまで到達していないはずの自分の身体がどうなっているのか、リリアはちゃんと自覚していた。

「どうした、そんな目で見て」

「～～っ……！」

エドアルドが意地悪く笑うので、つい言葉に詰まる。彼の身体が股の間にあるせいで脚は閉じられない。真ん中に到達した指先が、ショーツのクロッチ部分をゆるく撫でていく。

「あ、んっ……だめっ……」

「濡れている」

「ちがっ……!」

目を細めたエドアルドの視線に耐えかねて、ふるふると首を振る。しかし有無を言わさぬように唇を塞がれると、否定の言葉は喉の奥に溶けた。

「つふ、ぁ、あっ……」

激しい舌遣いに応えるように必死に舌を絡めると、さらにキスが深まる。貪るように舌や唇を噛んだり吸ったりされると、その熱でだんだん頭がぽーっとしてしまう。ちゅる、と水音を残して離れた唇が、耳の傍でいじわるな問いかけを紡いだ。

「キスが好きか?」

「す、好き、です……」

「素直だな……かわいい」

「……んっ」

離れたと思った矢先に再び重なる口付けと、深い求愛。唇の端から甘ったるい声が溢れると、意図せずにまた下腹部に熱が集まっていく。

「んん、んぅ……あっ……」

エドアルドの指先はショーツのクロッチを撫で続けている。徐々に熱と水分を帯びていく場所を弄りながらもキスを止めてくれない。

「昨日の痕は、まだ残っているな?」

唇を離して確認される。布越しに敏感な秘芽を撫でていた手が、いつの間にかワンピースの前ボタンを外していた。

王宮の侍女服である黒地のワンピースは、前ボタンが上から八つ。すべてを外されるとお腹まで全開になり、あっという間に袖から腕を引き抜かれる。さらに身体の下に差し込まれた両手が、手際よくステイズの留め具を外してしまう。ワンピースをペチコートごと引き下げられると、残っていたシュミーズも頭からするりと引き抜かれた。

「うう……どうしてそんなに慣れていらっしゃるのですか……っ」

残されたガーターとショーツとストッキング以外に、リリアの身体を隠すものはない。他に身につけているものは、首からかけたサファイアブルーのペンダントのみ。腕で胸を覆いながらエドアルドを見上げるが、彼は喉の奥で楽しそうに笑うだけだ。

「侍女は着ているものが少ないな。脱がせやすくて助かる」

「……ひゃ、ぁっ」

昨日残した所有痕をさらに色付かせるように、赤みの上からちゅっと肌を吸い上げられる。それだけで身体がぴくっと跳ねて震えてしまう。リリアの表情を確認して満足そうに微笑んだエドアルドは、再びショーツの布越しに秘芽を強く抉り出す。

「あっ、やん……、いやぁ……」

「ここ、気持ち良くないか?」

「あうっ……、きもち、よす……ぎてっ」

くるくると指の腹で丁寧に撫でられると、奥から愛液がじわりと溢れてくる。イヤイヤと首を振って強く触らないように乞うと、クロッチを押し退けた指が中まで侵入し、とうとう直に触れられてしまった。

「ふぁああっ……！」

急な刺激で下肢に力が入り、腰から背中がびくんと仰け反る。押し寄せる強烈な快感の波には何とか耐えたが、エドアルドの目の前で快感に悶えるはしたない姿を晒してしまう。

「ふぁ、あっ、……っん」

制御不能の声に応えるように、エドアルドが生唾を嚥下する音が聞こえた。せっかく動きが止まったと思ったのに、一瞬の後に再開された指の動きは、よりいっそう強く速くリリアの弱点を攻め立てる。

「やぁ、んっ、そこ、や……ぁ」

直に触れた指が、萌えた花の薄い膜を剥くように秘芽を拡げる。小さな種子がショーツの中で露わになっている状態をリリアは認識出来ないが、エドアルドの指の先がそこをひっかくように撫でると、ぞくんっと痙攣が起こった。

「あぁっ、だめぇッ……」

強い刺激から逃げるように腰をずらしても、エドアルドはその隙さえ与えないよう執拗に追いかけてくる。晒された秘芽をゆるゆると弄られると、下腹部の奥から強い快感が迫り上がってきた。

206

「あ、っふ、……ああぁッ！」

与えられる刺激の強さに恐怖さえ感じる。目を閉じて快感に耐えようとすると、伸びてきた手に右胸の上の突起を摘まれた。それだけでまた身体が跳ねてしまう。

「ああ、ああぁッ……」

すでに限界近くまで高められた身体に対して、胸への新たな刺激は強すぎた。剥かれた秘芽に直接与えられる快感と胸の上に与えられる鋭い快感がぶつかると、身体ががくがくと震えて簡単に果ててしまった。

「ああ、……っふ」

覚えたばかりの快感を再び与えられ、身体の奥から生まれた絶頂感に全身を支配される。目を閉じて快感の波が過ぎるのを待っていると、エドアルドに顎の下を撫でられ、唇に何度か口付けられた。重なり合った舌と唇から感情が伝わりそうで、そっと視線を逸らすとエドアルドが楽しそうに笑った。

「可愛いな、リリア」

「ふ、あ……」

甘やかな快感に酔い痴れていると、いつの間にかシャツを脱いでいたエドアルドにぎゅっと抱きしめられた。肌と肌が直に触れ合う。啄むような可愛らしいキスは、唇から頬、顎の下、首筋へと移動していく。耳元で笑われると、その刺激でまた声が零れてしまう。

エドアルドの声は新緑のように爽やかなのに、大樹のように低い。深みのある音は下腹部に直接

響くようだ。褒め言葉に名前を添えて囁かれただけで、全身に蜂蜜を塗りたくられているような甘い刺激を感じてしまう。

「中途半端に残っている分、妙にいやらしいな……」

「なっ……」

恥ずかしい呟きに、全身がかぁっと熱を持つ。彼の眼前に晒されているのは、白い肌と赤い痕。それを隠すようでいて隠せていないのは、王宮侍女の制服に付属するガーターとストッキング。そして秘部を覆うショーツのみ。この中途半端に残された薄い布地と白いレースが、リリアの羞恥心を一層際立たせた。

「それなら、ちゃんと脱がせて下さい……！」

「俺はこのままで問題ない。いい眺めだ」

抗議の言葉を紡いでも、エドアルドは楽しそうに笑うのみ。呪いの所為で夜伽の務まらないリリアだが、これでエドアルドが喜んでくれるなら……と思わないこともないが、視線を下げればやはりそれはあられもない姿で、恥ずかしい。

一度快感を極めた蜜壺は、通り過ぎたはずの絶頂の余韻を思い出してひくひくと痙攣している。

エドアルドに知られないようにさり気なく股を閉じようとしたが、実行に移す前に腕と腰を引っ張られて身体ごと抱き起こされた。

驚く暇もなく、今度はエドアルドのお腹の上に乗せられてしまう。王子殿下のお腹の上に乗るなんていくらなんでも無礼がすぎる。焦って腰を浮かせると、生じた隙間にエドアルドの指が侵入し

208

てきた。

「えっ？　あ、あっ……！」

エドアルドの上に跨ることで自然と脚が開き、濡れた蜜孔からは半透明の蜜液が滴り落ちる。そのみだらな蜜はショーツが受け止めてくれる。はずだった。

感のせいで麻痺しているにもかかわらず、愛液の感覚だけはやけに鮮明に感じてしまう。快

股の間に侵入していたエドアルドの指先が、くちゅ、と濡れた音を放った。布地が水分を吸収していれば聞こえるはずがない水音を聞いたリリアは、驚いて顔をあげた。

「魔法は本当に便利なものだな」

「なっ……ああぁ……」

エドアルドは呟くと同時に、指先で割れ目の縁をくるりと撫でた。突然直に触れられたリリアの背中を、電流に似た刺激がびりびりと走り抜けていく。

サファイアブルーがにやりと笑う。その表情と股の間で動く指先の動きを知覚して、身につけていたショーツのクロッチ部分が縦に裂けていることに気付かされた。刃物や手を使って裂いた記憶はない。その代わりにエドアルドが直前に呟いた言葉を思い出し、はっとその瞳を見つめる。

「ま、間違っています！　魔法の使い方、ぜったい間違ってますっ！」

「まあ、そう言うな」

エドアルドは、魔法を使ってショーツの一部を裂いてしまったらしい。確かにそうすれば脱がなくてもレースの下に触れることが出来る。あまりの恥ずかしさと驚愕で猛抗議したが、エドアルド

はそんなリリアの抵抗には一切構わず、指を濡れた蜜壺の中へあっさりと侵入させた。

「だ、め、ああ、……あん、っん……」

内壁を押し広げるように擦られる度に、喉の奥からは途切れ途切れの声が洩れる。腰が引けたが反対の手に逃亡を阻まれ、長い指をより深くまで突き立てられる。

「ふぁ、ああッ……！」

奥を攻められると、呼応するようにくちゅっ、ぐちゅ、と水音が響く。漏らしたわけでもないのに、身体の奥からは粘度のある水分がどんどん溢れる。部屋中に響く淫靡な音は、リリア自身には止めることが出来ない。

中をほぐす指が一本から二本に増やされ、丁寧にかき混ぜられる。昨日破瓜したばかりだというのに、その場所はすでにエドアルドに与えられる快感を欲しているようだ。水分だけではなく、喉から溢れる嬌声まで自分では全く制御出来ない。

「やっ、あん……っ、あっ、エドアルド、さま、ぁ……っ」

指先から与えられる刺激を欲するように、腰がゆらゆらと動いてしまう。リリアの秘めた愛欲を見抜いたのか、エドアルドは美しさと獰猛さを孕んだ目をゆっくりと細めた。

「昨日よりもっと深い場所を突いてやる」

「えっ……やっ……」

声は甘く優しいが、囁かれた内容には恐怖すら感じる。腰を荒々しく掴んだ手が、すでに衣服を寛げてそそり立っていた陰茎の上へ蜜口を導く。

210

逆の手が割れ目を押し広げると、一瞬だけ冷たさを感じた。けれどその温度に慣れる前に、熱い先端をあてがわれる。

「リリアは忘れやすいから、ちゃんと覚えてもらわないとな」

「五歳の頃ですよっ……覚えてるわけな——あぁんっ……！」

からかいに対する反抗の言葉は、中に突き立てられた熱鉄に押しつぶされた。一気に奥まで貫かれると、全身にごり、ぐりゅっと重たい音が振動した。あまりの圧迫感と遠慮のなさに、身体が仰け反ってしまう。

「ああ、あっ……んっ」

「っ——、リリア……少し、力抜いてくれ……っ」

「んぅ……むり、です……」

最奥まで貫通して動きを止めたエドアルドに促されるが、とても力など抜けそうにない。昨日失ったばかりの純潔。昨日覚えたばかりの形と、大きさ。温度。まだ曖昧にしか知らない感覚を覚え込ませるように、エドアルドが動きを止めて優しく腰を撫でる。

「力を入れるな。まだ、動いてない」

「はっ、ぁん……あ……」

「ほら、ゆっくり覚えろ……」

「ん……ふぁ……あん、んっ」

強烈な感覚のすべてを、たったの一日で覚えられるはずはない。けれど忘れるはずもない。

突き立てられた楔の圧迫感に、呼吸をしながら慣れようとする。しかし力を抜くと熱い剛直の存在を感じ取って、身体がびくんっと反応してしまう。その度にエドアルドも辛そうな顔をする。

「ああ……気持ちいいな。このまま溺れそうだ」

「エド、アルド……さま」

奥まで貫いてきた塊がゆっくりと引いていく。その隙に上へ逃れようとする腰はすぐに掴まえられ、抜けきらないうちに再度奥まで貫かれる。ゆっくり覚えろと言われていた通りその動きはひどく緩慢で、本当に長い時間をかけてリリアの身体にすべてを覚え込ませて刻み込むつもりのようだ。

「あぁっ、ん、つぁ……！」

ゆるい律動に内壁を擦られ、蜜孔のすべてがエドアルドの形と大きさと温度を覚えていく。

それまで優しかったエドアルドが、膝を曲げてベッドに片足を立てた。その動作から、まだ動いていないと言っていた彼が動き出す瞬間を知る。

「っや、待って、まっ……！」

「十分慣らしただろう。これ以上は俺も耐えられない」

言い終わる前に、立てた脚を支えにして腰が動き出した。ゆっくりと突き上げられ、秘部にきゅうっと力が入ると、熱い塊はすぐにまた奥まで一気に攻め込まれ、その度に全身が満たされていく気がする。

「っふ、あっ……ん、んっ」

喉の奥から溢れ出る声を、止められない。

212

「もう、痛みはなさそうだな」

エドアルドに確認されて、羞恥を感じながらもこくこくと頭を引く。

スピードがさらに速まる。ぱちゅ、ぐちゅ、と肌がぶつかる音と水を含んだ音が混ざり合うと、乱暴で淫猥な音色に思考も一緒に乱された。

「あぁっ、ああ、ふぁ、……」

「──っ、……は」

絶え間なく続く鋭利な突き込みに、身体が快楽を極める。感覚が麻痺しているのか過敏になっているのかもわからない状態で、くん、と腰を押し込まれた瞬間、強い快感が押し寄せてきた。

「あ、んっ、あああッ……」

甘く凶暴な感覚に津波のように飲み込まれ、リリアは全身を震わせながら果てた。同時に蜜孔の中へ放たれた熱と腹の奥から溢れてきた熱が混ざり合う。極まりの余波でびく、びくっと身体が跳ねる度に、秘部に収まったままの陰茎もビクリと跳ねる。

「はぁ……、はっ……ふ……」

手折られた花のようにくたりと力が抜けると、エドアルドの腕に抱きとめられた。そのまま汗で濡れた髪の中に指先を突っ込まれて、愛猫を愛でるようにやわらかく頭を撫でられる。

「……あ、えっ?」

だが、休む間も与えられず身体の位置を変えられ、ころりとうつ伏せにされてしまう。さらにシーツの上に上腕をつくように誘導され、抜けかけたものを再度奥まで押し込まれた。

そこからゆるい突き上げが再開されると、意思とは関係なく身体が再燃する。

「んっ、あ、あっ……!」

「ああ、かわいい……もっと啼かせたい」

背後のエドアルドがぽつりと呟く。その一言に、飛びかけていた思考が少しだけ戻って来た。

エドアルドは何気なく言ったつもりだろう。もちろんリリアも、もっと長い時間こうしてエドアルドと抱き合っていたい。愛した分愛されたいし、与えられた分返したい。

けれどいつだって、時間が二人の邪魔をする。

「……ごめんなさい」

「……どうして謝る?」

気付いた瞬間に、自然と謝罪が零れた。押し進んでいた腰の動きが停止し、後ろから困惑したように問いかけられる。

「どんなに求められても、私には……エドアルドさまの夜伽は、務まりません」

四つん這いになったまま、しゅん、と呟く。

元老院の目的はリリアの呪いを解くことにはない。強力な呪いというものは、かけた本人しか構造を理解しえない。だからこの呪いは誰にも解けない。想い合って心を通じ合わせても、夜になればリリアが子どもの姿になってしまうという現状は、変わらない。

こんな身体じゃなければ。

こんな呪いさえなければ。

太陽が沈み、月が昇るまでの間しか、エドアルドに愛されることが出来ない。

「月が、昇るまでしか」

「それがなんだ」

エドアルドに対して感じる負い目は紛れもないリリアの本心だ。だがその言葉の上に、少しだけ不機嫌なエドアルドの声が重なった。

気分を害したかもしれないと、振り返ろうとした。しかし、彼の瞳の色を確認する前に再度深く突き上げられてしまう。

「あっ……！」

「それなら、月が昇るまでの間」

「……ん、ああ、やぁ、あっ……」

「たくさん……かわいがって、やるっ……」

「ふぁ、あっ、あああ、ッ……」

快感を追うエドアルドの息遣いは途切れ途切れだが、腰の動きは怖いぐらいに的確だった。後ろから最奥を抉る一回一回の突き上げに、喉の奥からはとめどなく嬌声が溢れてる。思いきり貫かれる度に、ペンダントの青い色が鎖骨の上を滑る。

「っ……リリア……」

「つやぁ、あああッ……エド、ぁ……ドさまぁっ……」

名前を呼ばれることが嬉しくてどうにか答えようとするのに、全身が震えてまともな言葉を発す

ることが出来ない。

下から回されたエドアルドの手が胸を包み、尖った乳首をきゅうっと摘まんでくる。律動に乱されて指先の動きは丁寧ではないが、性感が高まるには十分な刺激だった。

ただでさえ昇り詰めるように攻められて、心も身体も乱されているのに。ぱん、と肌同士がぶつかり、暴れる楔に奥を突かれると、目の前が真っ白に明滅する。

「ああっ、んぁあああッ」

「……く、……っ」

花襞のすべてが甘く収縮し、結合部で熱い雄竿をきゅうきゅうと締め付ける。彼の精のすべてを搾り取るように力が入ると、エドアルドもほぼ同時に低く短い呻き声を上げた。

すぐに下腹部の奥から身体の隅々に向かって快感が波及していく。

身体がびくびくと痙攣する様子を、後ろから見つめられていると感じる。掴んでいたシーツから手を離し、上半身がその上に崩れ落ちると、体位が変わって蜜壺から陰茎がぶるりと抜け出た。

「……無用な心配はしなくていい」

肩で呼吸をする身体をゆっくりと転がされ、再び正面から見つめ合う。その瞳は言葉と同じくリリアの不安を拭おうと優しく揺れていた。

ふっと笑ったエドアルドに抱き寄せられ、唇と頬に口付けられる。呪い云々の話など忘れてしまえと言わんばかりに、リリアの予想と異なる恥ずかしい質問をされた。

「ちゃんと覚えたか?」

216

「……はい」

何を、と訊いたら、もっと恥ずかしい確認をされてしまうのだろう。さらに乱される前に素直に顎を引いたのに、エドアルドは少しだけ意地悪が好きなようだ。

「じゃあ復習しようか」

「……むぅ」

「忘れられたら困るからな」

「忘れません……」

くすくすと笑うエドアルドの長い指が、胸のふくらみを包むように撫でる。甘い戯れに照れと嬉しさを感じていると、突然心臓がどくん、と跳ねた。

「！」

太陽が沈み、月が昇る。

呪いの時間──毎夜の、収縮が始まる。

「はぁ……はぁ……っ」

「リリア……大丈夫か？」

「あ……はい……いつもの、ことなので……」

『大丈夫です』とはにかんでみせるが、視界に映るエドアルドの表情は不安そうだった。

これはいつもと同じ。呼吸の乱れ、体組織の変化、筋骨格の脆弱化、皮膚と臓器の縮小。身体が縮んでいく奇妙な感覚。少し息が苦しいだけで、痛みはほとんど感じない。

けれど今日は、いつもと少しだけ違う。目を閉じて嵐が過ぎ去るのを静かに待っていると、エドアルドに身体を抱きしめられた。

肌から伝わる確かな温もりの心地よさに安心する。うっすらと瞳を開けると、すぐ近くに美しいプラチナホワイトが煌めいていた。その温度に身を委ね、二人で裸のまま抱き合う。

「あぁ……本当に小さくなるんだな」

収縮が終わったころ、エドアルドの呟きが耳に届いた。改めてリリアの状況を目の当たりにして、困惑するか呆れられてしまうだろうと思っていた。けれどエドアルドは、汗ではりついた前髪を優しく撫でるだけだった。

「……申し訳ありません」

「謝らなくていい。着替えを用意させよう」

苦笑したエドアルドがベッドから立ち上がり、シャツの袖に腕を通しながら頷いた。ベッドに座ったままエドアルドの姿を見ていたリリアもこくりと頷き返すが、ふと自分の姿を見て重大な忘れものに気が付く。

「あ……あの噂……」

カティエに投げつけられた辛辣な言葉の数々に衝撃を受けていて、エドアルドにかけられた嫌疑をすっかり忘れてしまっていた。

「ああ。宮殿のあれなら、俺は別に気にしてないぞ」

エドアルドは頓着していない様子だが、少しは考慮すべきだろう。なにせ第二王子であるエドア

ルドに、幼女に対する性愛趣味の疑いがかけられているのだ。実際、外見年齢五歳の幼女が、寝室のベッドの上にほぼ全裸の状態で座っている今この瞬間を誰かに見られたら、言い訳できない。

せめて少しでも身体を隠したいと思い、ベッドの下へ手を伸ばしてエドアルドが落とした侍女の前掛けを引っ張り上げる。

『お呼びでしょうか。エドアルド殿下』

『リリアの着替えを持ってきてくれ。小さいほうだ』

『かしこまりました』

呼ばれてやってきた侍女には、扉越しにそう命じるだけですべて通じてしまうらしい。一体どこまで知られているのだろうと驚いていると、ベッドの傍に戻ってきたエドアルドにじっと姿を観察された。

「なるほどな」

「え……ど、どうかなさいましたか？」

「いや。どうしてリリアは下に何も生えていないのか、昨日からずっと疑問だったんだ」

前掛けを身体に押し当てながら首をかしげると、エドアルドが納得したような顔で頷いた。

「呪いが解けたら、また生えてくるんだろうか？　……ああ、もしかして最初からないのか？」

興味津々のサファイアブルーと目が合う。エドアルドは子どもの姿には情欲が沸き起こらないようだが、単純に呪いの仕組みについては気になるようだ。

リリアはしばし呆けていたが、視線を下げて下腹部を確認して、ようやくその意味を察する。

あまりの恥ずかしさに顔から全身のすべてが一気に沸騰してしまう。頑張って叫ばないようにしようと思ったが、数秒我慢したのち結局羞恥心に勝てずに叫んでしまった。

「やあぁぁん！」

――それは考えたこともありませんでした！

王子殿下は花嫁を愛でる

五日後の午後。

昼のうちに湯浴みを済ませ、身体の隅々まで磨き上げられ、肌の上にフラワーオイルを丁寧に塗りこまれる。数人の侍女に手伝ってもらって、形はシンプルだが裾に同色のフリルとレースがあしらわれたスノーホワイトのドレスを纏う。

国民への婚約発表のときには好きな色のドレスを選んでいいらしい。けれど貴族へのお披露目の場で王子の婚約者が身につける装いは、伝統的にスノーホワイトのドレスだ。この色は大広間の豪奢なシャンデリアの光を纏うと、王族にしか発現しないと言われているプラチナホワイトの輝きを放つ。髪の色までは変わらないが、身も心も王宮と王家に捧げるという意味を持つらしい。

髪は綺麗にまとめられて結い上げられた。両耳と首を飾るのは国の名を持つ青い鉱石、スーランドナイトを加工したイヤリングとネックレス。そして左胸の心臓の位置に添えるのは、王国の紋章をかたどった銀細工のブローチ。中央に埋め込まれているのは、生涯を誓う相手の瞳の色——サファイアブルーの宝玉。

鏡を覗き込んだときは、ついほうっとため息を漏らしてしまった。そこに映るのは、知らない国

のお姫さまのような自分。国王に認められた者だけが許される、プラチナホワイトに染まる姿。完

璧な王子殿下の婚約者。

前日の夕方に招かれた王殿の晩餐の間で会ったエドアルドの両親――スーランディア王国の国王

と王妃は、エドアルドとリリアが並ぶ姿をとても喜んでくれた。二人の婚約を、国王が認めてくれ

た。だからリリアは恥じることも怯えることもない。

わかっているのに、大広間に近付く度に緊張で足がすくんでしまう。

「緊張してるのか?」

「はい……」

「大丈夫だ。怖くなったら俺に掴まっていればいい」

ふっと笑うエドアルドの顔を見上げて、どうにか顎を引く。ドレスの下に重ねたパニエの中では

再び足が震えてしまったが、エドアルドの腕が腰にまわり、向かう先を優しくエスコートされると

少しずつ震えは治まった。

大広間への扉が開く――エドアルドの隣に相応しくあるために、視線をあげて正面を見据える。

大広間のシャンデリアの明るさに、一瞬目が眩んでしまう。その瞬間、止んだと思った足の震え

が再発してふらりとよろめきそうになった。気付いたエドアルドが歩みを止めて、リリアの背中を

支えてくれる。その心遣いに応えるように顔を上げると、視線を交わして微笑み合った。

扉が開いたことで、二人はすべての人々の視線を一手に浴びた。その人々の中心で待っていたの

は、カティエ・ロナ侯爵令嬢。リリアの友人にして、リリアに呪いをかけた張本人だ。

222

「リリア!? あなた……!」

共に大広間に入って来たリリアとエドアルドの姿を認めたカティエが、目を見開いた。名前を呼ばれたリリアがカティエに視線を向けると、彼女の表情がサッと曇る。

カティエの姿を確認すると、彼女もまた王国の伝統をよく理解していることが窺えた。

しかし誰が見ても、その差は明白だ。カティエのドレスの色もスノーホワイト。生地は値の張るシルクで、デザインも華やかで可愛らしい。身につけている装飾品も一級品のスーランドナイトのイヤリングとネックレスで、どちらもシャンデリアの光を受けてきらきらと光り輝いている。

一見すると、カティエも王子に嫁ぐ者として相応しい装いをしている。

だがあまりにも格が違う。リリアが身につけているドレスは王宮が特注で用意した最高品質の極上シルク。逆に耳と首を飾る宝飾品はややくすんでいて新品のものには輝きで劣る。しかしこれは王家に嫁ぐ令嬢が代々身につけてきた由緒ある品であり、積み重ねられた確かな歴史が存在する。

その重々しさは真新しい宝飾品には決して醸し出すことが出来ない。

そして決定的な違いは左胸の上。サファイアブルーが埋め込まれ、王国の紋章をかたどった銀細工のブローチがカティエの胸にはなかった。

カティエは今夜、来賓の前で婚約者として指名される演出があると思っていたのだろう。まさか自分が紛い物で、さらにエドアルドが本物を連れて大広間に登場するとは思ってもいなかったらしい。

可憐な顔立ちから血の気が引いていく様子を見るのは、少しだけ心苦しかった。

エドアルドに伴われ、お互いの存在を確認し合うように睦まじい姿を見せる婚約者のリリアと、

その婚約者と同じ装いで二人の前に立つカティエ。その異様な光景に周囲がざわめき出したことを確認すると、エドアルドがようやく声を発した。

「皆、忙しい中よく集まってくれたな」

わななくカティエを置き去りに、エドアルドは周囲の視線を自分に集める。

「今宵、王宮まで足を運んでもらったのは、他でもない我が生涯の伴侶となる者を皆に披露するため」

朗々と口上を述べるエドアルドだが、周囲へ気を配りつつも視線は玉座に腰を下ろす父王に向けている。視線を交わして密かに笑い合う親子の姿に、リリアは一人緊張した。

「紹介しよう。彼女が俺の花嫁となるリリア・フロー……」

「お待ち下さい、エドアルド殿下！」

エドアルドの言葉を遮ったのは、人混みをかきわけて転がり出てきたフィーゼルだった。

「ロナ侯爵」

名を呼ばれたフィーゼルの背筋がすっと伸びる。見ていた周囲の者も、何故飛び出してきたのだろうと訝しげな目でフィーゼルの姿を見つめる。王族であるエドアルドの口上を遮って何を言うつもりだろう、と周囲の興味と関心が集中する。

「エドアルド殿下は、我が娘のカティエを花嫁に選んで下さったのではないのですか!?」

叫ぶように問いかけてきたフィーゼルに、エドアルドが薄い笑みを浮かべた。

本来のフィーゼルは、もっと慎重で計算高い男だ。周囲の目がある場所で王子の言葉を遮るなど

224

しないし、舞台の真ん中に自ら躍り出て目立ちたがる人物でもない。

だがフィーゼルにはこうせざるを得ない理由がある。今この場でエドアルドの宣言を貴族たちが認めてしまえば、この状況をひっくり返すことは不可能になる。カティエが王家に嫁ぐ可能性は万に一つもなくなってしまう。

だからこの場で問わなりければならなかった。たとえ目立ってしまうとしても、王家と血縁関係を結んで政治的権力を強める機会は、もうこの瞬間しか残されていない。未婚の王族は、エドアルドの他には、セリアルドの幼い御子たちしかいない。フィーゼルは、このタイミングを逃すわけにはいかなかったのだ。

「俺はそんなことを言った覚えはないが」

「そ、そんな……！」

「だが……まあ、そうだな。まずは皆にそのことを知ってもらわねばなるまい」

納得したように鼻を鳴らすエドアルドの横顔を、豪奢なシャンデリアの灯りが照らしている。その蜜色が濃くなればなるほど、リリアの焦りに気が付いたのか、エドアルドが腰を抱き寄せる。そして視線だけで『大丈夫だ』と麗しく微笑んだ。

「まずフィーゼル・ロナ侯爵に問う。ルヴェルザーラという名に聞き覚えは？」

「っ……いいえ、……ござい、ません」

「ではレディに問おう。カティエ・ロナ嬢、ルヴェルザーラという女性を知っているな？」

「ぞ、存じ上げませんわ……」

エドアルドに詰問され、フィーゼルは目を泳がせつつも白を切った。間髪いれずに問われたカ

ティエも自分には無関係だと即答したが、その声は怪しいほど上擦っていた。

この場にそぐわない名を聞き、周辺にいた者たちの間に小さなどよめきが起こる。ほとんどの者

はその名に馴染みがないようだったが、全員が全く知らないということはあり得ない。

「ベネット伯爵。貴殿はご存じだろう?」

「え……ええ、もちろんです」

首を動かしたエドアルドが、遠巻きにやり取りを眺めていた男性に声を掛ける。金色の髪を後ろ

に撫でつけた中肉中背の男性は、事態の理解は不十分ながらエドアルドの言葉にはちゃんと答えて

くれた。

「殿下の祝いの場で口にするのはためらわれますが……それは、夕闇森に棲む魔女の名では?」

「その通りだ」

ベネットの回答に、エドアルドがゆっくりと顎を引く。

「夕闇森は四つの領地に属する深い森。その四領地の一つであるヴィリアーゼン領の領主が、何故

その名を知らないのだ?」

「……っ、それは……」

「自領内の魔女の行動把握は領主の務め。知らぬと言うなら領主としての管理責任を怠っていると

もとれるが──ロシェット」

226

「はい」

頃合いを見計らい、王殿の侍女であるロシェットが歩み寄ってきた。エドアルドは彼女から紙束を受け取ると、大広間に集まった全員の目に留まるように頭の上に掲げる。だがそこに記された内容を語る前に、紙束はエドアルドの手からあっさりと放たれた。

支えを失いバラバラになった紙束は、雪のように空中を舞いながら足元へ落ちてくる。

訝しげな顔をしたフィーゼルも、ぽかんと口を開けたフィーゼルが、ピキリと表情を凍り付かせた。やがて足元に滑り込んできた紙面の内容を流し読んだフィーゼルが、ピキリと表情を凍り付かせた。や急いで散らばったものを回収しようとその場にしゃがみ込んだが、その頃には周囲にいる者たちの手にも同じものが握られていた。

「こ……これは?」

「エドアルド殿下、これは一体どういうことですか!?」

「さぁ、俺が聞きたいぐらいだ」

わざとらしく肩を竦めたエドアルドも、身を屈めて一枚の紙を拾い上げる。それをカティエの前に差し出しながら、エドアルドはさらにわざとらしく首をかしげた。

「これは君の字と名だな、カティエ・ロナ嬢」

「……っ」

問われたカティエもゆっくりと視線を落としたが、熟読するまでもなく氷のように固まる。一瞬にして動作も呼吸も停止してしまう。

そこに記されていたのは、カティエが密かに交わしていた魔女とのやり取りだった。別の紙にはフィーゼルの字と名が刻まれたものもあり、手にした貴族たちは困惑した表情を浮かべている。ざわざわと広がっていく不信感を孕んだ空気の中で、カティエの声が鮮明に響いた。

「身に覚えがございませんわ！」

「ロナ家の封印が入っているようだが？」

「……偽造されたものではないでしょうか」

「なるほど。そうだな、ロナ家の者は印を偽造するのが得意だったな」

「！」

なぜ、それを。

カティエのダークバイオレットの目が最大限まで見開かれる。気軽さを装いつつも、エドアルドの言葉はカティエの喉元に剣先を突き付けている。彼の薄い笑みに内心まで暴かれたと思ったのか、カティエの身体が少しずつ後ろへ退がっていった。

「リリア……あなたこの数日、一体どちらにいらしたのかしら？」

問いかけてくるその声は、氷のように冷たかった。その温度にリリアは人知れず恐怖する。ずいぶん久しぶりに聞いたように思う。だがその声には、親しみなど涙一粒分も含まれていない。そこにあるのは、社交の場で礼儀や作法を欠くわけにはいかないという、侯爵令嬢としての見栄だけだ。

228

カティエが問いたいのは、リリアがこの数日間を使用人棟で過ごしていたのかどうかではない。

カティエもきっと、リリアが指定した場所にいなかったことに気付いているのだろう。

エドアルド殿下に余計なことを喋ったの？　——カティエの鋭い視線はそう問いかけていた。

もちろんリリアはエドアルドに告げ口などしていない。やり取りのすべてはそう問いていたのだが、カティエはその事実を知らない。辛く悲しい暴言を思い出して無言で頭を振ったリリアを見て、カティエはリリアから満足のいく回答を得ることを諦めたようだった。

しかしどんなにリリアを問い詰めようと、貴族たちの目に触れた魔女ルヴェルザーラとのやり取りはもうかき消すことは出来ない。

魔法を利用した山道の崖崩れ、意図的な増水による水路の決壊、家畜の逃亡による公道の寸断、不可解な橋の崩壊と、それに伴う予定外の長期の修繕工事。その指示を克明に記した文書の数々は、貴族たちの目にはさぞ衝撃的に映ったことだろう。悪事を暴露されて完全に思考停止したカティエとフィーゼルだったが、人の群れの中から聞こえた、

「失礼ですが、エドアルド殿下。ここに記されている呪いとは一体何のことでしょうか？」

という言葉は、二人よりもリリアの肩を跳ねさせた。

リリアが息を飲むと、聡く察したエドアルドに肩を抱かれてポンポンと撫でられた。王族の聖礼装に身を包んだエドアルドは、リリアを腕に抱きながら反対の手を上げることで、大広間に広がったざわめきを制した。

「では改めて紹介しよう。彼女は俺が生涯を捧げる女性、レオン・フローラスト伯爵の息女リリ

ア・フローラストだ」

エドアルドの言葉を受けたリリアは、ドレスの裾を軽く持ち上げて静かに膝を折った。緊張に支配された身体は、たったそれだけの動作でもその場に崩れ落ちて座り込んでしまいそうだった。だがなんとか持ちこたえて顔を上げると、人々の視線がすべてリリアに向けられていることに気が付く。

理由や原因があったとは言え、リリアは社交の場に顔を出すことを怠っていた。人々に向けられる好奇の視線を感じると、慣れない重圧から眩暈が起きそうになるのに。

「彼女は今、魔女に呪われた身の上だ」

他でもないエドアルドが、リリアの負い目をあっさりとさらけ出す。

けれどそれも、シナリオの通りだ。

「その呪いをかけた者がルヴェルザーラ。指示をした者がカティエ・ロナ嬢とフィーゼル・ロナ侯爵だ」

「まぁ……！」

「なんということだ……！」

「それに呪いだけではない。リリアが社交の場に足を運べないよう工作していた事実もある」

「ではこの文書に記されている事故とは、そういう意味なのですか……？」

「そうだ」

リリアも山道の崖崩れや水路の決壊については知っていた。だが家畜の逃亡や橋の破壊の件はエ

ドアルドに調査の内容を聞くまでは知らなかったのだ。ロナ親子はリリアに近付くエドアルドだけではなく、王都へ行くリリアの行動も妨害していたのだ。

カティエはリリアよりも優位に立ちたいがため。

フィーゼルはより確固たる地位と名誉を得るために。

それだけのために国税や領税を使い、しっかりと整備された公道を破壊するとは度し難い。リリアには常軌を逸する発想と行動にしか思えなかったが、エドアルドにとっての最大の問題はそれとは別のところにあった。

「俺から大切な花嫁を奪おうとは、一体どういうつもりだ？」

狡猾なやり口を暴くエドアルドの口調は、やや芝居じみていてわざとらしい。だがそう感じるのは、リリアが今夜のシナリオのすべてを知っているからかもしれない。

事実、不吉な呪いを受けたと明言したにもかかわらず、エドアルドは貴族たちの同情を上手く誘い、同調を促すことに成功しつつあった。順調に周囲の理解を得ていたエドアルドとは対照的に、不正を暴かれ逃げ道がなくなったフィーゼルは額に汗を浮かべている。カティエに至っては華奢な身体をカタカタと震わせ、高貴なはずのドレスの色は血の気の失せた死に装束に見えてくる。

だが、まだ終わりではない。

ただ不正を暴くだけなら、わざわざ他の貴族たちに呪いの存在をひけらかす必要はない。

落ちた太陽と入れ替わるように、空には月が昇っていく。それはリリアの身体に、大きな変化が起こる瞬間。――呪いの時間だ。

「エドアルドさま……」

「大丈夫だ。落ち着いて、呼吸だけはちゃんとしていろ」

毎夜と同じように始まった痛みのない呼吸苦に、リリアはついその腕に縋ってしまう。それはリリアが目指していた、凛として気高く美しい貴族令嬢の姿ではない。生まれたての雛鳥のように弱々しくふるえる姿は、高貴な女性には相応しくない。

わかっているのに、呪いを受けた姿をこの場に晒す恐怖に耐えられない。これが必要な過程であったとしても、不浄だ、不吉だ、と誹謗を受けるのが辛い。この大広間のどこかでリリアの姿を見守っている父レオンや母ラニア、弟たちやフォルダイン領に住む人々を苦しめたくない。

エドアルドや国王と何らかの取り決めをしているのか、家族はリリアの前に姿を現さない。けれど心配させているだろうし、母は涙を流しているかもしれない。その心情を思うと、リリアの目から涙が零れてしまった。

頬を辿った一筋の雫が静かに流れ落ちる――幼女の姿へ変わった、リリアの小さな手の上へ。

「こ、これは……！」

「ああ、なんという……」

人々の嘆きとどよめきが、リリアとエドアルドを中心に波紋となって広がっていく。

由緒正しい伝統のドレスや宝飾品も、リリアの身体と一緒に縮んでしまった。それを目にした者の中には、スーランドナイトの美しい輝きが放つ威厳と品格まで矮小な存在に成り下がったと感じる者もいるだろう。

王族の権威を失墜させてしまったのではないかと惧れていると、リリアの傍にエドアルドが膝をついた。

「ご覧の通り、今のリリアは夜が来れば子どもの姿に変わる呪いにかけられている」

大広間全体を包んでいた重い空気を薙ぎ払うように、エドアルドの澄んだ声が響く。その大樹のように低く穏やかで、新緑のように清々しく爽やかな声の色に、リリアはほっとした。

だがエドアルドが認めたことで、わかりやすく反発する声が浮き彫りになった。膝をついたエドアルドの腕の中で聞いた男性の声は、明らかな悪意に満ちていた。

「何と不吉な！ エドアルド殿下、それが本当であればレディ・フローラストは穢れています！」

突然、大広間の中央にエドアルドの決定を覆そうとする者が現れた。声を張り上げる様子から、彼は先程のエドアルドと同じように周囲の者を自分の意見に同調させたいのだろう。そう簡単に人心を掴めるはずはないと思うが、正当性を掲げる声と言葉には勢いがあった。

「……あれだな」

逞しい腕の中で首を傾げたリリアの耳元に、エドアルドの小さな呟きが届いた。顔を上げてエドアルドの視線を辿り、瞠目する。

（中庭で噂話をしていた方だわ……）

社交の場に赴く機会がなかったリリアに名前まではわからないが、その顔には見覚えがある。彼は五日前に中庭で雑談をしていた男性の一人。エドアルドが寝所に幼女を連れ込んでいると、同僚

の貴族に噂を流していた人物だった。

その男性をじっと見据えるエドアルドの横顔を見て、リリアもピンとくる。

恐らく彼は、フィーゼルに傾倒している人物だ。地方の領地管理を任される貴族の中でも、特に強い政治的権力と地位を持つフィーゼル・ロナ侯爵を慕う者。枢機院の機密をロナ親子へ流し、王宮の公平性と品性を貶める存在だ。カティエが口走った『デビューの夜会にエドアルド殿下が公務で参加出来ないように調整してもらった』というのも、きっと彼が絡んでいるのだろう。

「そうよ……そうだわ!」

今まで塩をかけた青菜のように萎れていたカティエが、男性に後押しされるように声を上げた。

「魔女に呪われた花嫁なんて、王家の顔に泥を塗ることになるのよ! エドアルド殿下には相応しくないわ!」

どの口が言うのだろうか。堂々と胸を張ってリリアを糾弾するカティエの浅はかさに、頭痛がしてくる。

「……カティエ」

カティエはまだエドアルドの花嫁になることを諦めていないらしい。王家の顔に泥を塗るなんて、カティエの発言が恥の上塗りであることを理解しているらしく『よせ』と首を振っている。だが父からの合図を受け取れるほど、カティエは聡明な令嬢ではなかった。

カティエの言葉に興醒めしたエドアルドの失笑は、至近距離にいたリリアにしか届かなかった。もちろんそれを周囲に悟らせるような不手際などするはずもない。その場で首を傾けてマントの留

め具を外したエドアルドが、なめらかな動作で衣を広げる。

「エドアルド殿下？」

「な、何をなさっているのです⁉」

そのマントでリリアの小さな身体を包むと、守るようにぎゅっと抱き寄せる。予想外の行動には

リリアも驚いたが、それ以上に周囲にいた人々のほうが驚いたようだった。

とりわけ驚いた声を発したのは、大声で持論を語っていた先ほどの男性だった。目を丸くした男

性は相当焦ったのか、危うい発言ばかり繰り返す。

「殿下、その娘は穢れているのです！　呪われた身体でスーランディア王宮に嫁ぐなど、王族の血

統まで穢れてしまいます！」

しかしエドアルドは臆さない。

ふっと笑みを浮かべると、リリアの身体を一層強く抱き込む。

「可愛い婚約者を自慢したい気持ちはあるが、夜の姿は俺だけのものだ。他の誰の目にも触れさせ

たくない」

「なっ……」

あまりにも過保護な愛情表現に、周囲にいた女性たちがほうっと羨望の吐息をもらした。『王家

の顔に泥を塗る』という発言をまるで気にしない大胆な言動に、カティエの顔が赤く染まっていく。

この大広間に集った者の中には、エドアルドの幼児に対する性愛趣味の噂を耳にした者もいただ

ろう。エドアルドはその噂を気にしていないと言って放置していた。だが彼の言動を目の当たりに

した今なら、誰もが噂の真相を正しく理解出来るはず。

エドアルドの行動からは、幼女を性愛の対象にしているという意図は感じられない。そこにある

のは、姿が変わる呪いの有無に関係なく、ただ愛しい人を傍に置いておきたいという深い愛情のみ。

エドアルドの大胆な言動に言葉を失ったカティエに代わり、件の男性が声を張り上げた。

「しかしエドアルド殿下！　そのお召し物は王族の聖礼装。その衣で呪われた娘を庇うということ

は、王家が呪いを擁護するということではありませんか!?」

「随分よく喋る輩だな。……まあいい」

舌打ちするエドアルドの悪態は、やはりリリアにしか聞こえなかった。

エドアルドは、リリアの身体の上にマントを残したままずっと立ち上がる。

「そこまで言うのなら、この呪いを早急に解くことにしようか」

「……」

「えっ……」

「え」

驚く男性と、驚くカティエと、黙ったままのフィーゼル。

笑みを浮かべたエドアルドが、玉座を振り返る。その視線の先にいたのは王と王妃ではない。

玉座から少し離れた柱にゆったりと寄りかかり、果実酒の入ったグラスを手にしたままこちらの

様子を窺っていたドレス姿の女性。エドアルドが彼女に視線を向けると、その女性は大きく頷き

ゆっくりと歩み寄って来た。

女性にしては高い身長によく映える、流れるようなドレープとコバルトブルーが印象的なドレス。

リリアが身につけているものとは形が違うが、スーランドナイトに彩られた首飾りと、片側だけのイヤリング。頭の後ろで一つに結い上げられた長い髪は歩くたびに馬の尾のように揺らめいている。

大広間のシャンデリアの光を浴びると、太陽の光にも月の光にも劣らない輝きを放つプラチナホワイト。ドレスと同じ、コバルトブルーの瞳。

——王宮の、魔女。

メイナが通り過ぎた場所から順に、ざわ、ざわ、と期待と困惑が広がっていく。知る人ぞ知る、だが知らぬ人は永遠に知らぬままのスーランディア王宮秘蔵の魔女。メイナ・マイオン。

「こんばんは、カティエ・ロナ嬢」

カティエの前までやって来たメイナが、ドレスの裾を持ち上げて優雅な動作で膝を落とす。し

かし元王族であるメイナが自ら礼節を尽くしたにもかかわらず、カティエは微動だにしない。いや、動くことさえ出来ない。

例に漏れずメイナを恐ろしい魔女だと想像していたカティエは、メイナの高い身長と圧倒的な存在感に勝手に恐怖を感じ、勝手に表情を凍り付かせた。

「私、君にお願いがあるんだけど」

リリアとは異なる理由で、メイナも社交の場にほとんど姿を現さなかった。その所為なのか、元王族というのが嘘か冗談ではないかと思うほど、メイナの口調は淑女らしからぬものだ。彼女の話し方はこの大広間にいるどの貴族の男性よりも粗野である。

メイナの話し方を目の当たりにしたカティエは『お願い』と言われているのに、どんな『命令』をされるだろうと顔を強張らせた。

「リリアにかけた呪い、解いてくれない？」

身構えていたカティエに、メイナが軽い口調で問いかける。メイナの言葉が意外なほど単純だったので、カティエは拍子抜けしたのだろう。あるいはすでに王族ではなくなったメイナを、恐れるに足らない存在だと判断したのかもしれない。カティエはメイナを刺激しないように、けれども言いなりになるつもりはないと首を横に振った。

「出来ませんわ」

「そりゃ君に解呪は出来ないでしょ。そうじゃなくて、ルヴェルザーラとの契約をこの場で今すぐ切ってくれない？」

無理だと断言したカティエに、メイナが眉を顰める。再度丁寧に説明するが、やはりカティエは首を横に振るだけだ。

「出来ません」

「何でよ？」

話しているうちに恐怖の感情が薄れたのか、カティエはいつものようなわがままで身勝手な振る舞いを始める。

「確かに印はロナ家のものかもしれませんが、あれは偽造された文書ですの」

「ほう」

238

「わたくしには身に覚えがありません」

「へえ」

「ですからわたくしが彼女を呪ったなどと言うのは、真っ赤な嘘ですわ」

「わお」

メイナもここまできっぱり断言されると苦笑いするしかないらしい。もちろんそれが虚偽の申告であることは、メイナもリリアもエドアルドもわかっていた。だがカティエは、知らぬ存ぜぬでこのまま押し通すつもりのようだ。

いっそ清々しいほどの嘘を並べたカティエに、メイナが首をかしげる仕草をした。

「うーん、そっか。じゃあ仕方がないね」

「ご理解頂けたのであれば結構で——」

「君も一回、リリアの気持ちを味わってみるといいよ」

つん、と澄ました顔をして勝利を確信したカティエの言葉に、メイナの言葉が重なった。思いもよらぬ宣言をされたカティエが、一瞬遅れて『えっ』と短い驚き声を発する。

冴えわたる青の裾を翻したメイナが、カティエの顔の高さまで右手をスッと掲げる。そして五本の指を操って、空中に何かの模様を描き始めた。

一見すると空気を撫でているだけのようにしか見えない。それが魔女の力を使うための初動だと全員が気付いたのは、メイナがカティエに向けて恐ろしい言葉を放ったからだ。

「これでも練習したんだけど……あんまりやったことないことするから、失敗したらごめんね?」

「はっ……え、ちょっ……」

コバルトブルーの瞳に宿った静かな炎は、メイナが積み重ねてきた魔法の知識と技術の結晶だ。

大広間にいた全員がその荒々しくも美しい色に魅せられただろう。社交の場に姿を見せず、秘密のベールに包まれた王宮の魔女の真の姿に、心臓を掴まれるような衝撃と感動を味わったはずだ。

空気が波打ち、空間が振動する。周囲にキン……と高い音が鳴り、空気中に含まれる物質がメイナの右手に集積していく。

まるで時間と空間が吸い込まれているようだ。一点に集中したすべての物質がキラキラと融解すると、空間の一部が金と銀の混合物に染め上がっていく。

メイナが集めて作った光の球体が、カティエを目がけて飛翔した。

今度はリリアも、庇うことは出来ない。

「いやあぁぁ……っ！」

リリアが受けた暗黒の球体に比べれば、メイナの作った球体は神秘的だった。それでも魔女の力をその身に受けるのは恐怖を感じることだろう。

断末魔のような金切り声を上げたカティエに、貴族たちは思わず目を背けた。しかし一瞬の閃光ののちにカティエの様子を確認すると、彼女は倒れることもなくその場に立ちつくしていた。

「うん、まあ……おおよそ成功したんじゃない？」

光の気配が去り、カティエの様子を確認したメイナが満足そうに呟く。まばゆい光と友人の切ない叫び声に目を瞑ってしまったリリアも、ようやくカティエの姿をしっかりと確認出来た。

けれどそこにいたのは、カティエであって、カティエではない。シャンパンゴールドのなめらかな髪からは艶が消えぼろぼろと乱れている。ダークバイオレットの鮮やかな目はシャンデリアの光が眩しいのか、しょぼしょぼと閉じられている。スノーホワイトのドレスから伸びた細い腕にはよれよれと皮膚が寄り、いくつものシワが浮かんでいる。身長が縮んでいるように見えるのは、膝と腰が曲がっているから。

「なんでひゅの……」

そして言葉が覚束ないのは、綺麗な白い歯が抜け落ち、顎(あご)の骨格が歪(ゆが)んでしまっているから。

「⁉」

自分の発した言葉に自分で驚いたらしい。目を見開いたカティエだったが、その動作で余計にシャンデリアの光を眩しく感じたようだ。再びしょぼしょぼと閉じかけた目では、自分の身に起きた変化を見つけることなど出来ないはず。

「ロシェット、鏡を持ってきて」

「はい、こちらに」

有能な侍女のロシェットは、メイナの要望まで把握済みだった。侍女から受け取った手鏡をカティエに差し出すと同時に、詰め寄ってきたフィーゼルを一瞥する。

「メイナさま! カティエに何をしたのですか⁉」

「いや、リリアの気持ちをちゃんと知ってもらおうと思って。でもほら、ルヴェルザーラと全く同じだと芸がないじゃない?」

「だからと言って、若い娘にこんな……！」

「ファギャアァ、ッ……!?」

フィーゼルの言葉を遮り、カティエが奇怪な悲鳴を上げた。その大きな声を聞いて、場にいたほぼ全員の身体がびくっと飛び跳ねた。歯を失ったカティエは、悲鳴すら満足に発せないらしい。

覗き込んだ手鏡の中にいたのは、まぎれもない老婆の姿のカティエ・ロナだった。とはいえ元が可憐な顔立ちのカティエは、年をとった姿も可愛いらしい。今の姿はぼろぼろだが、髪を梳かして歯を整え、年相応の衣服を纏えば愛嬌のある老女に見えるだろう。本当に年を取った彼女も、きっとこういう姿になるに違いない。

だが二十一歳の若き乙女には、この老いた姿を自分だと示されるのは耐えがたいほどの苦痛だろう。自分の変貌ぶりに驚いたカティエは、勢いよく手鏡を放り投げてしまった。

床に落ちて割れると思われた鏡は、エドアルドの靴先が衝撃を削いだことで粉砕を免れた。結局鏡は床へ落ちたが、割れることはなくカラカラと乾いた音を立てながら転がっていった。

鏡が転がる音が空気へ溶けた頃、大広間の奥から堪えるような笑い声が聞こえてきた。

「ぶふっ……、っく、くくく……」

「うふっ、うふふふ……」

「陛下、笑いすぎです」

「あぁ、すまない……ふ、ははっ」

王の側近が諌めたが、彼の笑いは止まらない。

見ればことの成り行きを黙って見守っていた国王

と王妃が、顔を手で覆い笑いを堪えている。

だが二人はカティエの醜い姿を笑ったわけではない。自分の娘であるメイナの、極端な発想に笑ったのだ。

幼女になる呪いを受けたリリアの気持ちを味わわせるために、それとはまったく逆の——老女の姿に変えてしまう。さらに思いついたことを実行出来てしまう魔力の高さ。両親としては、娘の誉れ高い能力を喜ばずにはいられなかったのだ。

けれど王が笑うのならば、貴族たちも笑う必要はない。くすくす、ひそひそと密かに交わされる嘲笑に、フィーゼルの顔が憤怒で赤く染まっていく。娘の憐れな姿を蔑む周囲の者たちを烈火の形相で睨みつけるが、カティエ本人は逆に顔面蒼白になっていた。

「気まぐれで望まない姿に変えられた気分はどう？」

メイナはエドアルド以上に、他人の心を抉るのが巧かった。ただでさえ身長差があるのに、腰が曲がった所為でカティエの顔の位置はさらに低い。その彼女を覗き込むようにしゃがんだメイナは、にこにことわざとらしい笑顔を浮かべてみせる。

「大丈夫。朝にはちゃんと戻れるから」

「あぁ……ああぁ……」

「けど今夜の君の姿を見て、君を求める紳士はいるのかな？」

遠慮なく核心をつく言葉に、カティエの身体がぐらりと傾いた。血の気が引くどころではない。血の巡りが低下しすぎて、今にも天使が迎えにきそうな状態になっている。

「若さと美貌を失って、皺と欲望にまみれた老婆など、誰が愛してくれるだろうね?」

「い、いや……っ」

「少なくとも、私が男だったとして君を選ぶことはないだろうね。呪いの穢れなんかよりも、心の穢れのほうがよほど醜いものだよ」

「うぁ、うぅ……っ」

「でも君が何も知らないというのなら、これ以上は何も問えないね。うん、それじゃ……私はこれで失礼するよ」

メイナがすっと立ち上がる。

そんな彼女がカティエにかけたのは、呪いなどではない。実はただの変身魔法だ。

だがそこに至るまでの口上、王宮の魔女の秘匿性、そしてカティエ自身の罪の意識。

それらを利用した王宮の魔女は、あたかも彼女に暗黒の呪いをかけたように装った。

容赦ない言葉を浴びせられ、カティエは我を失いかけていた。顔を覆い隠そうと思っても、節々がかたく上手く動かない。さらに視界にうつる手にこれでもかと皺が寄っていたことが、余計にカティエを焦らせた。

メイナが去ってしまえば、自分にかけられた術を解く者がいなくなる。そう考えたであろうカティエは、覚束ない足と上手く動かない腕で必死にメイナに縋りついた。

「とっ……ときまふ……っ。けいひゃくを、かいひょ、ひまふので……!」

指示に従うとの言葉を確認すると、背中に回ったメイナの指先がパキンと音を鳴らした。その瞬

間、老女だったカティエは、自分の身体の変化に気付いていない。

ティエは、自分の身体の変化に気付いていない。

「どうか、元に戻して下さい……！」

「その前に言うことがあるよね？」

「ごめんなさい！　私が……私とお父さまが、リリアを呪うように指示しました！」

「カティエ……ッ！」

メイナが直前で元の姿に戻したのは、カティエ・ロナの正しい姿で真実を語らせるためと、彼女の滑舌を回復させるためだ。思惑の通りに謝罪と暴露を叫んだカティエに、フィーゼルが大慌てで名前を呼ぶ。だがもう遅い。

絶叫で体力を使い果たしたカティエは、はらはらと涙を流しながらその場にどさりと崩れ落ちた。

「これが、魔女との……契約証です」

そう呟いて震える指が走し出したのは、薄氷のような透明の板だった。

魔女との契約証を肌身離さず持ち歩くということは、カティエ自身どこか不安に思っていたのかもしれない。リリアがカティエの立場ならば、夜会の場に不要な契約証を持ち込んだりしないと思うのだ。

薄い板を受け取ったメイナが、大広間のシャンデリアに文字を透かせて内容を確認した。リリアの目にも何かの文字が書かれているのが見て取れたが、目を凝らす前に視界から薄い板が消えてしまう。メイナの手によって床の上に叩きつけられた板は、静まり返った大広間の中に、パキッ、ガ

シャと高い音を響かせて粉々に砕けてしまった。

「……せめて内容だけでもちゃんと確認して頂けませんか」

「えー、いいよ別に。面倒でしょ」

あっという間の出来事にエドアルドが呆れた声をあげる。けれどメイナは肩を竦めるだけでさらりと受け流してしまった。はぁ、とため息を漏らすエドアルドに、メイナがむっとした顔で『なによ?』と呟く。

リリアも、エドアルドの言う通りだと感じた。小さな板だったので書かれている情報はさほど多くはないと思うが、書いてある内容は知りたかった。しかしメイナは、面倒の一言でさっさと次のステップへ進もうとする。

「あの……エドアルド殿下」

姉弟のやり取りを聞いていた貴族の一人が、おずおずと声を掛けてきた。振り向いたエドアルドの視線を受けた男性が、リリアの姿をちらりと見る。

「リリア嬢が元に戻る様子がありませんが……」

そう、実はこれだけでは元には戻らない。契約はカティエ、あるいはロナ親子と魔女ルヴェルザーラとの間で結ばれたもの。契約の解除は取引関係の終了を意味するだけで、リリアにかけられた呪いが解けることとはまた別問題だ。

「やはり彼女は、不吉な存在なのだ」

「殿下、ここは改めてご婚約者を選び直した方が……」

魔女と関わりのない貴族がその仕組みをどこまで理解しているのかはわからない。だが大広間には再び不穏な空気が流れ出し、ざわざわと嫌な緊張感が漂い始めた。

「エドアルドさま……」

「大丈夫だ」

大広間の空気を感じ取ったリリアがエドアルドを見上げると、彼はふっと優しい笑みを浮かべた。迷いのないサファイアブルーの瞳が、リリアの不安な心をゆっくりと包み込む。

「皆が言うことも理解出来る」

エドアルドの喉からすべり出た爽やかで低い声が、大広間の隅々まで行き届いた。一瞬間を開け、しん、と静まり返った空間に、再びエドアルドの美声が響き渡る。

「だが俺が生涯を捧げるのはリリアだけだ。悪いが他の女性を傍らに置くつもりはない」

水を打ったような空間で高らかに宣言された言葉に、リリアは照れた。

今までにも似たような台詞を聞いたことはあったが、それはリリアだけに向けたもの。他の者に対して堂々と宣言されるのは、言葉に出来ない恥ずかしさがあった。

「呪いを解くには、愛する者のキスが必要なのだろう」

「え？ ……えっ？ えっ!?」

だがリリアには照れている暇など与えられない。いつになく優しい笑顔を向けるエドアルドに、つい驚きの声が零れる。

お披露目の夜会での作法と今日のシナリオを説明されたとき、呪いを疎む貴族たちを納得させる

手段について詳しく聞けなかった。任せて欲しいと言われていたので、リリアはエドアルドの指示に従うつもりだった。

「では俺の可愛い花嫁には、元の姿に戻ってもらうことにしようか」

エドアルドが、ゆるやかな動作で跪く。リリアには挙動不審になっている時間も与えられない。

それは聞いていない、と抗議をする時間ももらえない。

伸びてきた手がするりと頬を包むと、小さく変化してしまったイヤリングに指先が触れた。

「ほら、リリア。目を閉じて」

リリアにしか聞こえない穏やかな声で告げられ、心臓がばくばくと大きな音をあげる。

「え、ちょ……エドアルドさま」

むりです、恥ずかしいからいやです、とは言えない空気だった。せめてもの抵抗で名前を呼ぶが、エドアルドに言い出したことを引っ込めてくれる気配はない。

彼の腕の中に身体が収まると、至近距離で見つめ合う。表情は穏やかだが、エドアルドの全身からにじみ出る感情がいつになく楽しそうなことに気が付いた。

長い中指と人差し指がリリアの前髪を優しく撫でる。

「……ん」

ゆっくりと掻きあげられて晒された額にエドアルドが唇を寄せると、くすぐったさと気恥ずかしさから小さな声が漏れてしまった。閉じていた目を開けると、再びエドアルドと目が合った。少し意地悪に、けれど麗しく微笑む表情に、全身がぽうっと火照り出す。

恥ずかしさから俯くように視線を下げると、身体に変化が起きていることに気付いた。足元と床の距離がどんどん遠のいている。まるでリリアの身体が上昇しているようだ。

視線だけではない。体組織の変化、筋骨格の伸長、皮膚と臓器の拡大。身体が元の状態へ戻っていく不思議な感覚。

リリアはエドアルドの宣言と額への口付けを受けて、成人した伯爵令嬢、リリア・フローラストに戻ることが出来ていた。

その変化に驚いたのはリリア本人だけではない。ふと顔を上げると、周辺にいたエドアルド以外のすべての人が呆然とこちらを眺めていた。

「戻った……！」

「……まさか、そんな」

「エドアルド殿下が……魔女の呪いを解かれた……！」

いいや、違う。リリアの呪いを解いたのは、エドアルドではなくメイナだ。

エドアルドが周囲の注目を集めている隙をついて、彼女がバルコニーへ移動したことには、ほとんどの者が気付いていない。そしてそこで解呪のための魔法が使われたことも。

前日の夜にこの話を聞いたときは、リリアも相当驚いた。メイナはこの数日の間にフォルダイン領の夕闇森（ゆうやみもり）へ足を運び、密かにルヴェルザーラと会っていた。そして魔女同士の密約を交わしたメイナは、ルヴェルザーラからリリアにかけた呪いの解き方を聞き出してくれた。

だからこれは、ただの演出だ。エドアルドとメイナは、ただタイミングを合わせたにすぎない。

まるで愛の口付けが、その呪いを解いたように。スーランディア王国出身の者なら、かつて一度は読んだであろうおとぎ話のように。

『王子さまが呪いをといて、ちゅーってしたら、みんなとくべつってわかってくれると思うよ』

リリアも幼い日の無邪気な願望が、十六年の時を越えて自分に返ってくるとは夢にも思わなかった。

貴族たちの承認を得やすい演出をするといっても、もっと穏便な方法なのかと想像していた。

それがまさか、こんなに恥ずかしい思いをするなんて。

エドアルドとメイナが密かに組み上げていた策略に、リリアは両手で顔を隠した。けれど今は恥ずかしさを感じている場合ではない。

「フィーゼル・ロナ侯爵。カティエ・ロナ嬢。今宵の場を乱したこと、禁じられている魔女との契約を結んだこと、王政枢機院に虚偽の報告をして王宮を謀ったこと、侯爵の名に恥ずべき品位を欠く行為に及んだこと。そしてなにより、俺の大事な花嫁を傷付けたこと。いずれも王国の名と、王宮の公平な意思決定を貶める重罪と心得よ」

エドアルドに名前を呼ばれたフィーゼルは、逃げることも隠れることも出来ずに立ち尽くしていた。カティエに至っては放心状態で座り込み、動くことさえ出来なくなっている。

「両名とロナ侯爵家には枢機院の裁定機関から沙汰を出す。今宵は魔法院に留まり、明日以降は処分が決定するまで自領内にて謹慎するように」

「……は、い」

「……」

250

侯爵の地位を鑑みて直接表現は避けたが、二人に言い渡されたのは拘束と監視。そしてすべての罪が適切に裁かれるまで、枢機院の厳しい管理下に置くという命令だった。リリアを散々罵り、フィーゼルやロナ侯爵家を擁護する発言を繰り返し、エドアルドを陥れるような噂を流していた輩だ。

エドアルドに睨まれてヒィッと震え上がった彼にも調査が及び、いずれは裁きを受けることになるだろう。だが別の動きを見せる可能性もあるので、今夜はこのまま泳がせておくようだ。

エドアルドに目配せで指示を受けた近衛騎士数名が、フィーゼルとカティエを拘束して大広間から連れ出していく。カティエが乱暴な扱いを受けてしまうのではないかとハラハラしていると、エドアルドにぽんと肩を叩かれた。心配するな、ということだろう。

いや、心配しなければいけないのはこっちだ、という意味かもしれない。

姿勢を正したエドアルドが改めて皆の前に進み出る。再び注目を集めた第二王子の表情は、自信に満ちていた。

「ではこの場にお集まり頂いた皆々さまに、改めてリリア・フローラストを紹介し、我が生涯の伴侶としてお認め頂きたく存じます」

エドアルドの腕がリリアの腰に回る。不安で震える身体を抱く力は何よりも力強く、何よりも優しい。

「彼女が呪いを受けていたのは事実。だがたった今、その呪いは解かれた。それはこの場にいるすべての方がその目でしっかりと見届けたはず」

近くでエドアルドの視線を受けた数名が目を見開いた。いや、この場にいるすべての人々がエドアルドの言葉に息を飲んだ。彼の淀みのない声と力強い言葉の数々に、人々の心は動かされつつあった。飲まれている、という表現のほうが正しいかもしれない。

そのエドアルドが望んでいるものはただ一つ。愛しい想い人と生涯共に歩むために、人々から承認を得ることだ。

「俺には彼女が必要だ。もちろん彼女も俺を必要としてくれている。そうだろう、リリア？」

「はい。もちろんです、エドアルド殿下」

全員の視線が集中する中で意思を確認されたので、導かれるように顎を引く。エドアルドは集った貴族たちの前で、リリアからも言質を取りたかったのだろう。リリアの答えはいつ確認されても変わらない。明確な答えを聞いたエドアルドは、満足したように柔らかく微笑んだ。

「リリアのことを、どうか認めてくれないか？」

エドアルドが笑顔を崩さないまま周囲をぐるりと見回すと、一瞬しん、と空気が静まり返った。

だがすぐに、ぱちぱちと手を叩く音が響いてきた。最初はたった一つだった小さな拍手が、周囲を巻き込みながらだんだんと大広間全体に広がっていく。すぐに大きな波に変わった祝福の音を聞くと、リリアは安心感で腰が抜けそうになってしまった。

「よし。話はまとまったな」

それまで玉座に腰を落ち着け、事態を見守っていた国王の声に、拍手の音がピタリと鳴り止む。

そして大広間のすべての視線が玉座へと集中する。

252

国王はエドアルドに次期王弟としての自覚を望んでいたのだろう。その国王も、この結果には満足したようだ。隣に座す王妃もただ朗らかに笑っている。

「では騒がしいはじまりにしてしまったが、祝いの夜をはじめるとしよう」

王が愉快そうに肘掛けに肘をつく。その様子を見ていた人々にも、ようやく安堵の表情が広がった。

王家へ嫁ぐ令嬢をお披露目する場では、まず集まった貴族たち全員の前で令嬢を紹介する。その後一人ずつ挨拶をお披露目する場では、まず集まった貴族たち全員の承認を得たことを報告する。最後に国王と王妃から承認を受けることで、晴れて王侯貴族から認められた婚約者となる。

もちろんそれは形式上の話であって、王子が望んだ婚姻に反対する者が名乗り出るはずはない。

王と王妃からも、前夜のうちに婚姻を認められている。

「ただし花嫁は縮んだり伸びたりと気忙しかったのだ。慣例とは異なるが、挨拶をすませたら今日のところは早めに休ませてやって欲しい」

それを知っている王は、今回は慣例の順序を変え、一部を割愛しても構わないと仰せだ。

「なにせエドアルドは彼女に執心なのだ。花嫁が倒れて、自ら看病すると言い出されては政務が滞りかねん。王国の明日は、皆の手早い挨拶にかかっていると心得てくれ」

王の冗談に、大広間には小さな笑いの波が起こる。その穏やかなさざめきと楽団の調べが入り交じる前に、リリアとエドアルドの前には早くも一人目の男性が挨拶にやってきた。

貴族たちとの挨拶を一通り済ませて王と王妃の承認をもらうと、宣言通りに早めの退場を許され

た。この後はいつもの夜会と同じく酒や食事が振る舞われ、ダンスや楽団の催しなどが予定されているようだ。

心身ともに疲れ果ててエドアルドと共に大広間を出ると、そこにはリリアの父レオンと母ラニアが待っていた。

「お父さま、お母さま……！」

「ああ、リリア……！」

直前まで感じていた疲労が吹き飛び、母の胸に飛び込むと、ラニアも思いきり抱きしめ返してくれた。

「心労をかけたな、レオン卿」

「滅相もございません。エドアルド殿下とメイナさまには、いくら感謝しても足りないほどです」

レオンが安堵の表情を浮かべて頷く。そのやり取りを聞いたリリアは、ラニアの腕に抱かれたまま小さく首をかしげた。

レオンは年に数度登城の機会があるので、王子であるエドアルドとは接点がある。けれど今の口振りは、王族と臣下のそれというより、今日の出来事を事前に通じ合っていたような話し方だ。

「お父さまは、エドアルド殿下と再婚約することになって驚かないのですか……？」

最後にレオンに会ったのは王宮入りの前日。侍女としてカティエを支えると決め、フォルダイン領を出た時以来だ。そのときリリアはカティエとエドアルドが結婚すると信じていたし、レオンとラニアもそう思っていたはずだ。けれど二人はカティエではなくリリアと婚約するという急展開に、

254

特別驚いた様子はない。

「あぁ、エドアルド殿下から聞いていたからな」

「お昼のうちに、でしょうか？　私が支度をしている間に会われたのですね？」

リリアは女性なので、湯浴みから装飾品を身につけるまでかなりの準備時間を要した。だがエドアルドは時間があったのだろう。てっきりその間に今日の大胆なシナリオを聞かされたのだと思っていたのに。

「いや……リリアが王宮に行った日から丁度四日後だ」

「!?」

首を振ったレオンが続けた台詞（せりふ）に、リリアはまたも言葉を失ってしまった。驚いて隣のエドアルドの顔を見上げると、彼はああ、と頷きながら自分の顎（あご）の下に触れる。どうやらエドアルドもリリアへの説明をすっかり忘れていたらしい。

「君が王宮に来たことで、婚約辞退の理由が病気や怪我ではないとわかったからな。そこから元老院に掛け合って再度フローラスト家に結婚を申し込むための段取りを組んだが……。またこちらの情報が握り潰されたら面倒だ。それなら自分で馬を飛ばしてレオン卿に会いに行くのが、一番確実だろう？」

「え……ええっ？」

「あのときは本当に驚きました。王宮からの遣い（つか）いが、まさかエドアルド殿下ご本人だとは思いもよりませんでしたから」

困ったように笑ったレオンに、リリアも頭を抱えてしまう。メイナもそうだが、国を統べる為政者は常識とは異なる発想を持つのかもしれない。そして思いついた事柄の良し悪しを即座に判断し、さらにそれを実行に移す行動力も必要なのだろう。あるいはそのプラチナホワイトの煌めきの中に、生まれつき備わっている才能なのだろうか。

けれど言うほど簡単なことではない。秋は忙しい時期だし、王太子のセリアルドが不在の今、エドアルドの政務は普段より忙しい状況にあると聞いている。そんな中で王宮とフォルダイン領を自ら馬を駆けて往復するなど、にわかには信じがたい。だがエドアルドも両親も認めるならば、本当の話なのだろう。

「ではカティエのお茶の誘いに応じて頂けなかったのは……」

「そもそも王宮にいなかったからな」

エドアルドがにやりと笑う。するとレオンが困ったように後頭部を掻いた。

「エドアルド殿下には相当お叱りを受けたよ。社交の場への招待状が届かないことに少しぐらい疑問を持て、それはお人好しを通り過ぎて荒唐無稽だ、フローラスト家まで罰せられたいのか、とな」

苦笑するレオンだが、責められるならリリアも同罪だ。リリアも招待状が届かないのは王宮が気を遣っているからだと勝手に思い込んでいた。疑問に思うことさえなかった。随分のんびりした一家だなと呆れられてしまえば、家族総出で謝罪するしかない。

最初に婚約の辞退を願い出たときも、エドアルドは相当の剣幕でレオンに詰め寄ったらしい。病

気なのかと問えば違うと言う。他に好いた男がいるのかと聞いても違うと言う。自分を嫌っているのかと聞いても違うと言う。ならばどうして、と問いかけても申し訳ございませんの一点張り。

エドアルドは絶対に理由を語らないレオンに立腹し、最後は『もういい』と怒鳴りつけた。

だが王宮の応接間でリリアに会った後、自分の行動を猛烈に後悔したという。怒り任せだったとはいえ、どうして無理にでもレオンから理由を聞き出さなかったのか。ちゃんと確認しておけば、リリアの目の前で他の女性と話すという、無駄な時間を過ごさずに済んだのに。

だから今度は絶対に諦めないと、最初に宣言した。レオンが理由を言うまでは帰らない、と子どもじみた態度でフローラスト家の応接間に居座った。憮然と足を組んだまま本当に立ち上がる気配を見せないエドアルドとレオンの膠着状態は半日にも及んだ。

とうとう根負けしたレオンから真実を聞き出したエドアルドは、現在の状況を説明した上で、その場でリリアとの結婚を許して欲しいと再度願い出た。だからリリアは知らなかったが、そのときからリリアはエドアルドの婚約者に戻っていたことになる。

貴族の令嬢の婚姻には、本人の意思などあってないようなものだ。だが王宮に来てわずか数日でリリアがエドアルドの婚約者に戻り、カティエはエドアルドと元老院の監視下に置かれていた、という状況は今この瞬間まで知らなかった。

最初にエドアルドに触れられたときは軽い人だと思ったが、彼にとっては婚約者への愛情表現。エドアルドに抱かれることはカティエを裏切ることだと感じていたが、彼にとってはただ愛を教える行為だった。

それならそうと、早く言って欲しかった。

いや、言えばリリアはカティエを庇ってしまう。ロナ家の不正を暴くというエドアルドと元老院の目的が達成出来なくなる。それを見越して黙り続けたのなら、エドアルドも相当心苦しかったはずだ。

「エドアルドさまは、呪いのことも……？」

「あぁ、そのときに聞いた。最初はあまり信じていなかったから、実際に見たときは相当驚いたぞ。むかし会ったときのままの姿だったから、時間が巻き戻ったのかと錯覚したほどだ」

「……申し訳ありません」

「どうして謝るんだ？」

「だって……」

申し訳ない、と思ったから。呪いのことを隠していたことも、大事な思い出を忘れていたことも。カティエに向けられる感情を疑えなかったことも、その所為でエドアルドを傷付けたことも。謝らなければいけないことばかりだというのに、リリアの肩を抱くエドアルドには怒った様子などなかった。

黙り込んだリリアを腕に抱いたまま、エドアルドはリリアの慰めを後回しにして、レオンとラニアに向き直った。

「二人とも、今日はどうするつもりだ？」

「今夜は王都に宿を取ってあります。明日には領へ戻る予定ですが……」

258

レオンの返答を聞いたエドアルドが、ふむ、と頷いて窓の外の王宮庭園を見つめる。

「確かフォルダイン領は、今期の収税も滞りなく終わっていたな。農作物の検品も済んでいるのだろう?」

「ええ」

「では明日は王宮に滞在して行ってくれないか」

「よろしいのですか?」

「もちろんだ。リリアも両親と話をしたいんじゃないか?」

今夜の王宮は忙しく、宮殿の客間も遠方から来る来訪者で溢れている。もちろん第二王子の婚約者の親族ならば優先的に客間を使わせてもらえるが、レオンもラニアも騒がしいのは苦手だからと遠慮していた。だが今日の夜会を終えれば、明日の宮殿は静かなものだ。

それなら明日は宮殿に泊まり、久しぶりにリリアとゆっくり話をしてはどうか。

そんなエドアルドの提案には、誰よりもリリアが喜んだ。腕の中でエドアルドの顔をじっと見上げると、視線が合った彼もふっと笑顔になった。

「エドアルド殿下」

見つめ合う二人にレオンが照れたように破顔する。改めて臣下の礼を取ると、今度はラニアと揃って家族としての敬愛の礼を取った。

「リリアを、よろしくお願いします」

「あぁ、何よりも大切にすると誓おう」

エドアルドの誓約を聞いたリリアも、両親に家族としての感謝の礼を取って膝を落とした。

「メイナさま、大丈夫でしょうか……」

魔女という強い力を持つ者にとっては、他者を変身させる魔法はさほど難しいものではないらしい。だが呪いを解く魔法は、たとえ魔女であっても身体に相当な負荷がかかるという。

ルヴェルザーラとの直接交渉の末に解呪方法を入手したメイナだったが、強力な呪いの解呪は激しく体力を消耗する。そのためメイナは、万が一にも大勢の前で倒れないようさり気なくバルコニーへ移動して解呪の魔法を実行した。

「具合を悪くなさっていたら申し訳ないです……」

「大丈夫だ。そうなってもいいように、アンティルム殿には今日の警備から外れてもらっている」

リリアの呟きを聞いたエドアルドが苦笑しながら頷く。

疲弊したメイナを守り支える役目は、彼女の夫であるアンティルムの役目だった。騎士院の部下たちは皆優秀で、エドアルドやアンティルムの指示がなくとも動けるようよく訓練されている。だからアンティルムも、負担の大きいメイナを支えることに集中出来た。

王の宣誓を聞き届けた彼は、疲れ切ったメイナを抱えて軽やかにバルコニーから飛び降り、大広間を後にしただろう。それもすべて、エドアルドの用意したシナリオの通りだ。

「流石に魔力切れだろうが、姉上は少し大人しくしていてくれたほうがいいからな」

身体を張って協力してくれた姉に対してひどい言い方だとは思うが、それが二人の仲の良さを示

260

しているとも思えた。納得して頷くリリアだったが、エドアルドに背後から抱きしめられて、甘い

現実に引き戻された。

宝飾品を外し、靴、ドレス、コルセット、パニエ、シュミーズ、ストッキングまですべてエドア

ルドに脱がされてしまう。そのエドアルドも、装飾品の多い聖礼装のマントと上着、シャツ、トラ

ウザーズを脱いでいる。

「――リリア……」

低い声で名前を呼ばれ、ベッドの上に身体を押し倒されて、唇を重ねられる。

「……ん……」

口の中に熱い舌が侵入し、貪るように味わい尽くされてしまう。顔の角度を変えながら溢れる唾

液を吸い取られ、時折熱い吐息を零しつつ何度も何度も夢中で口付けられる。

リリアもその口付けに応じようとしたが、優しい指で頬や頭を撫でられると、気持ちよさが勝っ

て意識がふわりと浮き上がってしまう。

「ふぁ、……っん」

「ようやく俺のものだと刻める」

唇を離したエドアルドが、顔の位置を下げて胸の膨らみの上に唇を落とす。肌の上に小さな刺激

を感じたのは、そこを強く吸われたから。

エドアルドはこの五日間、リリアの肌に所有の痕を残したがった。しかしリリアはお披露目の夜

会で胸元の開いたドレスを着ることが決まっていたので、それは恥ずかしい、とやんわり拒んでい

た。制止される度にため息をついていたエドアルドだが、その憂いも今夜からは不要だ。エドアルドの唇が音を立てながら肌に吸い付くと、胸元には赤い花びらが色付いていく。

「やっ……は、恥ずかし、です」

「俺以外には誰も見ない」

以前は一つだけだったものが、今夜は三つ、四つ、と簡単に数を増していく。気恥ずかしさから逃れたくて身をよじると、今度は胸の膨らみの頂点に口付けられた。思わずびくんっと身体が跳ねる。

しかし小さな口付けだけでは終わらず、エドアルドは胸の突起をかぷりと口に含んでしまう。

さらにそのまま舐め転がされると、強い刺激に身体が過剰反応した。

「ひゃあっ……あ、ん……だめっ……」

「……甘い」

「そ、そんなわけな……あ、ふぁ……っ」

エドアルドが胸の突起を舌で転がしながらぼそりと呟く。味なんて存在するはずはないから、それが戯れなのはわかっている。

リリアの左胸を舐めていたエドアルドが、舌の動きを指先で再現するように右胸の突起も撫で始める。左の胸にはぬるりとした感触と温度が与えられ、右の胸には強弱と緩急の刺激が与えられる。

「んん、んっ……ん」

「声、出してもいいぞ」

「ん、ぁ……っふ」

その同時刺激に耐えようと身体に力を入れると、離れた唇に我慢をしないよう諭された。顔を上げたエドアルドに見つめられる。気持ち良すぎてどうにかなってしまいそうな身体と乱れた呼吸でその瞳を見つめ返すと、エドアルドの顔が耳元に近付いてきた。

「エド」

「え……なん、ですか……？」

「家族しか使わない俺の呼び名だ」

短い言葉の中に、エドアルドのささやかな要求が含まれていると気付く。

確かに王も王妃もメイノも、エドアルドのことを『エド』と呼ぶ。そしてリリアもいずれエドアルドの花嫁となる。それなら同じように愛称で呼んで欲しいということなのだろう。

けれどそれはリリアには高い壁だ。エドアルド殿下、から、エドアルドさま、と呼び方を変えることさえ、本当はまだ慣れていない。けれどエドアルドは諦めてくれそうにない。指先がリリアの唇を撫(な)でて、視線で先を促(うなが)される。

「エ、エドさま……」

「さま、も要らない」

「む……、無理、です」

「大丈夫だ。他の者の目があるときは、敬称を付けることも許してやる」

「それは当たり前です……！」

自信満々に言われるが、呼び捨てになんて出来ない。寝所での呼び方に慣れ、人前でうっかり呼

「……呼び捨てはそのうち慣れさせよう」

リリアがふるふると首を横に振ると、エドアルドは少しだけ不満そうな顔をする。しかし指先が胸の尖端を摘まむように撫で、さらに胸の膨らみをやわやわと揉まれると、愛称どころか言葉さえまともに発せなくなった。

「やぁ、ああっ……ん」

甘美な刺激に身体が反応し、喉からは嬌声が零れ出す。エドアルドは丁寧に胸を愛撫することで、リリアの身体と反応を堪能しているようだった。

「あ、……や、あっ」

「どこもやわらかいな」

「はぁ、っあ、ん」

アルドのサファイアブルーはいじわるな色を帯びていく。

恥ずかしい確認をされて、再び首を振る。必死になって快感に耐えようとすればするほど、エド

「ああ、あ……ゃあ、あっ」

この数日間で、リリアの身体はエドアルドに与えられる快感を少しずつ覚えていた。女性の身体には性の悦びを感じる場所が多く、エドアルドはそのひとつひとつを丁寧に拾い上げては、指や舌や言葉や視線で快楽を教え込もうとする。だが覚えることと慣れることは別だ。むしろ新しいことを覚えれば覚えるほど、理性を失う切り口が増えていくように思う。

んでしまう危険を考えると、それは絶対に聞けないお願いだ。

胸の上を舌先と指先が這いまわり、感覚が敏感に研ぎ澄まされ、判断力が蕩けていく。その状態で触れられた場所は、水を浴びたように濡れていた。

「だめっ、だめ、ッ」

身体が快感に溺れていることを知られたくなくて、必死に首を振る。だがエドアルドの力は強く、残されていた下着を剥ぎ取られることも、閉じた股の間に侵入してくる指先も阻めない。

すでに膨らんでいた花芽を強めに撫でられると、そのまま身体がビクビクッと跳ねた。

「ふ、あっ……あああっ」

エドアルドはそれが達するという状態だと教えてくれた。頭の中を白い光が走り抜け、自分では抑制出来ないほどに身体が激しく反応する。下腹部の奥に表現しがたい感覚が沸き起こって、浮遊感と共に急激に弾け飛ぶ。その姿をじっと見つめられると羞恥を感じるのに、優しく微笑まれると幸福感に変わってしまう。

「気持ちがいいと覚えたようだな」

エドアルドが嬉しそうに笑う。髪を撫でて、額にキスをしながら何度も名前を呼ぶ愛しい人に、すべてを教えられ、すべてを覚えさせられている。

「本当に悪かった」

頭を撫でる優しさに身を委ねていると、エドアルドの謝罪が耳に届いた。顔を上げるとプラチナホワイトの髪がさらさらと揺れ、その下にあるサファイアブルーは困惑の色を帯びている。

「王族であるが故に社交の場に出ることも、他の令嬢と話すことも、踊ることも避けられなかった。

だが心に決めた相手がいるなら、そうと宣言して全て断るべきだった。俺の判断が甘かった所為で、ロナ親子は妙な期待をしたんだろう。そう考えれば、俺が君を呪ったようなものだ」

エドアルドの悔しさをにじませた表情をそっと見つめる。いつも余裕があるように見えるエドアルドだが、時折、必死な表情や余裕のない言葉遣いをすることがある。

彼が見せる優しさや凛々しさ、逞しさや色のある視線にも鼓動が高まる。けれど余裕を失った言動のひとつひとつにも、いつしか惹かれている。それほどエドアルドの存在を間近で感じている。

「そうかもしれません。私はきっと、あなたに呪われてしまったのだと思います」

「リリア……」

「でもこの呪いは、解けなくていいのです」

その色に溺れたまま。その想いと惹かれ合ったまま。言葉と視線に搦めとられたまま。永久に傍にいることを許して欲しい。ずっと溺れて、惹かれて、囚われたままでいたい。そう思ってしまうことこそが、本当の呪いなのだと思う。

「いいのか？　俺の想いが呪いなら、いくら逃げても、どんな魔法を使っても絶対に解けないぞ」

「はい……。ずっと、このままでいさせて下さい」

「まあ、嫌だと言われたところでいまさら逃がすつもりはないが」

再び口付けを交わしてお互いの熱を深く確かめ、どちらからともなく笑い合う。

蜜を纏ったエドアルドの指先が花弁を割り開き蜜壺の中へと侵入してくる。一瞬驚いて跳ねた身体も、中をゆっくりと愛撫する動きを感じるとすぐに期待で身悶えた。

266

丁寧にかき混ぜられ、内壁を押すように広げられるその合間にも口付けだけは途切れない。

「ん、ぁ、ふぁっ……」

唇だけではなく、頬や額、首筋にも触れられる。大切に扱われていることが嬉しくて背中に手を回すと、指を引き抜いたエドアルドに足を折り曲げられて腰を掴まれた。

十分に濡らされて解された場所に、熱い先端が埋められる。思わずぴくっと反応すると、頬をするりと撫でられた。

「痛いか?」

「大丈夫、です」

痛みは感じない。念入りにほぐされて受け入れる準備をされた身体は、もうエドアルドに与えられる熱を知っている。ずぶ、とさらに沈んだ楔は硬く圧迫感があるが、それを嫌だとは思わない。リリアの反応を見ながら腰を沈めるエドアルドの顔が、少しずつ歪む。はぁ、と息を零しながら何かと戦っているかのような表情を見せることは、きっとリリアしか知らない。

「リリアの中、いつも……熱いな」

「そんなこと……っ、ああ、ぁん」

それはエドアルドの台詞ではないと思う。身体を貫く雄の象徴は、全身を焼くほどに熱い。その圧倒的な硬さと熱が奥まで到達すると、すぐに引いていく。けれど休む暇もなく、またぐっと奥まで入り込む。そうやって限界までせめる度に嬉しそうな表情をするエドアルドが、リリアよりも熱を感じているなんて変だ。

「エドさま……あっ……ふ、あぁっ」

腰を突き込まれる度に身体が熱を持つのに、卑猥（ひわい）な水音と共に腰を引かれると物足りないとさえ思ってしまう。徐々に慣らされているそんな感覚が、何よりも恥ずかしい。

「ああ、あッ……やぁ、っおく、……！」

「ああ、……届いてる、っ」

「エドさまぁ、あぁ……っ」

腰を掴（つか）まれて突き上げるように揺さぶられると、胸がふわふわと揺れる。エドアルドの右手が左胸の上で綻（ほころ）ぶ突起に触れ、胸の上にも別の快感が生まれた。淫花を責められ快感に溺れている状態で胸を撫（な）でられると、急激に昇り詰めてしまう。

「だめえ、ぁっ、きもち、よくっ……っあぁ！」

「俺もだ」

短い言葉が耳に届くと同時に、腰の動きが速度を増した。一番奥の行き止まりを硬い熱が叩く。

じゅぷ、にゅぷ、と濡れた音を聞くと、耳にも快感を与えられている気分になる。

「ああっ……ああぁっ、っん」

強く最奥を突かれると、臍（へそ）の下の辺りで強烈な熱の感覚が弾け飛んだ。それと同時に、リリアもびく、びくと身体を震わせながら快感を極めてしまう。

「っふ、……はぁ、……あ」

達した後の余韻はいつも甘美だ。いけないことをしてしまった背徳感があるのに、それ以上の幸

268

福感が全身を支配する。

身体を震わせながら悦楽の波が引くのを待ち、ゆっくりと呼吸を整える。くたりと脱力した身体の上に、エドアルドの指が伝い始めた。　存在を確かめるような指遣いがくすぐったく、身をよじってそこから逃げようとする。

だがわざとそうしているのか、エドアルドは悪戯を止めない。しかも、蜜孔に収まったままのもいつまで経っても引き抜いてくれない。

「あ、あの……。夜着を、着たいの……ですが」

王殿の侍女たちは優秀で、エドアルドの寝室には新しい夜着がちゃんと用意されている。しかし台の上を確認した後でエドアルドの瞳を見上げると『ん？』と不思議そうな顔をされてしまう。

「……なぜ？」

「……なぜ、とは？」

リリアの首が右に傾くと、エドアルドも同じ方向へ首をかしげた。

なぜと言われても。世間には裸でベッドに入るほうがよく眠れる人もいると聞くが、リリアには裸で眠る習慣がない。だから寝着や夜着を身に付けて眠りたいだけだ。ここ数日でエドアルドもそうだと知っていたので、彼だって着替えればいいと思う。愛の行為の余韻を楽しみたいなら、その後でも構わないはずだ。だからなぜ、と問われるほうが、なぜ、だ。

「？」

「？」

疑問の表情を見合わせる。ただし首が傾く方向は同じでも、お互いの疑問が向かう方向が全く違

うことにはリリアも気が付いていた。　眉を寄せたエドアルドが、先に答えに辿り着く。

「まさかこれで終わるつもりか？」

「……は、……え？」

「君の呪いは解けた。もう夜になっても幼児にはならない」

「え……はい。……はい？」

確かにリリアにかけられた魔女の呪いは解けた。月が昇ったこの時間に大人の姿でいられること

自体が久々で、自分でも少し不思議な感覚を味わっている。だから解呪の実感はあるけれど。

「大人の時間を存分に楽しめる身体に戻ったんだ。なのにこれで終わりだとでも？」

これで、をやけに強調するエドアルドから、思わず逃亡を図ろうとする。だが細いのにしっかり

と筋肉がついたエドアルドの腕は、リリアを逃がしてはくれなかった。シーツの上に腕を縫い付け

たエドアルドは、リリアを見下ろしながら不服そうな声を漏らす。

「リリアは、俺をからかうのが好きみたいだな」

「いえ、そんなわけな……んんっ……」

反論の言葉は、降りてきた唇に奪われた。深いキスの後、エドアルドはリリアの耳元でくすくす

と笑う。　基本的には優しいのに、たまに見せるいじわるな本性の一つ。

「どれだけ待ったと思っている。君のすべてを愛し尽くすまで、今夜は寝るつもりも、寝かせるつ

もりもない」

270

「!?」

エドアルドはリリアが嫌がることはしない。本当に嫌だと感じることはちゃんと見抜いている。

その上で、ひどく獰猛な本性が『自分の愛欲を受け入れて欲しい』と囁く。

リリアはエドアルドの恋の呪いを受け入れると言ってしまった。ならばいまさら、彼に与えられる快楽を拒否出来るはずなどない。

「エドさまに、お願いがあるのです」

宣言通りに身体のすべてを愛し尽くされ、心のすべてを奪い尽くされた。とうの前に大広間の夜会も終わったであろう時間になって、リリアはようやくその言葉を口にすることが出来た。

汗をかいて前髪がはり付いた額に唇を落としたエドアルドが、

「ベッドでの願い事を聞かない男はいないな」

と楽しそうに呟いた。しかしリリアが望んでいるものは、宝飾品やドレスなどではない。だからエドアルドには駄目だと断られてしまう気がしたが、それでも願わずにはいられなかった。

「明日、ヴィリアーゼン領へ送還する前に、カティエに会わせて頂けませんか?」

「だめだ」

案の定、一瞬で不機嫌になったエドアルドは、即答で却下する。

「君が傷付くとわかっているのに、会わせるわけにはいかない」

取り付く島もないエドアルドに怯んでしまうが、リリアは簡単に諦めるわけにはいかなかった。

この五日間、ずっと悩んでいた。

断罪されたカティエとフィーゼルが、法の下で厳しく裁かれることはもはや避けられない。万が一にも逃さないように証拠を集めて裏を取ったエドアルドは、決してロナ親子を許さない。幾度となくそう口にしているのを、リリアもしっかりと聞いていた。

もちろんエドアルドの意見に異論はない。してはいけない悪事を働いたのは他でもないカティエとフィーゼルなので、それを庇ってどうにかしようとは思っていない。

ただ、リリアはどうしてもカティエに確認したいことがあった。言っておきたいことがあった。

だから会いたい。

そしてその機会は、もう明日の朝しか残されていない。

「傷付かないですよ」

リリアの頭を撫でながら、困ったような顔をしているエドアルドに告げる。

「もう傷付きません。大事なものを、間違えません」

エドアルドの憂慮もわかる。カティエはリリアにひどい暴言を吐く可能性があり、エドアルドはその状況を避けたがっている。

でもどんな暴言を吐かれてもいい。それがカティエの本心なら、受け入れる覚悟だ。泣かれたら、謝罪するつもりだった。リリアが一方的に傷付くかもしれない状況も想定した。それでもリリアは、カティエと話がしたかった。

もし何かが起きたとしても、エドアルドから与えられる愛情がリリアを支えてくれるだろう。

「……わかった」

渋々だが、顎を引いて抱きしめてくれたエドアルドの胸に、そっと頬をすり寄せる。感謝の気持ちは言葉にさせてくれなかったが、ぴたりと合った肌から、想いはちゃんと伝わったはずだ。

目を閉じると、あたたかくて柔らかいぬくもりに包まれる。

リリアはその幸福感を、もうちゃんと知っている。

魔法院には強力な魔法を用いて出入りの自由を制限した特殊な部屋が存在する。普段は医療措置が必要な者や、罪を犯して暴れる者を一時的に隔離するために使用する場所だ。リリアはエドアルドに案内され、そのうちのカティエが使用している部屋へ足を踏み入れた。

「リリア……」

侍女の服ではなく、クフシカルなドレスで現れたリリアを見た瞬間、カティエは憎々し気に表情を歪ませた。

「何よ。私を笑いに来たの？」

そしてフンと鼻を鳴らしたカティエに、リリアは少しだけ怯んだ。一晩経って少しはしおらしくなったかと思っていたが、カティエは相変わらずわがままな態度を崩さなかった。リリアを守るように傍に立つエドアルドの存在が、彼女の苛立ちを一層強める。

「あの場では何も言わなかったくせに！」

王子であるエドアルドが隣にいるにもかかわらず、噛み付きそうな勢いで己の主張を吐き、瞳の

奥に怪しい光を宿す。カティエの様子に辟易したエドアルドが、彼女の言葉をきっぱりと否定した。

「俺が喋らせなかったんだ」

「エドさま……」

「君一人に、俺と姉上とリリアが三人で責めればただの弱いものいじめにしか見えないだろう。その役を負わせたくなかったから、リリアには一言も話すなと事前に言ってあったんだ」

エドアルドが語った言葉は、本当だった。前日の夜、エドアルドとメイナに『リリアは喋らなくていい』と言い含められた。

お披露目の場で、花嫁がぺらぺらと喋るものではないのは理解していたが、あの時リリアが言葉を発するタイミングは幾度もあった。だが結局、リリアが口にした言葉は数えるほどだった。

「まぁ、フィーゼル卿に加えて協力者まで出てきたからな。数で言えばこちらが不利だったが」

エドアルドがにやりと笑う。その笑顔に、カティエの表情が静かに凍り付いた。

「悪いな。姉上は一人で三人換算だ」

「……っ」

昨夜、魔法をかけられて老女の姿になった恐怖を思い出したのだろう。確かに王宮の魔女メイナの高度な魔法と凛とした姿は美しかったが、それと同時に言葉に出来ない圧倒的な力を感じた。

見る見る青ざめていくカティエには同情するが、今日リリアがここへ来たのは彼女に同情するためでも、上から目線で彼女を叱責するためでもない。

「カティエ。聞きたいことがあるの」

274

ヴィリアーゼン領に送還され、厳しい監視の下で沙汰を待つ身となる前に、リリアにはカティエ本人に確認したいことがあった。それは他でもない、カティエの今の気持ちだ。

「カティエは、今もエドアルド殿下のことが好き？」

「は……はあ？」

リリアの問いかけに、カティエの声がわかりやすく裏返った。

「何よ、そんなの……！」

「だってカティエ、この前聞いたら当たり前でしょって言ったから」

「！」

本人を前に過去の自分の発言を暴露され、カティエの顔がみるみるうちに赤く染まる。リリアとしては、あんなに自信満々にエドアルドの花嫁になると豪語していたのだから、そこまで恥ずかしがる必要はないように思う。けれどプライドの高いカティエには、耐えがたいことだったのだろう。

その事実には、随分後になってから気が付いた。

「私、エドアルド殿下をお慕いしているの。誰にも渡したくない……カティエにも」

そのときのリリアは真剣だった。それゆえに、カティエの事情に気付ける余裕はなかった。

「だからエドアルド殿下のことを傷付けるつもりなら、私はカティエを絶対に許さない」

リリアの本気の訴えに、カティエが一瞬たじろぐ。

リリアにとって、エドアルドははじめて恋をした相手だ。心の底から愛する人。生涯をかけて守り支えたい人。自分の命と人生を預けてもいいと思える人だ。こんなに重くて切なくて、甘くて深

い感情を抱いたのはエドアルドが初めてだ。彼がそうだと言ってくれたように、リリアにとっても

エドアルドは『特別な人』だった。

だからエドアルドや、エドアルドが大事にしている人を傷付けるつもりなら、カティエを絶対に

許さない。

「でもカティエは私の友達だから、カティエのことを傷付ける人も許さないわ」

「……は?」

「それがカティエ本人でも、同じよ」

カティエが一瞬面食らう。それは偽りのないリリアの本音だったが、カティエは、逆上したよう

に再び怒りを露わにした。

「何よっ……だからリリアは偽善者なのよ! 私が可哀そうって、上から目線で……!」

「そうかもしれないわ」

カティエの暴言を予想して先回りし、静かに頷く。リリアが肯定したことで怒りをぶつける場所

を失ったカティエが口を噤んだ。その意外な反応に驚く反面、変わったのはカティエではなく自分

の考え方なのだと気が付いた。

「私、周りの人に偽善者って言われるのが、ずっとこわかったの」

息を吐くと同時に、以前から考えていたことを話す。

自覚したのは学院生時代。リリアはカティエの自分勝手でわがままな行動にいつも振り回されて

きた。それを爵位に抗えない臆病者だと、偽善者だと、陰でリリアを揶揄する輩もいた。リリアは

276

彼らと向き合うことが怖かった。だからカティエのわがままに付き合い、流れに身を任せることで

その視線や陰口に知らないふりをした。

「でも私、カティエに振り回されるの、嫌じゃなかったの」

けれど本当は、少しも嫌じゃなかった。わがままで身勝手だけれど、自由奔放で天真爛漫なカ

ティエと共に過ごす日常が、リリアにとってはかけがえのない日々だった。

「カティエのお兄さまの恋人を探ったり、夜の大聖堂に忍び込んだり、学院長の石像の向きをこっ

そり変えたり……」

「君たち、そんなことをしていたのか」

エドアルドの訝しげな声が耳に届き、その追及から逃れるように視線を逸らす。大聖堂に忍び込

んだことが警備に見つかったときも、こうして咎めの視線から逃れようと二人で必死に白を切った。

今にして思えば、貴族令嬢にあるまじき品のない悪戯をしたと思う。けれど思い返せば、怒られた

ことも含めて楽しい時間だった。

カティエには嫌われていたのかもしれない。思い出に浸って、ひどい仕打ちを受けたことを許す

自分に酔っていると言われるかもしれない。

でもあのときの笑顔や思い出が、すべて偽りだったとは思えない。そう信じたくないだけかもし

れない。それでもリリアにとって、カティエと過ごした時間は本当に楽しい日々だった。

「だから、偽善者って言われてもいい。――私、自分の気持ちに素直になることにしたの。嬉しい

ことは嬉しいって言う。嫌なことは嫌だって言う」

今までのリリアは、どの感情も口に出来なかった。レオンの体裁を保つため、カティエに嫌われないため、伯爵家の令嬢として体裁を保つため。自分の気持ちを口にして来なかったため。自分の素直な感情を受け入れられなかった。

だからカティエの無茶なお願いも、ちゃんと断れなかった。王宮に来てから、蔑ろにされることを悲しい、辛い、寂しいと感じていたはずなのに、カティエに嫌われたくなくてどれも口に出来なかった。それがカティエの歪んだ感情に拍車をかけてしまったと気付くことも出来ずに。

そんなリリアが少しだけ前向きになって口にする、カティエに対する最初のわがまま。

——最後の願い。

「カティエがしたことは決して許されることじゃないし、許してはいけないことだと思う。だから枢機院の裁定に従って、ちゃんと罰を受けて欲しい。でも罰を受けたら、カティエにも幸せになって欲しいの」

これはリリアのわがままだ。今までカティエのわがままを聞いてきたぶん、自分のわがままも聞いて欲しい、とカティエをじっと見つめる。

ダークバイオレットの瞳が戸惑いの色を帯びる。きっとカティエも、今まで見たことのない強い意志を感じ取ったのだろう。

リリアは自分の心の中に、明確な答えと指針にするべき存在を見つけた。彼のためにも、もう迷わないと決めた。それがいかに幸福で満ち足りた感情であるかを、本当の幸せがどんな形をしているのかを、カティエにもいつか知って欲しい。リリアのわがままは、その価値観をカティエに押し

付けることだ。

瞳を見つめていたカティエが、はっと我に返る。

「わ、わかったわよ！　償えばいいんでしょ！　ちゃんと……枢機院の決定に、従う……から」

強気で声を荒らげたカティエだったが、その語尾はだんだんと小さくなり、最後は下唇を噛んで俯いてしまった。

「エドアルド殿下。リリアの目にも珍しい、彼女が自分のあやまちを認める瞬間だった。

「エドアルド殿下。お時間です」

「ああ」

守衛を務める騎士に声を掛けられ、エドアルドが頷く。その声で、リリアはカティエとの別れの時間がやってきたことを知った。

カティエと見つめ合った瞬間、気丈に振る舞おうと決めていたリリアの瞳に涙が浮かんだ。

「泣かないでよ。……子どもじゃあるまいし」

「……だって」

それに比べてカティエの方がよほど気丈――最後まで高慢だった。促されて立ち上がったカティエが、部屋を出る直前にぽつりと小さな言葉を漏らした。

「昨日の夜、ここに来た王宮の魔女に聞いたの。リリアはもう十六年も前から、エドアルド殿下のお姫さまだったって」

「え……？」

「未来のない令嬢なんて言ってごめんなさい。リリアはちゃんと、自分で未来を掴んだわ」

カティエの愛らしい唇から零れた言葉に瞠目する。幼少期より知る彼女の態度は、最後までリリアの知るそれと変わらない。遠慮のない言葉が、むしろ長い歳月を共にしてきた二人の関係を思わせた。

「でも私、お人好しで、努力家で、清純なリリアのことなんか、大ッ嫌いだから!」

「うん……さようなら、カティエ」

手錠をされたまま部屋を連れ出されていくカティエの背中を見送る。彼女はとうとうリリアを振り返ることはなく、つんとすました顔をして魔法院を後にした。

きっともう、カティエには一生会うことがない。エドアルドは王位を継承しない可能性が高いが、それでもリリアは王家の一員となる身だ。罪を犯した人と簡単に会える立場ではなくなるし、恐らくカティエも簡単に王都に近付けなくなる。

この数日間、少しだけ怖かった別れの瞬間。思った通り清々しい気持ちにはなれそうもない。カティエのしてきたことを許してはいけないし、許すつもりもない。けれど、それでいい。リリアが絶対に許さないことこそが、カティエにとって一番の戒めになると、リリアは知っているから。

「やっぱり傷付けられたじゃないか」

エドアルドは終始不満気だった。憮然とした様子でひと気の失せた扉を一瞥し、ため息を零す。

「本当はどうしてあんなに嫌われていたのか、知りたかったんじゃないのか?」

「そうですね。でもそれは知らないほうがいいと思います。私のためにも、カティエのためにも」

その理由はきっと、他人が聞いたら至極下らない、リリアにとっては衝撃的な、そしてカティエ

280

にとっては触れられたくないものだろう。

知ったところで、今さらどうにかなるものではない。過去には戻れないし、受けた心の傷は癒せない。それならば知らないままにしておくほうが、これ以上傷付く人を作らずに済むのだと思う。

「本当に、君はお人好しだな」

深い息をつくエドアルドに、リリアもそっと苦笑いを返す。

「他人にも自分にも甘いのです。……だめですね」

「あぁ、だめだな。リリアを甘やかすのは俺の役目だ。それにリリアは、俺だけを甘やかせばいい」

何故か自信満々に胸を張るエドアルドの顔を見上げると、伸びてきた指が自分でも知らないうちに零れていた涙を拭ってくれた。さらに頬に口付けを落とされて、それが彼なりの甘やかし方なのだと気が付く。

無言でそっと抱きしめられる。

温かい胸に縋って零した涙は、初冬の朝の光に溶けて静かに消えて行った。

「あの、エドさま……?」

魔法院からリリアを連れ出したエドアルドが向かった先は、王宮庭園のフラワーアーチだった。太陽が昇りきっておらずまだ朝の冷たさが残る澄んだ空気の中で、ベンチにそっと腰を下ろす。

上着をリリアの肩にかけてきたエドアルドは、その肩を抱き寄せて短く息を吐いた。

「リリアの泣き顔は、他の誰にも見せたくないからな」

王殿に戻らず、庭園に移動した理由を教えてくれる。カティエとの別れについ涙を流してしまったが、確かにその顔のまま王殿に戻れば侍女や騎士たちが心配するだろう。エドアルドは他者からの追及を免れるために、人の目に触れない場所へリリアを連れ出してくれたようだ。

「ほら、いくら泣いてもいいぞ」

「……もう大丈夫です」

安心して泣いていい、と言われたが、リリアの涙はすでに止まっている。というより、誰かに見られるかもしれない場所で身体を密着させていることに緊張してしまい、泣いている場合じゃなくなってしまったのだ。

「一人になりたいときは、よくここで過ごした」

気恥ずかしさに硬直していると、エドアルドがぽつりと呟いた。

「エドさまのお気に入りの場所なのですね」

「ここに来れば、また君に会えるかもしれないと思っていたからな」

エドアルドが、ふ、と笑顔を作る。このフラワーアーチは、幼いリリアと幼いエドアルドが初めて会った場所だ。そしてリリアとの再会を望んでいたエドアルドは、この場所へ度々足を運んでいたらしい。

「まぁ、結局一度も会えなかったが」

しかし結局、このフラワーアーチの中でリリアに会うことは出来なかった。それでもエドアルド

282

にとっては、ここは初恋の思い出が吹き抜ける大切な場所だった。

「花は散ってしまいましたね」

エドアルドの肩に頭を預けながら呟く。

実りの時期を終えた王国は、これから冬を迎える。森にも山にも平原にも雪が降り積もり、動植物たちも長い眠りにつく。その前兆として、王宮庭園の花はもうすべて散ってしまっていた。

「そうだな。だが春になれば、また花は咲く」

今は悲しくて寂しい別れのときかもしれない。しかし冷たい雪が溶ければ、土や木々から新芽が出て、蕾が膨らみ、花が綻ぶ。未来に託した希望の種子は、いつかまた美しい花を咲かせるだろう。

「花が一番綺麗な時期に、リリアの姿を重ねていたリリアだったが、エドアルドは別のことを考えていたようだ。

生命の営みにカティエの姿を重ねていたリリアだったが、エドアルドは別のことを考えていたようだ。

「私はもう、エドさまのものだと思うのですが……」

嬉しそうな呟きに顔を上げると、麗しい笑顔と青い瞳にまた胸が高鳴る。

「まだ婚姻誓約書に名前を書いてないからな」

借りていた肩と反対側の腕が動き、手のひらでそっと頬を包み込まれる。そのまま首元に滑り込んだ指先が、器用にリリアの宝物を拾い上げた。

「あっ」

涼やかな金属音と共に零れ落ちたのは、サファイアブルーのペンダントだった。鎖の先に小さな宝石がついたそれは、普段は胸元にしまい込んでいた。

「ずっと身につけているのか?」

「……はい。エドさまにもらった、私の宝物ですから。私とエドさまを繋ぐしるし、です」

以前エドアルドに言われた言葉を思い出す。

リリアがエドアルドのものであるという証。リリアとエドアルドを繋ぐしるし。そう言って贈られたペンダントは、あの夜、リリアに真実を教えてくれた。確かに二人を繋いでくれた。

「リリア。目を閉じて」

視線を下げて青い石を眺めていると、エドアルドに名前を呼ばれた。艶を含んだ言葉に従って目を閉じると、すぐに唇が重なった。

「きょ、今日は額ではないのですか……?」

人目につかない秘密の花園の中とは言え、ここは屋外だ。てっきり昨晩と同じく額に口付けられると思っていたのに、あっさり唇を奪われてしまった。恥ずかしさのあまり、焦ってエドアルドの身体を押し返す。

「昨夜も、ここが良かったか?」

照れて視線を逸らすと、こめかみに口付けていたエドアルドが楽しそうに笑った。

「そ、そうは申しておりません……!」

エドアルドの指先が、リリアの唇をやわらかく押すように撫でるので、さらに慌てて否定する。

そんなことは言っていない。リリアは額に口付けられるだけでも十分に恥ずかしい出来事だった。

「他人の前で君に口付けるのは、ベールで顔を隠せる婚姻の儀式のときだけだ」

284

「え……？　ベール、ですか？」

「そうだ。　君は自分が口付けの後にどんな顔をしているか、自覚していないだろう？」

「!?」

「この顔は……誰にも見せたくないな」

エドアルドが悪戯にくすくすと笑う。　指先が再び唇を撫でる。　朝の空気の冷たさなど忘れてしまいそうなほど、顔が熱い。

口付けの後にどんな顔をしているのかなど、自分にはわからない。　しかしエドアルドがわざわざ教えてくれるということは、人には見せられない恥ずかしい顔をしているのだろう。　そんな顔は確かに誰にも見られたくない。

「エドさまにしか、見せません」

「ああ、そうしてくれ」

リリアの宣言に対する返答の中には、小さな喜びの色が含まれている。

特別な人であることが嬉しいとでも言うように、リリアの顎先を掬い上げて再び唇を重ねてくる。

だからリリアも、大きな背中に手を回し、甘い口付けに身を委ねるようにゆっくりと目を閉じる。

とくとくと高い音を奏でる胸元には、愛しい人の色と同じサファイアブルーが煌めいていた。

この作品に対する皆様のご意見・ご感想をお待ちしております。
おハガキ・お手紙は以下の宛先にお送りください。
【宛先】
〒150-6008 東京都渋谷区恵比寿 4-20-3 恵比寿ｶﾞｰﾃﾞﾝﾌﾟﾚｲｽﾀﾜｰ8F
（株）アルファポリス　書籍感想係

メールフォームでのご意見・ご感想は右のQRコードから、
あるいは以下のワードで検索をかけてください。

アルファポリス　書籍の感想　検索

ご感想はこちらから

本書は、「アルファポリス」（https://www.alphapolis.co.jp/）に掲載されていたものを、
改題、改稿、加筆のうえ、書籍化したものです。

魔女に呪われた私に、
王子殿下の夜伽は務まりません！

紺乃藍（こんのあい）

2021年 8月 31日初版発行

編集－本丸菜々
編集長－倉持真理
発行者－梶本雄介
発行所－株式会社アルファポリス
　〒150-6008 東京都渋谷区恵比寿4-20-3 恵比寿ｶﾞｰﾃﾞﾝﾌﾟﾚｲｽﾀﾜｰ8F
　TEL 03-6277-1601（営業）　03-6277-1602（編集）
　URL https://www.alphapolis.co.jp/
発売元－株式会社星雲社（共同出版社・流通責任出版社）
　〒112-0005 東京都文京区水道1-3-30
　TEL 03-3868-3275
装丁・本文イラスト－めろ見沢
装丁デザイン－AFTERGLOW
　（レーベルフォーマットデザイン－ansyyqdesign）
印刷－中央精版印刷株式会社